弗洛伊德的躺椅
与
尼采的天空

德奥世纪末的美学景观

李双志 著

上海文艺出版社

目　录

导　论　欧洲的"世纪末"潮流与德意志的"特殊道路" / 1

第一章　德奥"世纪末"的思想资源：尼采与弗洛伊德 / 37
　　　　尼采作为美学路标的多重影响 / 39
　　　　弗洛伊德的精神分析与性欲学说：时代话语 / 67

第二章　德奥大都市：现代化体验的文化映射场 / 99
　　　　作为大都市现象的世纪末 / 101
　　　　维也纳：守旧与革新的二重奏 / 110
　　　　柏林：新崛起的现代大都市 / 128
　　　　慕尼黑："熠熠闪光"的波西米亚之都 / 144
　　　　附：格奥尔格及其圈子在德奥世纪末中的特殊地位 / 160

第三章　颓废与没落的多重叙述 / 171
　　　　豪普特曼的病态家族 / 177
　　　　安德里安的自恋少年 / 187
　　　　托马斯·曼的家族衰落编年史 / 199

第四章　情欲书写中的反叛与讽刺 / 215

硕布施瓦夫斯基的梦幻式狂欢 / 220

"丑闻作家"笔下的性本能与世纪末社会 / 235

雷文特罗的女性写作 / 262

第五章　审美幻境的破灭 / 275

霍夫曼斯塔尔的唯美批判 / 281

托马斯·曼的美少年死神 / 305

结　语　德语国家的世纪末：一种现代文化形态 / 321

参考文献 / 329

后记 / 343

导论

欧洲的"世纪末"潮流与德意志的"特殊道路"

在欧洲文化史与文学史中,"世纪末"(fin de siècle)一词有着奇特的魅力,既包含着沉郁低回的哀叹伤感,又暗示着绮丽诡谲的个性张扬,凝聚了一个特殊历史时刻的心理动能与美学刺激,或可视为现代文化在审美层面上的最初图式之一。这个图式在文学文本中的一个经典显象,出现在下面这段对话里:

"当然是这样,亨利勋爵。要不是我们女人爱你们的缺点,你们不知会落到怎样的田地。你们一定谁也娶不到老婆。你们会变成一群可怜巴巴的光棍。不过,尽管如此,你们也不会有多大改变。如今有家室的人生活都像光棍,而光棍反倒像有家室的。"

"这就叫做世纪末(Fin de siècle)。"亨利勋爵咕哝了一句。

"这叫做世界的末日(Fin du globe)。"女主人作了修正。

"但愿是世界的末日,"道连感慨地叹道。"生活太令人失望了。"[1]

---

[1] [英]王尔德:《道连·葛雷的画像》,荣如德译,上海:上海译文出版社,2011年版,第198页。

这段对话出自王尔德的《道连·葛雷的画像》。这部作品最初发表于1890年，在1891年以修订后的小说形式出版，以美男子道连·葛雷追求不受道德伦理束缚的享乐生活为核心情节，"深入发扬了艺术高于生活的颓废理念"[1]，向来被视为颓废—唯美派的里程碑式杰作。在上文中，"世纪末"与世界之终结相连缀，被两位贵族用来描述颠倒的情爱婚姻关系，带有玩世的戏谑腔调，展示着当时正流行于沙龙的感伤姿态。不过，世纪末对于这部小说来说，不仅仅是个时髦的沙龙词汇，更标示出一种富于挑衅意味的生存方式，一种非道德的价值取向，一种着力于感官刺激的文学想象。而这种想象，是从另一个文本移植而来。道连·葛雷在亨利勋爵的指点下潜心阅读一本"黄封面的书"，从而迈入了文字构造出的感官幻境：

他从来没有读过这样一本奇书。他觉得，仿佛全世界的罪恶都穿上了精美的衣服，在柔美的笛声伴奏下默默地从他面前一一走过。凡是以前他曾迷离恍惚地梦见的事物，一下子都变得十分真实，而他连做梦都没有想到过的事物，也逐渐显露出形象。[……]这是一本有毒的书。似乎书页上附着浓郁的熏香，搅得人心神不安。道连一章又一章地读着，词句的抑扬顿挫、音韵的微妙变化，好像充满了复杂的叠句和乐章，巧妙地一再出现，在他的头脑里

---

[1] Denisoff, Dennis: "Decadence and aestehticism". *The Cambridge Companion to the Fin de siècle*. ed. by Gail Marshall. Cambridge 2007. P. 40.

形成了一种幻想曲,一种梦幻病,使他昏昏然竟不知夜之将临。[1]

这本让美男子道连神魂颠倒并奉为人生指南("那个独特的巴黎青年,在道连心目中成了他自己的原型,而整个这本书所讲的就好像是他自己一生的故事")的小书,是真实存在的一本小说。这便是法国作家若利斯·卡尔·于斯曼(Joris-Karl Huysmans)在1884年发表的《逆流》,"一整个时代的圣典"[2],"史上最重要的颓废之作"[3]。在这部小说里,于斯曼描写了离群索居的贵族德赛森特(Des Esseintes)如何通过珠宝饰品、花卉、文学、绘画、家居装置以至情色回忆或幻想来构造一个充满感官刺激和奇异趣味的私密生活空间,充分呈现了离经叛道的颓废风格。对精微、怪异、惊世骇俗的审美体验的偏好,无疑是世纪末美学最为显著的一个特征。王尔德笔下的主人公便追随德赛森特而投身于这样的审美体验,并以自身的不变美貌去获取不可穷尽的享乐资源,力求彻底摆脱"令人失望的生活"也即庸常生活的束缚,将世纪末的感时伤怀转变为世纪末的及时行乐,直至最后罪行败落而以老丑的模样死于自己的画像下。王尔德因而以这个带有哥特风格的童话故事进一步发挥了于斯曼的颓废风格,并且加入了另一重生活与艺术对立的寓意与英

---

[1] 王尔德:《道连·葛雷的画像》,第139—140页。
[2] Wolfgang Asholt; Walter Fähnders [Hrsg.]: *Fin de siècle. Erzählungen, Gedichte, Essays.* Stuttgart: Reclam 1993. S. 418.
[3] Dennis Denisoff: "Decadence and aestheticism". *The Cambridge Companion to the Fin de siècle.* ed. by Gail Marshall. Cambridge: Cambridge university press 2007. P. 38.

国特有的纨绔风尚。反抗市民价值观的法国"逆流"经此改造之后，在英国也激起了经久不息的波澜。

值得注意的是，《逆流》这部小说本身也在文本内部直接追溯了"颓废派与唯美主义的异类传统"[1]。在书中第十四章，德赛森特评点了他所钟爱的同时代法国作家，尤其是龚古尔兄弟、福楼拜、魏尔兰与马拉美，并由此追溯了波德莱尔和爱伦·坡，将之类比于古罗马帝国衰败时期的颓废作家。于斯曼通过描写自己的主人公与这些作家的意趣投合，实际上坦然承接了这一条文学脉络，并借机表明了自己所属的这一派颓废文学的特殊品质：

> 确实，一种文学的颓废，因思想的老迈而衰弱，因句法的滥用而疲竭，无可救药地伤害了其肌体，它只对那些使病人发烧的好奇心敏感，然而却在没落过程中急于表达一切，执意弥补所有被遗漏的享乐，并在弥留之际遗赠最微妙的痛苦回忆，它以最浓缩和最精美的方式，体现在马拉美身上。
>
> 这就是波德莱尔和坡的精髓，被推向表达的顶峰；这就是他们细腻和强大的精华养分，还在蒸馏出来，散发新的香味，带来新的陶醉。[2]

在颓废[3]之中感受到奇异之美，这实际上宣告了一种新的美

1　Dennis Denisoff: "Decadence and aestheticism". P. 32.
2　［法］于斯曼：《逆流》，余中先译，上海：上海译文出版社，2015年版，第262页。
3　关于世纪末美学中的颓废定义，详见第三章。

学范式的产生。波德莱尔和坡在此被并列为该范式的初创者,这并非于斯曼个人的联想。1857年,波德莱尔正是在《再论埃德加·爱伦·坡》一文中旗帜鲜明地推出了为"颓废文学"辩护的美学主张。他将符合传统美学典范的作品比作无趣的村妇,而将富于现代气息的所谓颓废文学比作如此一位美人,"衣着的全部表现力与她的深刻而原始的魅力结为一体,举止自若,自觉而自制,说话的声音仿佛一件调好的乐器,目光中充满了思想,流露的都是它愿意流露的东西"。[1] 接着,他又借用夕阳的比喻来描绘将颓废作为美感来源的特殊美学倾向:

> 在这奄奄一息的太阳的变幻中,某些富有诗意的人发现了新的快乐:他们发现了耀眼的柱廊,熔金的瀑布,火的天堂,忧伤的光辉,悔恨的快感,梦幻的一切魔力,鸦片产生的一切回忆。在他们眼中,落日的确是一个充满了生命的灵魂的譬喻,它没入天际,却奉献出大量的思想和梦幻。[2]

波德莱尔取道颓废的刺激以追求诗歌独立价值的美学主张和他通过诗集《恶之花》所进行的相应的文学创作实践,标志着十九世纪中期的浪漫主义发展到了一个特殊的高峰阶段,诗歌及文学与追求真与善的道德伦理要求脱钩,另类的审美领域如邪恶、死亡、迷醉和不羁的情欲成为歌咏的对象。这当然只

---

[1] [法]波德莱尔:《1846年的沙龙:波德莱尔美学论文选》,郭宏安译,桂林:广西师范大学出版社,2002年版,第168页。
[2] 同上书,第169页。

是欧洲浪漫主义文学的众多面向之一，但却是极有冲击力与现代美学意义的一个面向。波德莱尔正是以此成为世纪末美学的重要先驱，他对市民道德及其审美趣味的藐视，对另类之美与艺术幻境的探索，对诗歌形式的独立价值的强调，几乎已经构成了世纪末一代诗人和作家从事类似创作的基本框架。不过，波德莱尔所走的美学道路，也正是要到十九世纪八十年代，应和着文艺界弥漫的末日情绪，才会格外受人青睐和追随，继而发展为一场席卷欧洲的美学运动。

法国作家与诗人当然是波德莱尔及其盟友——提倡"为艺术而艺术"（l'art pour l'art）的泰奥菲尔·戈蒂耶（Théophile Gautier）——的直接传人。从1880年开始，不仅有于斯曼、魏尔伦、马拉美这样的杰出诗人和小说家为世纪末美学贡献出了具有典型意义的诸多作品，进一步释放了挑战市民道德伦理的美学叛逆的潜力，而且以小众杂志为主要阵地的颓废派亚文化也迅速崛起。其中一个突出的例子是安纳托·巴茹（Anatole Baju）于1886年创办的《颓废派》杂志，该杂志后更名为《颓废文艺》，维持到1889年。撰稿人包括魏尔伦、让·洛兰（Jean Lorrain）、拉希尔德（Rachilde）等美学倾向一致或接近的颓废派作家。此外，作家茹维诺（F. de Jouvenot）和米卡（H. Micard）在1888年首演的四幕剧径直以"世纪末"为标题，体现了这一概念此时在文艺界的流行。巴茹在他的《致〈颓废文艺〉读者》一文中明确将世纪之末的危机感与对社会变迁的敏锐感知视为颓废文学兴起的直接原因：

宗教、道德、法律，一切都在颓败，或者不如说：一切都在经历无可逆转的变革。

社会在一个文明的侵蚀作用下瓦解四散。

现代人是一个餍足者。

欲望、感受、品味、奢侈、享乐的精细化；神经官能症、歇斯底里症、催眠、吗啡瘾、科学骗局、无以复加的叔本华主义——这都是社会剧变的先兆。

尤其语言中出现了这变化的最初症候。

新的需求对应于新的理念，微妙而精细分化以至无穷。所以才有必要创造前所未闻的词汇来表达如此一种情感和生理感受的复杂性。

[……]

我们将成为一种理想文学的先锋，隐秘的类型变化的开路人，这一变化将冲刷掉彼此叠加的古典主义、浪漫主义、自然主义；简而言之，我们将成为马赫迪[1]，永远地呼喊出已提纯为仙药的信条，已提炼成精华的高贵词语：胜利的颓废主义。[2]

正如意大利学者马里奥·普拉茨（Mario Praz）所言，"波德莱尔只是撒播了食肉的、奇异的、腐烂的热带植物的种子，

---

[1] 伊斯兰教中传说会在最后审判日之前降临时间的救世主。
[2] Anatole Baju: "An die Leser des Décadent littéraire et artisitique". In: Wolfgang Asholt; Walter Fähnders: *Fin de siècle. Erzählungen, Gedichte, Essays.* S. 169-170.

这些种子在世纪末的暖房气候里发育至鲜花绽放。"[1] 在十九世纪走向终结之际,敏感的诗人与作家感受到的是旧时代、旧社会、旧体制和旧文学的终结,因而会在他们认为已失效的古典理想与道德律令之外追求新的词汇、新的意象和新的风格来表达此时更趋精细复杂的内心世界。在此过程中,波德莱尔所宣扬的具有反叛性的另类之美,他在颓亡和病态中发现的奇异魅力,成为了这种审美追求的核心要素,演化为盛行一时的文艺气象。而这种气象也迅速北移,跨过了英吉利海峡,催生出了一个"黄色的九十年代"(the Yellow Nineties)。

英国的所谓"维多利亚时期的世纪末"(Victorian fin de siècle)其实并非毫无本国诗学思潮的传承。尤其是十九世纪中期的拉斐尔前派的美术改革运动和牛津大学沃尔特·佩特(Walter Pater)以《文艺复兴》为代表的美学理论著作都为唯美主义的兴起奠定了基础。不过,要到十九世纪最后十年,作为对维多利亚时期严苛的道德风尚的反叛,唯美主义与颓废文艺才真正风起云涌直至蔚为大观。与法国类似,这一文艺热潮的一个鲜明标志也是杂志:发行于1894年至1897年的插图文艺期刊《黄面志》(The Yellow Book)被视为"这一时代最具影响力的先锋杂志","体现了颓废与唯美的核心品质"[2]。为该杂志撰稿的有当时已经成名的乔治·埃杰顿(George Egerton)、亨利·詹姆斯(Henry James)、乔治·摩尔(George Moore),也

---

1 Mario Praz: *Liebe, Tod und Teufel. Die schwarze Romantik.* übersetzt aus dem Italienischen von Lisa Rüdiger. München: Deutscher Taschenbuch Verlag 1981. S. 155.
2 Dennis Denisoff: "Decadence and aestheticism". P. 41, 42.

有后来声名大振的诗人叶芝（W. B. Yeats）和科幻作家威尔斯（H. G. Wells）。尤其引人注目的是为《黄面志》担任美术编辑并为其创作了大量插画的奥伯利·比亚兹莱（Aubrey Beardsley），其创作的黑白插画以华丽、怪诞、邪魅的风格奠定了《黄面志》的公众形象。王尔德虽然不是《黄面志》的撰稿人，但是却与这本杂志有着千丝万缕的联系，毕竟他笔下的道连·葛雷所读的《逆流》就是一本"黄封面的小书"。恰恰也是这本杂志，显示了法国的世纪末风潮对英国文艺界的决定性影响。正如美国历史学家斯坦利·温特劳博（Stanley Weintraub）所言，"《黄面志》的颜色是'黄色九十年代'的一个恰切反映，在这十年里维多利亚主义在文艺风尚中逐渐让位于摄政时期的态度与法国的影响；因为黄色不仅仅装点了臭名昭著、纨绔风盛行的前维多利亚的摄政时代，也是据说邪恶与颓废的法国小说的装饰色彩。"[1] 而英国唯美—颓废文学运动中的一员力将，亚瑟·西蒙斯（Arthur Symons）就曾以龚古尔、魏尔伦、于斯曼为范例来向英国文坛介绍"文学中的颓废运动"，并且从文学风格的角度对文艺上的颓废概念进行了鉴别：

> 当今最具代表性的文学 [……] 当然不是古典的，也和古典与浪漫之间的古老对峙毫无关系。在这风尚背后，无疑是一种颓废：强烈的自我意识，对钻研的躁动好奇，过分微

---

1 Stanley Weintraub: *The Yellow Book: Quintessence of the Nineties*. New York: Doubleday 1964. P. 99.

妙的精致之精致，精神与道德上的逆常。如果我们所称的古典确实是最高的艺术——完美的简朴、完美的清晰、完美的均衡，那些最高的品质——那么今天的典型文学，纵然有趣、美丽、新颖，却也的确是一种新而美而有趣的疾病。[1]

虽然西蒙斯还是以古典主义的完美为参照，指出了颓废风格在艺术追求上的"病态"，但是他使用疾病这一貌似贬义的名词，恰如他所推崇的波德莱尔使用毒药之类刺激性强的语汇，都是在刻画这种美学追求所具有的离经叛道的品格和让人难以抗拒的诱惑力，而不是对其进行道德评判或苛责。更重要的是，他进一步指明，这种文学上的颓废派比古典主义更能体现他所处时代的精神状态，更适合于表现本身的发展已走向失衡与过度的社会：

> 而这种灵魂的非理性［……］，这种不稳定的均衡，［……］无非是另一种"世纪末病症"（maladie Fin de siècle）。正由于其形式上的病态，这种文学才如此典型地对应于一个发展到过度奢侈、过度讲究、太倦怠而不再相信行动、太不确定而无法在思考与行动中有所侧重的文明。[2]

---

[1] Arthur Symons: "The Decadent Movement in Literature (1893)". In: *The Fin de siècle. A Reader in Cultural History, c. 1880-1900*. Ed. by Sally Ledger; Roger Luckhurst. Oxford: Oxford University Press 2000. P. 105.

[2] 同上书，P. 106。

西蒙斯和他所代表的英国世纪末文艺界之所以被法国传来的颓废派所吸引，是因为他们在这种文艺风潮里感受到了同样的对"世纪末病症"的书写快感：对古典主义规则束缚的突破，对"病态"的美学意象和形式风格的开掘，都是在转化他们对时代变迁的灵敏感触。而这种变迁和对这种变迁的反应可以视为西方文明在新的现代化阶段的文化表征。正如巴茹在颓废文艺的宣言中直接表达的，以颓废派为标志的世纪末文学都是在表达一种"现代人"的心灵处境。

西方人何时成为，或者开始成为所谓"现代人"；这种"现代性"到底意味着什么，关于此类问题欧美学界众说纷纭，理论学说层出不穷，形成了一套错综复杂的话语系统。虽然"modern"作为表语在中世纪已经出现，但是从文艺复兴时期开始，随着"古代—中世纪—现代"的历史分期成为主导性的历史叙事范式，欧洲人对自己所处时代的感知才获得了"现代"的命名。从启蒙时代以降，几乎每一代哲人、文艺评论家以及后来的社会学家都发表了对现代、现代性、现代时期的思考，这本身成为现代性"自反思考"的一个标志。德国哲学家哈贝马斯在二十世纪八十年代与后现代理论家进行论辩时，梳理了"现代性的哲学话语"。他援引黑格尔，指出：

> 1500年前后发生的三件大事，即新大陆的发现、文艺复兴和宗教改革，则构成了现代与中世纪之间的时代分水岭。[……]综观整个十八世纪，1500年这个时代分水岭一

直都被追溯为现代的源头。[1]

如果依据哈贝马斯整理出的思想界脉络，从十六世纪至今西方世界都处于"未完成的现代性工程"中，这是一个以理性化、世俗化、资本主义发展并扩展为全球化、社会系统及其价值观高度细分化为标志，跨越多个世纪而尚未终结的"现代化"（modernization/ Modernisierung）过程。美国学者马歇尔·伯曼（Marshall Berman）则从所谓生活体验的角度，对这一现代化进程进行了三段式的划分：

> 第一个阶段大致是从十六世纪初至十八世纪末，在这个阶段中，人们刚刚开始体验现代生活；还不清楚自己受到了什么东西的撞击。[……]第二个阶段始于十八世纪九十年代的大革命浪潮。法国大革命和它引起的各种回响使得一种伟大的现代公众突出地戏剧性地出现在生活之中。这种公众共享着生活在一个革命时代里的感受，在这个时代，个人、社会和政治生活的每一个层面都会产生爆炸性的巨变。与此同时，十九世纪的公众也仍然记得在毫不现代的世界里物质生活和精神生活是个什么样子。从这种内在的两分、这种同时生活在两个世界中的感觉出发，出现并且展开了各种现代化和现代性的观念。在二十世

---

[1] [德]于尔根·哈贝马斯：《现代性的哲学话语》，曹卫东译，南京：译林出版社，2011年版，第6页。

纪，亦即在第三个也是最后的阶段中，现代化的过程实质上扩展到了全世界，"发展中世界"的现代主义文化在艺术和思想领域中取得了惊人的胜利。[……] 这个现代时期失去了与它自己的现代性的根源的联系。[1]

的确，以黑格尔为首的一系列思想家提供的现代性方案，反映的是思想界对理性法则的探索和对世界观的重塑。头脑的现代化要先于社会的现代化并对其产生能动作用。1789年法国大革命之后，欧洲政治、经济、社会才开始了全面铺展的现代化过程。霍布斯鲍姆所称的"漫长的十九世纪"因而是现代性的体制化在欧洲逐渐确立的关键时期。不过，现代性在社会机制方面的高歌猛进，理性主义与资本运行和国家管理的结合，科学技术的飞跃发展，世俗化与城市化对生活的全方位改造，并没有打造出西方人的人间天堂。在技术文明迅猛发展的同时，现代性的负面作用也日益加剧，尤其在精神领域造成了紧张、失衡、失落与危机感。体制化的社会强制规范、资产阶级的庸俗价值观日益成为对个性的钳制与压迫。于是，文学和艺术上出现了对现代性带来的种种危机的反应。尽管形式不一，主题各异，但审美领域里的多次变革也构成了整个社会现代化的一个重要方面，而且往往具有挑衅、嘲弄、叛逆和批判的意味。不少学者由此提出了"两种现代性"的说法，中国学者周宪对

---

[1] [美]马歇尔·伯曼：《一切坚固的东西都烟消云散了：现代性体验》，徐大建、张辑译，北京：商务印书馆，2015年版，第17页。

此有如下总结：

> 审美现代性就是社会现代化过程中分化出的一种独特的自主性表意实践，它不断反思着社会现代化本身，并不停地为急剧变化的社会生活提供重要的意义。[……] 在逻辑的层面上说，审美现代性是社会历史现代性的一部分，又是相对分离和充满张力的一部分。它的自主性的获得反过来赋予它对社会的现代化某种"反思监控性"，因此呈现为一种地方性的范畴特点。[1]

从社会现代化中裂变出的审美现代性，从一开始就展示出对社会现代化的反叛姿态。但正因为此，美学领域的现代化也正从社会现代中获取不断发展的刺激与能量。美国的比较文学教授马泰·卡林内斯库（Matei Calinescu）在他的专著《现代性的五副面孔》中写道：

> 可以肯定的是，在十九世纪前半期的某个时刻，在作为西方文明史一个阶段的现代性同作为美学概念的现代性之间发生了无法弥合的分裂。（作为文明史阶段的现代性是科学技术进步、工业革命和资本主义带来的全面经济社会变化的产物。）从此以后，两种现代性之间一直充满不可化解的敌意，但在它们欲置对方于死地的狂热中，未尝

---

[1] 周宪：《审美现代性批判》，北京：商务印书馆，2016年版，第70—71页。

不容许甚至是激发了种种相互影响。[1]

西方世界的现代化因而既是资本主义、工业革命和科技进步，也是审美领域里不断滋长的对现代文明的否定式表达。但两者不是此消彼长，而是相反相成。现代文化正形成于这种激烈交锋中。从文化史和文学史的角度来看，正是随着物质文明和社会制度的现代化不断深化，所谓审美现代性表现出日益明显且多样化的激进、叛逆和另类。与此同时，技术与资本现代性对社会和人性的多方位重塑，却也构成了审美现代性得以反叛的前提和基础。所谓现代文学、艺术的萌发成型、成熟扩张、更新换代都有赖于一个现代社会提供生存空间与产业机制。这两方面，在从十九世纪转向二十世纪的现代化关键时期中，也即下文要集中论述的"世纪末"，表现得尤为充分。

当然，需要说明的是，美学领域中对于现代的敏感，在时间上要远早于这个历史节点。1687年，法国诗人夏尔·佩罗（Charles Perrault）在文坛上掀起"古今之争"（Querelle des Anciens et des Modernes），探讨古典美学规范在"现代"的适用性，开创了文学史上的"现代"话语。哈贝马斯也将其视为"现代性进行批判性自我确证的出发点"[2]。这场关于厚古薄今还是厚今薄古的争论，的确已经开始将"现代"（modern）视为一种与古典传统的断裂和一种告别永恒审美规范的创新力所

---

[1] ［美］马泰·卡林内斯库：《现代性的五副面孔》，顾爱琳、李瑞华译，南京：译林出版社，2015年版，第42页。
[2] 哈贝马斯：《现代性的哲学话语》，第53页。

在。然而,对该词的启用还不足以成为审美现代性充分展开的标志。对古典美学规则的反抗必然要过渡到对体制化的现代文明的体验、叛逆与反观,现代性才会迎来自我裂变的时刻。这一裂变,有赖于审美领域走向独立自主,有赖于美脱离宗教道德等社会规制而获得独有价值。而这正是十九世纪在法国出现的唯美—颓废运动所代表的现代化趋势。卡林内斯库因而断言:"'为艺术而艺术'是审美现代性反抗市侩现代性的头一个产儿。"[1]

"世纪末"文艺风潮的重要先驱波德莱尔,也在同样的意义上成为审美现代性兴起的标志性人物。他不仅以其《恶之花》等诗作充分展示了他自己所宣扬的叛逆性浓烈的颓废和唯美品格,而且在众多文艺批评散文中阐述了他所倡导的"现代性"观念。在 1863 年发表的系列文章《现代生活的画家》中,他以评论画家贡斯当丹·居伊(Constantin Guys)为契机,宣称:

> 现代性就是过渡、短暂、偶然,就是艺术的一半,另一半是永恒和不变。[……] 这种过渡的、短暂的、其变化如此频繁的成分,你们没有权利蔑视和忽略。如果取消它,你们势必要跌进一种抽象的、不可确定的美的虚无之中,这种美就像原罪之前的唯一的女人的那种美一样。[2]

---

[1] 卡林内斯库:《现代性的五副面孔》,第 46 页。
[2] 波德莱尔:《1846 年的沙龙》,第 424 页。

波德莱尔的"现代性"定义巧妙地将"古今之争"中永恒法则与当下诉求这两个对立面糅合在了一起,突出了一种双重性的时间意识;但他又格外强调了暂时性的、可变换的当下如何主导了对现代的体验,毕竟恒定的层面必须要通过变动的层面才能具体化为现代性的实在内涵。他所倡导的"现代生活""现代艺术"和他所实践的"现代诗歌"无疑都是在直面、拥抱他所理解的当下时刻,是捕捉和表达那些不恒定、不稳定、不追求永恒性、非古典的美。不过,这种定义中的现代,是一种美学姿态而不是一种社会愿景,在观念意义上是对变革的肯定而不是对体制的接受。实际上,波德莱尔在这个系列的其他文章里描绘的恰恰是一种疏离、嘲弄甚而背离他所面临的社会主流意识形态的美学乃至生活取向。他所构想的"现代人",正是基于现代社会体验而表达出叛逆姿态的独立人格,这种人格的典型代表便是颓废美学的重要化身之一:浪荡子(Dandy)。

> 这些人被称作雅士、不相信派、漂亮哥儿、花花公子或浪荡子。他们同出一源,都具有同一种反对和造反的特点,都代表着人类骄傲中所包含的最优秀成分,代表着今日之人所罕有的那种反对和清除平庸的需要。[……]浪荡作风是英雄主义在颓废之中的最后一次闪光。[……]浪荡作风是一轮落日,有如沉落的星辰,壮丽辉煌,没有热力,充满了忧郁。然而,唉!民主的汹涌潮水漫及一切,荡平一切,日渐淹没着这些人类骄傲的最后代表者,让遗

忘的浪涛打在这些神奇的侏儒的足迹上。[1]

在这里，波德莱尔再次用到了他宣扬"颓废文学"时使用过的落日意象。浪荡子、颓废美学和审美现代性在这个意象中融合为一，释放着挑战庸俗品味的感官刺激，同时也传达出个人主义在现代处境中必然携带的悲哀格调。

波德莱尔以其诗与文，开创了审美现代性的一个重要源流，让颓废美与末世感作为了一种现代化的重要美学经验。如上所述，"世纪末"的文学家与艺术家正是沿着波德莱尔开辟的路径推动了一场文化革新运动。年轻的魏尔伦在 1865 年，也即波德莱尔逝世前两年，写下的关于后者的文章，颇可以读作文学晚辈对其偶像的认同与继承：

> 波德莱尔的原创之处在于强有力地独创性地描绘现代人……即一种过度文明的提炼使得人成了现代人，使得现代人具有敏锐活泼的感官，具有感到痛苦的敏锐精神，使得现代人的头脑充满了烟草，血液中燃烧着酒精……波德莱尔把这种敏感的个人描述为一个类型，一种英雄。[2]

从 1880 年的法国兴起的"世纪末"文化运动，充分彰显着这种"现代人"，这种反叛英雄的自觉。在现代技术文明和资

---

[1] 波德莱尔：《1846 年的沙龙》，第 438—439 页。
[2] 转引自伯曼：《一切坚固的东西都烟消云散了》，第 168 页。

本社会迅速发展的背景中，他们热衷于呈现心灵层面的现代化，将外界刺激转化为文学想象，尤其通过离经叛道的离奇色相和逆常情欲表达着对庸俗趣味和伪善伦理的讥嘲。在此过程中，新的美感，新的人性探索，新的文学形式语言涌现出来，构成了求新求变的现代文化中格外绚丽的面向。世纪之末因而也是文学现代化的创新高潮。

深受法国影响的英国"世纪末"同样也是"一个极为特殊的时刻，我们可以说，是体验现代性的内在矛盾的时刻"："作为世纪之交的典型特征，新与旧之间的冲撞显示出这是一个激动人心的变革与转型时期；这是英国文化政治陷入两个时代——维多利亚时代与现代之间的时期；这是充满了焦虑也充满了对可能性的愉悦感受的时代。"[1] 王尔德的唯美主义和《黄面志》的另类风尚是审美现代性——现代性的内在矛盾的英国形态。

德国新近出版的一本《世纪末》学术论文集的主编者认为，"如今，从学术研究的角度来看，'世纪末'（Fin de siècle）已经和文学现代性的概念形成了一种紧密的连接，人们认为文学现代性的真正源头便在世纪末。"[2] 不过，"世纪末"美学作为"现代人"的叛逆美学，是否就是文学史和艺术史上的"现代主义"或曰"现代派"（modernism），则是尚待澄清的一个范畴问题。长期研究欧洲现代文化史的美国学者彼得·盖伊（Peter Gay）

---

[1] In: *The Fin de siècle. A Reader in Cultural History, c. 1880-1900*. P. xiii.
[2] Johannes G. Pankau: *Fin de Siècle. Epoche-Autoren-Werke*. Darmstadt: WBG 2013. S. 13.

在新近出版的专著中将现代主义往前追溯至波德莱尔，往后推至荒诞派戏剧作家贝克特以至二战后重生的现代主义，实际上囊括了从十九世纪四十年代至二十世纪六十年代的西方先锋作家与艺术家们。[1]加拿大学者朱利安·汉纳在其撰写的《现代主义文学的核心概念》里明确收入了"唯美主义与颓废派"。[2]不过，更多的学者则将1910至1930年这段时期视为现代主义的核心时期，而将"世纪末"仅仅看作现代主义的萌芽阶段。[3]我国较早进行欧美现代派文学研究的袁可嘉虽然将现代主义文学的时间界限定在1890至1950年之间，但是他也明确将现代主义与唯美主义及颓废主义文学进行了区分。在他看来，现代主义文学应该是"包括象征主义、未来主义、意象主义、表现主义、意识流和超现实主义文学六个流派的总称"[4]。如果按照既定的文学史阶段分期来看，以颓废、唯美为核心元素的世纪末文艺思潮的确与1910年之后更注重于形式实验，更突出人类存在困境的现代主义存在质的差异和时间上的分离。另一方面，仅仅拘囿于单个或多个"主义"的文学史论述，难免陷入自我定义自我论证的循环，而且有碍于观察整个现代化进程在美学领域表现出的潮流纷繁、纵横交错而复杂多变的文化生态。更重

---

[1] 参见[美]彼得·盖伊：《现代主义：从波德莱尔到贝克特之后》，骆守怡、杜冬译，南京：译林出版社，2017年版。

[2] 参见[加]朱利安·汉纳：《现代主义文学的核心概念》，上海：上海外语教育出版社，2016年版。

[3] 参见 David Weir: *Decadence and the Making of Modernism*. Amherst: University of Massachusetts Press 1995; *The Cambridge Companion to Modernism*. ed. by Michael Levenson. Cambridge: Cambridge University Press 2011。

[4] 袁可嘉：《欧美现代文学概论》，桂林：广西师范大学出版社，2003年版，第5页。

要的是，以往被文学研究视为对立流派而截然分开的各个思潮，其实都可以在审美现代性发展进程的整体框架下进行辨析解读，因为它们都以各自的方式参与了现代意识的文学表述并构成了一场美学运动的丰富面向。这场美学运动，可以视为现代主义的萌芽或曰孕育期，但更可以视为高度发达的现代社会造成的第一波文化反应，是文学想象对现代人之人性的映射，也是文学创作本身与古典—浪漫传统的断裂。因此，本书将搁置"世纪末"与"现代主义"或"现代派"概念之间的纠葛，而着重揭示从1880年至1910年以现代意识、颓废主题、唯美倾向为特征的"世纪末"美学与现代化进程的密切关联，超越具体流派之争而着眼于整个现代文化的创生机制，从而阐明审美现代性——而非文学史意义上的现代主义——的历史性展开过程。

如前所述，"世纪末"美学潮流，不论是作为文艺作品表现出的共同倾向，还是以口号、宣言、话题等形式直接出现的话语时尚，其发源地无疑是法国。在十九世纪接近终结之际，英国（爱尔兰）文艺界也承接了这股风尚并加以发扬，成为世纪末文艺景观中又一引人瞩目的中心。英法两国的"世纪末"文艺创作者惺惺相惜并有直接交往，他们在很大程度上确实奠定了整个欧美"世纪末"美学的基本格局，深刻影响了其他国家乃至东方的追随者，并主导了后世对这一美学运动的接受史。普拉茨论及"黑色浪漫主义"（他将世纪末的颓废派视为其发展形式之一），便形象地写道："引力中心位于巴黎与伦敦之间；

剩下的欧洲文学如卫星围绕这个中心运动。"[1] 在我国，二十世纪二三十年代的民国文坛也一度盛行自欧洲"世纪末"传来的颓废唯美之风。法国的先驱波德莱尔、戈蒂耶，英国的唯美派旗手如王尔德、道生（Earnest Dowson）、比亚兹莱都是当时不少文人津津乐道的名字。在当时以及后世的接受视野中，"世纪末"、颓废（民国时期从法语译出了一个音义兼顾的名词"颓而荡"）和唯美几乎等同于英法的这几位代表人物。[2] 袁可嘉论及颓废主义和唯美主义，也单举英法为例。[3] 然而，欧美文学的"世纪末"舞台上不只有这两个光辉夺目的主角，其他国家和民族也为这场绚丽的文学表演贡献出了不可小觑的精彩节目。从斯堪的纳维亚到意大利，从比利时、荷兰到波兰、俄罗斯，"欧洲的世纪末让十九世纪以来逐渐增强的文化关联更趋紧密，以前所未见的规模构成了一个由共同的阅读经验和个人交往组成的交织网络"。[4] 王尔德阅读于斯曼，于斯曼阅读波德莱尔、魏尔伦，这样的传递与沿袭也像涟漪般扩展至整个欧洲大陆并进一步向日本和中国传播。各个国家里，越来越多的诗人、小说家和艺术家都参与了"世纪末病症"的体验和书写，他们都发扬了"世纪末"美学的核心要素，秉承了反市民的叛逆姿态，描

1　Praz: *Die schwarze Romantik*. S. 22-23.
2　除上述人物以外，在民国时期得到流传的还有美国的爱伦·坡和意大利的邓南遮。参见解志熙：《美的偏至：中国现代唯美—颓废主义文学思潮研究》，上海：上海文艺出版社 1997 年版。
3　参见袁可嘉：《欧美现代文学概论》，第 22—30 页。
4　*Handbuch Fin de Siècle*. Hrsg. von Sabine Haupt, Stefan Bodo Würffel. Stuttgart: Alfred Körner 2008. S. 65.

绘着反常规的感官享乐，尤其是情欲，在文字王国里经营独立于现代市民社会之外的人工天堂（Les Paradis Artificiels），挖掘着死亡、毁灭、疾病中的另类美感，同时也呈现出家族/社会/文明毁灭的末世想象。另一方面，不同的文化背景，尤其是不同的现代化境况，也让不同的参与者为这场美学运动加入了不同的成分，显出了另一些格调，让人可以观测到现代文化在欧洲世纪末这个版本中的多样性和复杂性。德语国家主要是德国和奥地利的世纪末美学便是其中一例。

德奥两国在十九世纪末，某种程度上也是置身于英法两个中心的文化辐射之下的"卫星国"，是这场美学运动的"后发国家"。这也对应于两国在经济、政治和社会方面的现代化进程。英国从十八世纪六十年代率先开始工业革命，在十九世纪上半叶便已成为领先全球的工业国家和殖民帝国。法国虽然工业化进展要迟缓得多，但是在十九世纪六十年代也基本完成了工业革命。德国由于长期处于分裂状态，国内迟迟没有形成统一市场，工业革命起步要远远晚于西欧邻国，从十九世纪四十年代才开始奋起直追。在1871年统一之后，德国依仗科学技术优势，迅速崛起成为工业强国，在经济实力上反而超越了英法，整个经济结构实现了快速转型——"德国七十年代末还是一个农业国，在九十年代中期已经成了一个工业国，显示出高度工业化的新趋势：电气技术、机动车制造和大化学产业"[1]。但这种急速现代化也导致了更为尖锐的社会问题和更为激烈的精神反

---

1 Jens Malte Fischer: *Fin de siècle. Kommentar zu einer Epoche.* München: Winkler 1978. S. 12.

应，德国在十九世纪末出现了一个与英法国家相比更为典型的"充满巨大的骚动不安的时代"[1]。奥地利以及 1867 年之后的奥匈帝国，工业化进程一度极为缓慢。从 1814 年维也纳和会到 1848 年革命期间，奥地利的哈布斯堡王朝是欧洲封建社会复辟的主要推手，对国内的工业和资本主义发展也一直持怀疑态度，工业建设只能得到零星开展。十九世纪下半叶，随着奥地利皇帝弗朗茨·约瑟夫一世逐渐认可自由主义的经济主张，工业化才开始进入快速发展的通道。在 1880 年至 1914 年奥匈帝国则迎来了一个高度工业化、城市化的繁荣期。由落后转为兴盛，并在短时间里实现结构转型，是德奥两国在经济现代化方面的重要经验，这也导致了他们在社会文化上会有与众不同的现代性特征，尤其是人们精神上出现的不适、不安和危机感。更为重要的是，德奥两国在政治体制上保留了更多有别于英法等西欧国家的保守性。德奥两国在十九世纪的所谓民主化都保留了贵族的特权和君主的至高权力，继续以等级制、国家主义、自上而下路线来制约自由主义，在鼓励工业发展的同时又压制资产阶级的参政执政诉求。资产阶级与市民阶层缺乏对抗性而表现出软弱、妥协与附庸的立场。国家生活和道德规范都受制于强大的帝制权威和守旧传统。这便是所谓德国现代化的"特殊道路"（Sonderweg）。在精神文化领域里，这种特殊发展方向表现为以民族共同体为更高价值并排斥个体自由的启蒙方案的倾向。政治诉求被转化为文化需求。这种倾向也成为德国思想界和文

---

[1] Fischer: *Fin de siècle*. S. 12.

艺界发展自身现代性时的一个主导因素。正如德国历史学家沃尔夫·勒佩尼斯（Wolf Lepenis）所言：

> 浪漫主义与启蒙运动的对立、中世纪与现代世界的对立、文化与文明的对立以及礼俗社会与法理社会的对立。基于文化期待与文化成就，人们一直坚信德国走的是一条特色之路，一条"特殊的道路"，这种信仰在这个诗人与思想家的国度里始终是一种骄傲。在政治性国家建立的一百多年前，德国观念论哲学、魏玛古典主义文学以及古典与浪漫的音乐风格，早已联手建立了一个内在的精神王国。自此以后，个人从政治领域退身至文化领域和私人世界的行为都被赋予了特殊的高贵色彩。文化被看成了政治的高贵替代物。[1]

换言之，德奥两国都长期以文化民族（Kulturnation）自居而关注自己的民族共同体在文化上的延续性，而非政治上的统一性。但是对审美领域的高度重视也在某种程度上形成了一种文化保守心态，即始终将十九世纪之初的古典—浪漫美学范式立为最高的人文艺术标准，同时又在市民社会发展过程中逐渐使之表面化、庸俗化和装饰化。正如德国学者自己的讽刺："歌德变成了德国市民阶级的客厅，人们不住在那里，感觉不像在

---

[1] [德]沃尔夫·勒佩尼斯：《德国历史中的文化诱惑》，刘春芳、高新华译，南京：译林出版社，2010年版，第11页。

家里，它只是被开放了［……］为的是表明自己［……］是一个诗人和思想家的民族。"[1]而在奥地利，帝国贵族的悠久统治更酝酿出一种特殊的既有宗教色彩又富于感官享乐的审美文化，既吸引了资产阶级追随与附和，也于无形中维持了去政治化的守旧氛围，显示出一种现代性的悖论。[2]

不论是经济、政治、社会方面的现代化经验，还是精神文化及意识形态领域中的另类追求，都决定了"世纪末"这一叛逆性的美学运动在德奥两国也会发展出审美现代性的"特殊道路"。德奥两国的诗人、作家和艺术家因为类似的现代化境遇如技术文明的压迫、市民规范的束缚、现代意识的觉醒、告别传统的渴望等等而被英法"世纪末"美学风潮所吸引，又因为其身处特殊的现代化进程而表达出不一样的反叛和反思，别有意味的文学想象，其中不乏对"世纪末"姿态本身的反观甚而嘲讽。他们作为"后发者"既衔接着已经烙上唯美—颓废标志的种种题材与意象，却又以本土的现代经验与思想资源将"世纪末"的反叛逻辑推至自我反观和自我审判的更深一层，并且植入了新的意义和品质。正如德国学者自己所指明的：

> 在欧洲发展可能性的一整个连续光谱中，德国的世纪末历史不可反驳地显现为独有的、不断深化的样式。不过

---

[1] 转引自［德］赫尔弗里德·明克勒：《德国人与他们的神话》，北京：商务印书馆，2017年版，第362页。
[2] 参见［美］卡尔·休斯克：《世纪末的维也纳》，李锋译，南京：江苏人民出版社，2007年版。

这既不可视为不可扭转的既定趋势,也不可看作从历史的虚无中突然出现并在短时间里如嫁接植物般大肆铺展的发展形态,而主要应认作对先前的发展主题的扩充与改造。[1]

因此,考察德国与奥地利的世纪末美学,首先必须承认:这并非德语国家自身独立发展出的亚文化运动。两国的文艺创作者积极主动地承接了英法两国发展出的文艺风尚,从自己所处的时代中感受到没落与终结,将自己所代表的一种新的精神状态冠以同样的名称:世纪末。文艺评论家玛丽·赫尔茨菲尔德（Marie Herzfeld）在1893年描述道:

> 最近几年的所有文学产品,只要它们是在刻画我们这个时代的精神状态的典型特征,它们就都充盈了"疲惫"灵魂的悲观情绪。[……]围绕我们的是一个垂死理想的世界,这些理想我们是从父辈那儿继承来的,是我们以最美好的情意钟爱过的,但是我们现在却缺少昂扬奋起的力量,创造出新的、富于价值的生命魅力。因为精神的永恒热病在身体组织中导致了贫血或者其他昏厥,让饱和的头脑无法在强有力的创造活动中释放出它的潜在能量。[……]在这无法再掌控自身的疲乏头脑中升腾起异常状态;人格变为双重乃至多重;从无意识的疫源地爆发出我们无法解释而只能名之为疯狂的行动刺激、强迫性的欲望、无可理

---

[1] Handbuch Fin de Siècle. S.50.

喻的好恶之情；过分紧张的神经只会对非同一般的刺激做出反应，而对普通的刺激无动于衷；——它们一方面制造出了亢奋的、超活跃的悖论，另一方面造成了情感淡漠的疲弱退缩和厌世情绪；这终结的感觉，这行至末路的世纪末（Fin de siècle）情绪。[1]

赫尔茨菲尔德描述的虽然是她所观察到的十九世纪末的德语文学作品体现的时代特征，但实际上照搬了巴茹对法国颓废文学的表述模式。悲观气息浓郁的时代诊断突出表现一种下降的文化演进路线，新一代人因其颓废、疲乏、虚弱而与前代人截然分开，展示出所谓现代人的消极特征。但这种时代感受却又在审美领域中催生出了别具特色的创作取向与美学品格。异常、刺激、欲望、厌世情绪都是格外醒目的关键词，让人可以窥见创始于法国的文艺风潮此时在德语国家的传播。而直接取自法语的"世纪末"这个词，作为这篇文章画龙点睛的总结词，更是一种不容忽视的标志，显示出这一美学运动从法国到德语区的连续性。

"世纪末"一词的流行，作为一种话语现象，的确可以理解为德语文艺界对英法首倡的叛逆美学运动的积极响应。就在赫尔茨菲尔德写下关于"世纪末"文学现象的评论文章的同一年，诗人威廉·淮甘德（Wilhelm Weigand）发表了一首直接以"世纪末"（Fin de siècle）为标题的诗歌，基本上沿袭了英法"世纪

---

[1] Marie Herzfeld: "Fin de siècle", in: Wolfgang Asholt; Walter Fähnders: *Fin de siècle*. S. 175-176.

末"诗人、作家既感时伤怀又猖狂挑衅的做派。诗中写道:

> 世纪末
> 愚人的把戏与悲悼的歌曲!
> 这个世纪正要倒下,
> 享乐已餍足,喧闹中赴死。
> 它的继承人是在笑?是在哭?——
>
> [……]
> 祷告的香烟袅袅。疲倦的灵魂,
> 隐藏着心的破碎,
> 逃往古老而纷乱的
> 迷宫,乐得沉迷忘返。
>
> 在怀疑的荆棘床上
> 诗人唱着悲悼的晚祷,
> 大声吟唱那些美好时日,
> 当心灵还载有众神的时光。[1]

一面悲悼世纪的终结与繁荣的远逝,一面又坦然表达出及时行乐的放纵与沉迷,进而在堕落与衰亡中体验特殊的美学享受(诗人唱出哀悼之歌),这是典型的"世纪末"美学。歌咏

---

[1] 转引自 Fischer: *Fin de siècle*. S. 92-93。

"世纪末"情绪的德奥诗人、作家、评论家的确是在移植、认同在全欧洲范围内铺展开的具有英法烙印的审美意趣和表述模式。

但是德语国家的作家在认同并以自己的创作吸纳这种颓废之美的时候,并不是单纯的照搬与嫁接,不是被动的接受,而是"扩充与改造"。这种变化不仅仅与现代的作家和艺术家们对独创性、独立性的普遍追求有关,更是由现代化进程本身的差异所决定。如前所述,"世纪末"这股美学浪潮是欧洲各国于十九世纪末二十世纪初在文化领域里表现出的一种审美现代性,既受制于政治、经济、社会的现代化又对这种现代化表现出某种反抗的姿态。德奥文艺界的"世纪末"现象,虽然是次生性的,但也包含了双重意义上的文化现代化特征。一方面,德奥文艺创作者追随英法创作者,对普遍意义上的现代性表现出疏离、质疑以至嘲讽和挑衅的创作取向;另一方面,德奥两国在现代化上所走的特殊道路造成了有别于英法的特殊文艺土壤:德奥社会的现代化转型尤其是都市现代化的飞速发展积聚了前所未有的创造性能量,精神层面上保守与激进的错杂交锋则激发出审美领域里的表达冲动。长久的文化保守心态和审美惯式以及现代性反思的浪漫传统则将这种能量导向了对世纪末文艺的颓废—唯美方案本身的反观和追问。德奥诗人、作家和艺术家在世纪末浪潮中表现出的更具自我反省意识的审美现代性:他们虽然深受波德莱尔—于斯曼—王尔德式的叛逆所吸引,却又始终对这种叛逆道路报以冷峻、质疑甚而批判的态度;他们也挖掘异常情欲中的挑衅因素,但又始终以反讽的笔调来揭示人造幻境的虚妄;他们在结合爱欲和死亡、颓废与享乐、神经质与创造力的时候糅入了更多关于现代人精神困境的思考，呈现出别具特色的人性探索，为世纪末增添了新的意象与新的意义层面。

德奥的世纪末美学所表现出的这种独特性及其对于欧洲文化现代化的特殊意义，便是本书要予以关注、审视、呈现的核心内容。本书以欧洲范围的世纪末思潮表现出的共性为出发点，着重研究德奥的世纪末创作者们凭借怎样的思想资源、社会生态和创作手法对世纪末思潮进行了"扩充与改造"。为此，本书将从以下三个方面展开论述：

首先，本书认为在德奥文艺界形成的世纪末热潮在衔接英法等国的文艺潮流的同时，也发扬了以尼采为代表的现代性反思。尼采的生命哲学、道德谱系说和颓废批判深刻影响了德奥的作家和艺术家，既鼓动他们拥抱叛逆美学，又让他们在此过程中反思艺术与生活的关系。这种双重影响深深渗入了不计其数的文艺宣言和作品细节中。唯美—颓废美学运动的内部由此发展出了自我嘲讽与幻灭彷徨的新趋势。

1900年去世的尼采可以说是德奥世纪末美学运动在思想上的奠基人和引路人；而1900年以一部《梦的解析》声名大振的弗洛伊德则是德奥世纪末美学发展历程的同路人与参与者。他从深层心理学角度观察现代人的心灵结构及其反常现象，发现并深入探索了人的爱欲本能、死亡本能、性压抑和神经症状及梦像表征。这些理论探讨虽然与同时代的文艺创作之间并没有构成太多影响—接受式的直接因果关系，但却与这些文艺作品表现出诸多不约而同的连通之处。这也正说明，德奥世纪末文化中体现出了一种沟通智识观照与艺术表达的审美现代性。弗洛伊德所揭示的现代社会与个人心灵的关系,尤其是他对情欲的高度关注,足可成为世纪末文艺创作的思想蓝图。

其次,本书也将外部世界的现代化语境视为德奥世纪末美学发展的重要条件而予以考察。其中最重要的就是此时崛起的大城市空间作为社会现代化的产物和文化现代化的场所。柏林、慕尼黑和维也纳是这种世纪末大都会的最典型代表,它们彼此的差异也恰恰对应着世纪末美学发展的内部差异。有别于以往城市的大都会(metropolis)的形成,正如西美尔所分析的,集中反映了社会结构的急剧转变,也由此催生出新的人类精神生活。社会矛盾的尖锐化、单子身份的强化与亚文化聚集地的蓬勃发展构成了这种大都会精神生活的彼此关联的侧面。世纪末美学的发展正有赖于如此一种空间和如此一种精神状态。三座德语区大城市中形成了能与主流市民价值观对抗的"文学场"和公共领域。同时,大城市形成的现代性刺激,如本雅明所言,也是世纪末美学中的核心组成部分,是德奥世纪末中别具特色的"神经艺术"的现实基础。世纪末美学所孕育的文学现代性话语中从正反两面处理了大城市发展带来的精神体验,也隐含了其后表现主义中的现代都市文学的萌芽。

精神层面的思想基础和外部现实的城市化进程都是德奥世纪末美学得以在欧洲范围里独树一帜的框架性因素。其独特性到底体现为怎样的意义内涵,怎样的审美形式和怎样的话语表述,则需要从文学作品的实例中观察得出。当然此时的绘画、音乐、建筑也或多或少展示了审美现代性在世纪末这一阶段的美学特征,但是有鉴于文学作品的叙事与表现话语更易于把握和阐述，也因为笔者学力有限，不敢越俎代庖地跨越学科边界而评论其他艺术门类，所以文学作品将是本书讨论德奥世纪末美学与现代化经验的主要依据。

　　因此，本书的核心部分将由具体的作品分析组成。一般的文学史叙事在描述世纪末，或按德语习惯称为"世纪之交"（Jahrhundertwende）的这个时期时，或者按照地理的划分，展示"维也纳现代派""柏林自然主义""慕尼黑作家群"；或者按当时或事后冠以的名称写出"自然主义""印象主义""唯美主义／象征主义""青春风格""早期表现主义"等流派的兴衰；或者从文学体裁上从小说、戏剧、诗歌等门类来逐一分述不同作品的特色。本书力图打破惯用的文学史范畴而侧重于凸显德奥世纪末美学的几个最具特色的主题，从而串联起一般会被划分到不同流派的作家、作品。对情欲、病态、死亡、毁灭的想象与书写，是德奥诗人与作家积极参与欧洲世纪末文艺潮流的重要途径，也是他们改造与扩充世纪末美学内涵的叙事轴线。此外，借助文学作品来探讨艺术与生活之间的关系，解构唯美幻境而重新反思审美道路，是德奥世纪末美学中格外与众不同而引人瞩目之处，这其中可以明显看到尼采的生命哲学的双重影响，值得深入讨论。

　　因为是按照主题排列出的章节，在作家选择上各章则多少有重复、交叉的地方。德国作家托马斯·曼和奥地利作家霍夫曼斯塔尔将在本书中占据比较大的比例，因为这两位作家的创作最能体现对欧洲世纪末的回应、对尼采思想的吸收和对弗洛伊德理论的呼应，并且在几大主题的表述上都具有典型意义。与托马斯·曼同在慕尼黑写作的弗兰克·魏德金德（Frank Wedekind）和霍夫曼斯塔尔的挚友施尼茨勒在创作上也都与前两者意趣相投，以不尽相同的故事和风格表达了类似的倾向。另外，本书也选取了一部分少为人知但却以各自的方式展示了德奥世纪末诸多奇特面向的德语作家，包括利奥波尔德·安德里安（Leopold Andrian）、斯塔尼斯拉夫·硕布施瓦夫斯基（Stanislaw Przybyszewski）、弗兰西斯卡·祖·雷文特罗（Franziska zu Reventlow）等。对他们作品的解读在某种程度上也能够扩充我们自己对德语现代文学发展谱系的认知。

世纪末作为叛逆的美学运动，是审美现代性的一个重要发展阶段，是西方社会进入现代化高速发展时期引发的具有危机感和对抗性的文化反应。德奥世纪末也是德语区现代文化史发展中至关重要的一环，在地理空间的水平方向上既接应又变革了英法的世纪末时尚，在历史传承的垂直方向上既延续了浪漫派的心灵探索又吸收了尼采的批判性哲思而拓展出新的美学样式、题材与风格。本书尝试从现代化发展带来的思想界震动和生活状态变迁出发，考察在此背景下形成的文学新形态，希望能以多部文学作品的文本解读勾勒出这种别具风味而意蕴深邃的世纪末美学，从而加深我们对西方双重现代性彼此纠结而相互推动的发展势态的认识。由于在我国的接受视野中，德语国家的世纪末文学此前或多或少都处在英法世纪末文学的强大存在的遮蔽下，专门的集中论述此前尚未有见。本书或可算作投石问路、抛砖引玉之作，其力有不逮之处，也期待学界同仁多多指正。

第一章

德奥"世纪末"的思想资源：

尼采与弗洛伊德

尼采作为美学路标的多重影响

在年轻诗人之中,炫耀力量的作态正放肆蔓延。他们过于紧绷的自我感觉,尚未成熟至成为真正的自私主义,却让他们将自己感受为了超人与半神。每一个年轻的神兼愚人都相信,自己有此使命,要将自己的执拗意志喷吐到整个世界的脸上。每一个情爱之夜,对于这些渴求着生命的轻狂年少者而言,都成为了一场神秘的灵启,妓女由最纯粹的理想主义抬升为女神。[……]尼采本人成为了一个神话,成为了英雄与创世者。人们涌向他,人们敬拜他,仰面朝他高唱出祭圣的赞歌。他自己却已经沉入癫狂的深夜里,过着了无乐趣的沉闷生活。[1]

这是德国文学博士与文学评论家汉斯·兰茨贝尔格(Hans Landsberg)在他发表于1902年的一篇论文《弗里德里希·尼采与德语文学》中所描述的此前十年里文坛上方兴未艾的"尼采热"(Nietzsche-kult)。自陷入精神错乱的1889年至他逝世

---

1 转引自 Bruno Hillebrand: *Nietzsche. Wie ihn die Dichter sahen*. Göttingen: Vandenhoeck & Ruprecht 2000. S. 52-53。

的 1900 年，尼采作为作家，作为超人学说的缔造者和孤傲不羁的个人（Individuum），却一跃成为德奥两国世纪末的精神偶像，成为众多年轻作家的理想化身，成为他们借以发扬放荡不羁生活方式的文化旗帜。上文中提到的写《世纪末》一诗的威廉·淮甘德在 1889 年读到了尼采的箴言集《偶像的黄昏》，多年后他写道，那些箴言"如闪电击入我的灵魂中，从简练的语言中我听到了在任何德语书中我都未曾感受过的韵律"[1]。淮甘德并不是唯一一个感到如此震撼的诗人。1891 年，17 岁的早熟诗人霍夫曼斯塔尔在给友人施尼茨勒的信中表达了类似的感受："在等待的时候，我读尼采，欣喜地感受到在他那冷峻的清澈中，在'科迪勒拉山系的空气'中，我自己的思想凝结成了美妙的晶体。"[2] 霍夫曼斯塔尔觉得尼采先于自己说出了自己的心声，并且说得更清晰、准确、美妙。他之所以欣喜，是因为他在尼采的文字中看到了一个理想自我，在思想内涵上和表达手段上都让他折服并认同。而更多的人则醉心于尼采以《查拉图斯特拉如是说》提出的超人理念，甚至将其视为脱离市民道德而放纵享乐的合法性理由，导致了这一理念的庸俗化。自然主义作家列奥·贝尔格（Leo Berg）在 1897 年的论著《现代文学中的超人》中不无讽刺地写道："在尼采说出他的魔咒之后，德国突然之间什么都成了超人。[……] 人们欠债，引诱女孩子，喝得酩酊

1　Bruno Hillebrand: *Nietzsche. Wie ihn die Dichter sahen*. S. 50.
2　同上书，S. 68。

大醉，都是为了查拉图斯特拉的荣耀。"[1]查拉图斯特拉之名与超人口号的流行，当然包含了对尼采思想的误读与滥用，但也正说明了尼采对传统价值观的挑战为骚动不安的世纪末灵魂提供了精神上的滋养与支撑。不过，文艺界对尼采的热烈反应随着时间的推进，从最初的口号式激赏和感性体验，逐渐转向了更深刻的智性思考与更富有创造力的继承发扬。尼采作为世纪末的思想资源，在德语文艺发展中也才成为一种持久、强劲而丰富的决定性力量。德国学者有如此论断：1900年以后，"虽然尼采仍然被看作是偏重生机论的生命概念的宣告者、瞭望新时代的预见者，但人们越来越倾向于将他作为坚定不移的文化批判者和对市民社会有着敏锐洞见的心理学家来崇敬。"[2]而尼采的批判矛头所指向的，不仅仅是伪善的庸众，还有本身也以反叛姿态示人的颓废派。在这一点上，德国作家托马斯·曼是他最忠实的跟随者。他在1918年所写的《一个不问政治的人的观察》中如此表明尼采对他的意义："对我而言，他从一开始就不太是宣告了某个看不清摸不着的'超人'的预言家，那是他在流行于世时大多数人对他的看法，对我来说他更是无与伦比的、最伟大、最有经验的颓废心理研究者。"[3]

的确，如果从欧洲世纪末运动的发展历程及其与现代性的

---

[1] Bruno Hillerbrand: "Aspekte der Rezeption und Wirkung. Literatur und Dichtung." In: Henning Ottmann [Hrsg.]: *Nietzsche-Handbuch*. Stuttgart, Weimar: Metzler 2000. S. 449.

[2] Thorsten Valk: "Friedrich Nietzsche. Musaget der literarischen Moderne." In: Thorsten Valk [Hrsg.]: *Friedrich Nietzsche und die literatur der klassischen Moderne*. Berlin; New York: De Gruyter 2009. S. 8.

[3] Thomas Mann: *Betrachtungen eines Unpolitischen*. Frankfurt a. M.: Fischer 2001. S. 98.

复杂纠葛来看，尼采关于颓废的论述是绝不可被忽视的思想史转折点。他是"德语区颓废话语的奠基者"[1]，在传播来自法国的颓废这一词汇的同时，又以颓废概念来批判他所观察到的现代性的精神弊端，从而将英法世纪末表现出来的"颓废欣快症"[2]转化为了一种包含现代性反思的颓废批判学说。他发表于1888年的《瓦格纳事件》就是这种批判倾向的集中体现。在这篇文章里，他以分外激烈的言词和条分缕析的缜密指称他曾经一度崇拜过的音乐家、歌剧作家瓦格纳为"颓废艺术家"：

> 对于颓废艺术家——我们在此有了关键词。而且由此开始了我的严肃。当这个颓废者败坏我们的健康——还有音乐时，我是不能袖手旁观的！瓦格纳竟是一个人吗？难道他不更多地是一种疾病吗？他使他所接触的一切都患病，——他已经使音乐患病了——
> 一个典型的颓废者，他感到自己腐朽的趣味是必然的，他借此趣味来要求一种更高等的趣味，他善于使自己的腐败作为法则、进步和完满来发挥作用。
> [……]瓦格纳是音乐的一大败坏。他在音乐中猜度到刺激疲惫神经的手段，——他因此使音乐患了病。在使衰竭者重新振奋，使半死不活者焕发生机的艺术方面，瓦格纳的发明天赋可谓不小。他是催眠术的大师，他能推翻像

---

[1] Dieter Kafitz: *Décadence in Deutschland. Studien zu einem versunkenen Diskurs der 90er Jahre des 19. Jahrhunderts.* Heidelberg: Winter 2004. S. 66.
[2] 关于该术语，参见卡林内斯库：《现代性的五副面孔》，第186—193页。

公牛一样的最强壮者。[1]

尼采对瓦格纳的批判，延续着英法颓废派对健康与病态的对立表述。不同的是，他再次扭转了"颓废"一词的价值取向，将其用作谴责与抨击的贬义词。在他的笔下，颓废者瓦格纳让音乐患病，并不是让音乐体现出有异于常态的创造力和奇特魅力，而是让音乐成为一种掩盖虚弱而假造生命活力的刺激手段。换言之，病态的魅力，感官刺激的快感，已经失去了反抗英雄的光环，暴露出衰弱的本质。他由此离开了欧洲颓废派作为美学抵抗运动的斗争轨道，开启了对颓废派文艺本身的一种严厉审视。初看起来，这种对颓废所代表的腐朽、没落和对健康生命的危害的苛责，很像是保守阵营对反市民美学的蔑视以至诋毁。颇具讽刺意味的是，以马克斯·诺尔道（Max Nordau）为首的保守批评家在以贬责的语调剖析"世纪末"病症的时候，恰恰沿袭了尼采对瓦格纳的这种批判，将其用于刻画尼采本人代表的"退化"（Entartung）特征。[2] 但尼采的批判出发点与道德戒律的卫道士们是截然不同的。在《瓦格纳事件》中，这一段文字尤其能表明尼采对颓废问题的关切出自何种初衷：

每一种文学上的颓废以什么为标志呢？就是生命不再

---

[1] [德]尼采：《尼采著作全集·第六卷》，孙周兴、李超杰、余明峰译，北京：商务印书馆，2016年版，第20—21页，第23页。

[2] 参见 Max Nordau: Entartung. Hrsg. von Karin Tebben. Neudruck der Auflage von 1892. Berlin; Boston: De Gruyter 2013. S. 409-460。

寓居于整体之中。词语变成独立的,跃出句子之外,句子漫无边际,使页面的意义变得晦暗不堪,页面则以整体为代价来赢得生命——整体不再是整体了。可是,这是每一种颓废风格的比喻:每每是原子的无序,意志的分散,"个体的自由",用道德讲法[……]生命、相同的活力、生命的激荡和茂盛,被挤回到极细小的产物之中,残余部分贫于生命。处处都是瘫痪、劳累、僵化,或者敌对和混沌:人们越是登上高级的组织形式中,两者就越是清晰地跃入人们的眼帘。整体根本上不再存活了;它是被装配的,被计算的,人为的,是一件人工制品。[1]

不少尼采研究者已经指出,尼采对颓废文学的标志的描述,很大程度上是挪用了此前法国学者保罗·布尔热(Paul Bourget)在《当代心理散论》中提出的"颓废理论"[2]。布尔热在研究了波德莱尔的诗歌与其心理特质的关联之后,指出颓废派在文学风格上的特征便是过于发达的局部独立于整体而造成了整体的瓦解。然而,尼采不具名地引用布尔热,并不是在重复布尔热的相对客观中立的颓废美学批评,而是为了继续推进自己的瓦格纳批评,并将文学风格的美学评判上升至对瓦格纳所代表的现代性精神病症的宏观阐述。整体的瓦解与虚假整体的招摇不再仅仅是文学的问题,而是整个现代文化的问题。而这

---

[1] 《尼采著作全集·第六卷》,第28—29页。
[2] 参见 Kafitz: *Décadence in Deutschland*. S. 47-89。

种精神病症造成的恶果，也即现代文化所暴露的弊端，在尼采看来，是生命（das Leben）的衰微以至缺失。尼采不避繁琐，反复使用"生命"一词来强调他所深恶痛绝的颓废艺术的问题所在。而这正是他与其他颓废批评者最为明显也最为本质的不同：他从生命本体的立场出发来反对所谓的颓废艺术，力图揭示瓦格纳弄虚作假的伪生命力，将昂扬、自足、自证、自强的生命看作存在的根基与独立的价值，而将这种生命所遭受的扭曲和否定视为颓废派与道德主义者以及基督教会所共有的腐朽（Degeneration）病症。在 1888 年年底所写成的《尼采反瓦格纳》中，他更为清晰地表达了这一思想：

> 存在着两类受难者，一类是苦于生命力过剩的受难者，他们意愿一种狄奥尼索斯的艺术，同样意愿一种对生命的悲剧性洞见和展望——另一类则是苦于生命之贫乏的受难者，他们向艺术和哲学要求安宁、寂静、平静的海洋，抑或要求陶醉、痉挛、眩晕。对生命的本身复仇——此类贫乏者最荒淫的陶醉方式！瓦格纳如同叔本华，满足了此类贫乏者的双重需要——他们否定生命，他们诽谤生命，因此他们是我的对跖者。[1]

实际上，生命是贯穿尼采哲学思考之始终的一个核心概念，是他在不同阶段以不同方式，甚至采用前后对立的思想参照系

---

[1] 《尼采著作全集·第六卷》，第 558 页。

来反复阐发的文化批判立足点和价值观归宿。

在他引发争议的最早哲学作品《悲剧的诞生》中，他就已经确立了生命在他的美学观察和哲学反思中的核心地位。1872年发表这部作品的时候，尼采还没有视瓦格纳为对跖者和颓废派，而是狂热地崇拜瓦格纳，视其为自己的领路人和整个西方文化的拯救者。他在致瓦格纳的前言中如此写道："我坚信艺术乃是这种生命的最高使命，是这种生命的真正形而上学的活动，而这恰好也是那个人的想法——他是我在这条道上崇高的先驱，我在此愿意把这本著作献给他。"[1] 这一时期的尼采还沉浸在瓦格纳音乐所带来的迷醉中，从这音乐里看到了复活古希腊悲剧精神的希望。他认为古希腊悲剧最能让人直面并承担人生在世的必然痛苦，因而也最能体现生命本身的价值。正如尼采在文中所说："深沉的希腊人，唯一地能够承受至柔至重之痛苦的希腊人，就以这种合唱歌队来安慰自己。[……]是艺术挽救了希腊人，而且通过艺术，生命为了自身而挽救了希腊人。"[2] 这是尼采对于艺术与美学道路的最初设定，将艺术与生命视为可以相互依存、相互彰显的联合体。生命（das Leben）本身是此在（das Dasein）的意义所在，而能让人体验到生命真相的艺术（die Kunst），才会让存在者进入自省却又自由的状态，在审美活动中发现并实现自我。尼采在这里做出了一个对于德奥世纪末文化发展影响深远的论断："唯有作为审美现象，此在与世界才是永

---

[1] [德]尼采:《悲剧的诞生》, 孙周兴等译, 上海: 上海人民出版社, 2018年版, 第22页。
[2] 同上书, 第69页。

远合理的。"[1] 作为审美现象的人生，将成为众多文艺作品展现的一个核心命题。1886年，已经从瓦格纳信徒转变为瓦格纳批判者的尼采，在《悲剧的诞生》再版之际，去掉了致瓦格纳的前言，而在正文前加上了一则《自我批判的尝试》。尼采显然要借此来批判自己之前对瓦格纳寄予厚望的做法，但这种态度上的决断反转，并没有改变他在思考生命与艺术的关系时的一贯立场。其实也正是因为他一贯秉持的信念，他才会对无法真正实现生命最高使命的瓦格纳音乐失望而产生愤懑与敌视。如他自己所言，他始终坚持要"用艺术家的透镜看科学，而用生命的透镜看艺术"[2]。他对古希腊悲剧的论述，对日神与酒神精神的对立统一的考察，其实正是以生命的自我感知与自我解放为思考线索。在这里，他所理解的生命绝不止于个体生命，而是超越于个体之上并抵达原初太一（das Ureine）的宇宙生命整体。尤其是他对狄奥尼索斯式的生命大一统景象的展望鲜明地体现出了这一点：

> 在狄奥尼索斯的魔力之下，不仅人与人之间得以重新缔结联盟：连那疏远的、敌意的或者被征服的自然，也重新庆祝它与自己失散之子——人类——的和解节日。大地自愿地献出自己的赠礼，山崖荒漠间的野兽温顺地走来。狄奥尼索斯的战车缀满鲜花和花环：豹和虎在它的

---

[1] 尼采：《悲剧的诞生》，第57页。
[2] 同上书，第8页。

轭下行进。[……]现在，奴隶也成了自由人；现在，困顿、专横或者"无耻的风尚"在人与人之间固定起来的全部顽固而故意的藩篱，全都分崩离析了。现在，有了世界和谐的福音，人人都感到自己与邻人不仅是联合了、和解了、融合了，而且是合为一体了，仿佛摩耶面纱已经被撕碎了，只还有些碎片在神秘的"太一"（das Ureine）面前飘零。载歌载舞之际，人表现为一个更高的共同体的成员[……]人感觉自己就是神，正如人在梦中看见诸神的变幻，现在人自己也陶醉而飘然地变幻。人不再是艺术家，人变成了艺术品：在这里，在醉的战栗中，整个自然的艺术强力得到了彰显，臻至"太一"最高的狂喜满足。[1]

这种突破个体界限而重新与自然万物相融的统一感，正是人生之为审美现象的要义所在。虽然尼采将造型艺术的日神精神与音乐的酒神精神的结合视为悲剧的诞生时刻，但是他在论述中更偏重于强调酒神精神的决定性作用，正如他在标题中和在行文中所言，悲剧是从音乐精神中诞生出来的。而这种酒神精神让人能真正体验到生命作为个体的局限和生命作为统一体的极乐，在经历了痛苦的震撼之后拥抱生命。酒神与悲剧都在呼唤人弘扬生命的本我价值。艺术—生命的联合在悲剧中达致完满。尼采对悲剧美学的探讨，其实是为自己的生命哲学奠定基石，在悲剧之苦与生命之欢的联系中开拓出一个新的艺术—

---

[1] 尼采：《悲剧的诞生》，第30—31页。

生命视域，而这也将成为世纪末的文学想象视域。他在书中如此总结道：

> 狄奥尼索斯艺术同样也要使我们坚信此在的永恒快乐，只不过，我们不应该在现象中寻求这种快乐，而是要在现象背后来寻求。我们应当认识到，一切产生出来的东西都必定要痛苦地没落，我们不得不深入观察个体实存的恐惧［……］。在短促的瞬间里，我们真的成了原始本质（Urwesen）本身，感受到它无法遏制的此在欲望和此在乐趣；现在我们以为，既然突入生命之中，并且相互冲突的此在形式过于繁多，既然世界意志有着丰沛的繁殖力，那么斗争、折磨、现象之毁灭就是必需的了。在我们仿佛与不可估量的此在之原始快乐合为一体时，在我们预感到狄奥尼索斯式的狂喜中这样一种快乐的坚不可摧和永恒时，在这同一瞬间里，我们被这种折磨的狂怒锋芒刺穿了。尽管有恐惧和同情，我们仍然是幸福的生命体，不是作为个体，而是作为一个生命体——我们已经与它的生殖欢乐融为一体了。[1]

德国学者沃尔夫冈·里德尔（Wolfgang Riedel）在其专著中指出，《悲剧的诞生》是1900年左右的一个宣扬"自然人（homo natura）的基础文本"，代表了以"生命意志"为核心的

---

[1] 尼采：《悲剧的诞生》，第145页。

"狄奥尼索斯式生命哲学"[1],而这种哲学构成了整个时代的思想史框架:"在1800年被称为'自然'的,在1900年左右就被称为'生命'了。"[2]在十九世纪末的德国思想界,生命一跃成为流行词,成为广泛讨论的议题,也成为新的思想纲领的主题词。除了尼采,威廉·狄尔泰(Wilhelm Dilthey)和格奥尔格·西美尔(George Simmel)都主张在哲学、阐释学、社会学研究中将生命放在中心位置。这种盛行一时的生命哲学,实际上是在"抵抗现代性,尤其是反抗十九世纪的理念哲学所包含的理性倾向"[3]。正因为以技术文明和理性主义为标志的现代化进程对包含非理性因素的动态生命造成了压制,才激发了思想家们对生命的高度关注和深入思考。机器大生产带来的机械化生活节奏、社会体制的理性化规训、自然科学发展造成的科学主义思维不仅仅让人远离了田园牧歌中的自然,也让有机的、活泼的、多变的生命在社会现实和精神领域都无处安身而趋于衰竭。马克思在十九世纪中叶对现代性的发展便有这样的判断:"我们的一切发现和进步,似乎结果是使物质力量具有理智生命,而使人的生命化为愚钝的物质力量。"[4]到了十九世纪末,不少思想家都认为,哲学思考的当务之急不再是确立认识论的理性法则,而是重新返回到作为生命体的人。狄尔泰就表明他的研究着眼于"真正

---

[1] 参见 Wolfgang Riedel: *Homo Natura. Literarische Anthropologie um 1900*. Würzburg: Königshausen & Neumann 2011. S. 142-155。
[2] 同上书,S. 13。
[3] *Handbuch Fin de Siècle*. S. 604.
[4] 《马克思恩格斯选集》第二版,第一卷,北京:人民出版社1995年版,第775页。

的血液"和"整体的人"[1]。

不过，狄尔泰和西美尔的倡议多集中在学术讨论范围里而没有直接影响文艺创作者们。真正让生命主题成为德奥世纪末文艺运动的一个独有标志的，还是尼采。他在《悲剧的诞生》中已经初步开拓出了以"生命—艺术"为轴线的美学思考路径，展示了在酒神艺术中体验"原始的生存狂喜"的积极乐观的生命想象。而在他之后包括《善恶的彼岸》《道德的谱系》《快乐的科学》《偶像的黄昏》的多部著作中，他则是从反面来揭示一切以道德或理性之名行扼制生命之实的伪善说教。他在这一点上其实与欧洲世纪末文化所体现的崇尚非理性、反对道德束缚的叛逆精神合拍的，只不过他始终注意强调健旺的生命力而不是追求单纯的纵欲放浪。他在《偶像的黄昏》中说道：

> 道德中的每一种自然主义，就是说每一种健康的道德都是受一种生命本能支配的，——任何一种生命需求都是通过某种确定的"应当"和"不应当"的准则加以实现的，生命道路上的任何一种阻碍和敌对行为都是借此加以清除的。相反，违反自然的道德，就是说迄今受到尊敬、爱戴和吹捧的几乎每一种道德，却恰恰是针对生命本能的，——它们是对这种本能所进行的时而隐蔽、时而公开和公然的谴责。[2]

---

1 转引自 Handbuch Fin de Siècle. S. 605。
2 《尼采著作全集·第六卷》，第104—105页。

而在他的生平得意之作，也即对德奥诗人、作家、艺术家影响至深的世纪末圣经《查拉图斯特拉如是说》中，尼采将对生命价值的极力宣扬糅入了新创造的"权力意志"（Wille zur Macht）概念之中，以权力来述说对生命力的尊重、释放和超拔。查拉图斯特拉成为狄奥尼索斯的新分身，只不过酒神的迷醉被冷峻又激昂的警世言说所取代。他在第二部的《自我克服》这一章里如此描述他的权力意志：

> 大智者啊，你们的危险和你们的善与恶的终结，并不是这条河；而是那种意志本身，是权力意志，——那种不竭的创生的生命意志。
>
> [……]
>
> 凡有牺牲、服役和爱之目光的地方：也有做主人的意志。弱者取隐秘路径潜入强者的堡垒，直抵强者的心灵——在那儿窃取权力。
>
> 而生命本身向我说出了这个秘密。它曾说："看哪，我是一个必须永远克服自身的东西。
>
> 诚然，你们把它叫做创生的意志，或者力求目的的冲动，力求达到高者、远者和多样者的冲动：但所有这一切都是一体的，是同一个秘密。"[1]

---

[1] ［德］尼采：《尼采著作全集·第四卷：查拉图斯特拉如是说》，孙周兴译，北京：商务印书馆，2017年版，第179—181页。

在之前的美学方案与道德批判的基础上，尼采又以《查拉图斯特拉如是说》推出了以意志为首要范畴的生命学说。这个新阶段的生命概念与原初太一的生存狂喜已经不再有多少关联，但保留了自为的独立性和自强不息的活力特征，并显示出所谓的权力主张，即要求挣脱奴隶道德与畜群价值观的束缚而实现自我超越，张扬自己的主人道德和基于生命强力的主宰意志。这种生命是尼采进行价值重估的出发点，也是他在"善恶的彼岸"挖掘道德的历史生成过程，也即道德谱系的立足点。由于这种生命完全是现世的存在和身体性的存在，尼采在崇尚生命价值之际，也就格外激烈地抨击基督教关于彼岸救赎的说教和西方哲学思想传统对身体的蔑视。他在《查拉图斯特拉如是说》中写道：

> 身体是一种伟大的理性，一种具有单一意义的杂多，一种战争和一种和平，一个牧群和牧人。
>
> [……]
>
> 感官和精神乃是工具和玩具：在它们背后还有自身。这个自身也以感官的眼睛寻找，也以精神的耳朵倾听。
>
> 这个自身总是在倾听和寻找：它进行比较、强制、征服、摧毁。它统治着，也是自我的统治者。
>
> 我的兄弟啊，在你的思想和感情背后，站立着一个强大的主宰，一个不熟悉的智者——那就是自身。它寓居于你的身体中，它就是你的身体。[1]

---

[1] 《尼采著作全集·第四卷》，第44—45页。

尼采对于身体的论说，颠覆了自笛卡尔以来西方哲学研究对身心问题的惯常讨论模式，破除了号称恒定的理性—头脑的统治地位，而将充满变动的身体抬到了主宰者的高位。这也是与他的生命本体论相契合的，生命力的流动不息首先是作为身体现象被体验到，身体是作为生命载体和生命本质所在而成其为超越于头脑之上的"伟大的理性"（große Vernunft）。这种身体观从思想史上来看是一次极具挑衅意味的革命，而对于文艺界的发展来说也是一次振聋发聩的冲击。世纪末盛行的身体书写，很大程度上得益于尼采带来的"思想解放"。

与这种解放相连的，是尼采对向来被基督教伦理和世俗道德观所贬低的个体欲望的辩护。他在《查拉图斯特拉如是说》第三部中旗帜鲜明地重估了个体的身体（生命）欲望的价值，将污名反转，用它为新的美德命名：

> 淫欲、权欲、自私：这三者一直都是最受诅咒和最声名狼藉的，——我意愿十分人性地衡量这三者。
>
> [……]
>
> 淫欲：对于自由的心灵，它是无辜而自由的，是人间乐园的幸福，是一切将来对于现在的满溢的谢忱。
>
> 淫欲：唯对于干枯者，它是一种甜蜜的毒药，而对于具有雄狮意志者，它却是一种大大的强心剂，以及敬畏地保藏的酒中之酒。
>
> 淫欲：是伟大的比喻之幸福，代表着较高的幸福和最高的希望。

[……]

权欲：使一切腐朽者和空洞者破碎和破裂的地震；经过粉刷的坟墓的破坏者，那滚动着的、隆隆作响的、有所惩罚的破坏者；过早的答案旁边的闪闪发光的问号。

[……]

权欲：然而，它甚至对于纯洁者和孤独者也是诱人的，上升到自足的高度，灼热有如一种爱情，在尘世天国诱人地描绘紫色的福乐。

权欲：但如果高高在上者俯身要求权力，那么谁还会把它称为欲望啊！真的，在这样一种要求和俯降中，毫无病态和癖好！

[……]

他［查拉图斯特拉］的言语赞扬这种自私是有福的，这种完好的、健康的自私，源自强有力的灵魂：——

——来自强有力的灵魂，它包含着高尚的肉体，那美丽的、胜利的、令人振奋的肉体，在它周围每一个事皆成为镜子：

——这柔韧的、动人的肉体，这舞者，它的比喻和缩印就是自身快乐的灵魂。这样的肉体和灵魂的自身快乐把自己成为："德性"。[1]

从尼采的文化批判和价值重估，到世纪末文艺运动中对市

---

[1]《尼采著作全集·第四卷》，第 300—303 页。

民道德规范和身体规训，尤其是对性道德的想象式反抗，有着不可忽视的密切关联。德奥文艺创作者们不仅是从英法的叛逆美学里获得新的意象与新的语汇，更从尼采这里获得了叛逆的合法性理由与重要的精神支撑。他们不仅仅是恣意宣扬感官刺激的审美快感，更是以尼采笔下的查拉图斯特拉为楷模，以生命意志为核心诉求，以颠覆的姿态和游戏的快感来冲决打着道德与理性旗号的精神束缚。生命与艺术的命题在这里又增添了聚焦于身体欲望的叙事层面。

然而，尼采不仅仅是以肉体和灵魂的自身欢乐，生命力的张扬与意志的亢奋影响着德奥世纪末的美学倾向，他还赋予了德奥世纪末一种与众不同的冷峻省察，这便是与他的生命哲学相辅相成的现代性批判。对生命价值的重视，如前所述，很大程度上是思想界对以工业生产与资本体制为标志的现代性压抑生命力的反应。而尼采在为人类重新寻找新的存在意义根基的时候，不单单瓦解了既定的善恶定义，也质疑了十九世纪树立起来的恒定统一主体论。他对身体的"杂多"特性的强调，实际上就是对单一本质主体的否定。德勒兹就指出，在尼采这里，"身体是由多元的现象，是多元的不可化简的力构成的，它的统一是多元现象的统一，是一种'支配的统一'"。[1] 而这种多元论是直接针对基督教与理性主义哲学中的灵魂/主体单子论的。在《善恶的彼岸》中，尼采写道：

---

[1]［法］吉尔·德勒兹：《尼采与哲学》，周颖、刘玉宇译，郑州：河南大学出版社，2016年版，第88页。

人们首先还要除掉另外一种影响深远的原子论，基督教最成功的和最长久地教授过的灵魂原子论。用这个术语或许可以表示那种信念，它把灵魂当作某种抹杀不掉的东西、永恒之物、不可分之物，当作单子和 Atomon[原子]：这种信念，人们应该从科学中清除出去！[……]关于灵魂假说仍然有重新论述和精雕细琢的余地：如"会死去的灵魂""作为主体多样性的灵魂"和"作为诸冲动和诸情绪的社会建筑的灵魂"之类的概念，均有意在今后的科学中获得公民权。[1]

单一、统一、均质、恒定的灵魂或主体在尼采看来都是一种自欺欺人的幻象。多样性、多变性才是生命体本真的结构。这种动态化、复数化的主体重构，是尼采对十九世纪哲学主流的蓄意反叛，是他对以理性主体为核心的现代性方案的摒弃。[2]在此，他以变动不居的生命体验为核心开创了自己的现代性批判话语（他在《瞧，这个人》中称《善恶的彼岸》"从根本讲乃是一种现代性批判"[3]。），提出了新的主体认识，以去中心化、分离和多元的主体想象来对照现代人的精神境遇："现代人类发现自己处于一种价值的巨大缺失和空虚的境地，然而同时又发现自己处于极其丰富的可能性之中"。[4]在写于 1885 年 8、9 月但未来得及发表的书稿中，他对此有更为清晰的表述：

---

1 [德]尼采：《尼采著作全集·第五卷》，赵千帆译，北京：商务印书馆，2016 年版，第 27 页。
2 参见哈贝马斯：《现代性的哲学话语》，第 96—121 页。
3 《尼采著作全集·第六卷》，第 449 页。
4 伯曼：《一切坚固的东西都烟消云散了》，第 23 页。

> 对单一主体的假设也许不是必要的；也许同样可以假设一种多元主体，我们的思想以至我们的整个意识都是以这众多主体之间的合力与斗争为基础的。一种"细胞"组成的贵族阶层，统治权就安放于其中？当然得是习惯于联合执政并懂得如何发号施令的同类人。
>
> 我的假设命题：主体作为多样性。[1]

尼采的这种带有现代性批判意识的主体观念对德奥世纪末文艺创作的影响，丝毫不亚于他的生命哲学和欲望阐述。这种思考与同一时期任教于布拉格大学与维也纳大学的物理学家兼哲学家恩斯特·马赫（Ernst Mach）提出的经验批判哲学遥相呼应。马赫在出版于1886年的《感觉分析及物理与心理的关系》一书中阐述了世界认知以感官经验为基础的观念，并由此推断所谓的"自我"也是基于连续累积的感官经验而形成的一种思想设定而非先定本质。这种出自实证主义的主体观，与尼采出自生命哲学的主体观异曲同工，汇合成了一股对德奥世纪末文艺界影响深远的自我反思潮流。[2] 现代人的自我，在这里一再呈现为一种离散型人格：恒定单一主体观的涣散带来了自我感知的重构，让整体性的自我认知与世界认知趋于碎片化。对这种人格的感知与体验，既释放出了审美创新的能量，也形成了失落、迷惘、焦虑、恐慌、无助等消极的内心体验。这让德奥世纪

---

[1] Friedrich Nietzsche: *Sämtliche Werke, Kritische Studienausgabe in 15 Bänden.* Bd. 11. Nachlaß. Berlin; New York: Walter de Gruyter 1988. S. 650.

[2] 马赫的主体观在世纪末美学中的作用，参见 *Handbuch Fin de Siècle.* S. 611-614。

末的文学作品具有了独特的矛盾性。对自我的叩问，向来是西方文学的核心主题之一。而这一时期的德奥作家与诗人，在尼采和马赫的影响下，却尤其着意于刻画所谓恒定自我的虚幻，通过聚焦于碎片化的自我感知，尤其是流动不居的情欲冲动，表现出完整统一体的瓦解。在下文中对此将有更详细的文本解读。

尼采破除恒定单一主体的幻象，实际上暗含了他对整体性的怀疑和对系统化的哲学思考的扬弃。这与他自己在瓦格纳身上所观察到的现代性的"颓废"特质有着结构上的一致之处：整体趋于瓦解，生命的价值和意义将无法再寄托于一种虚假而空洞的整体之中。虽然尼采的主体批判并不等于个体完全消解整体的生命力，但是这种告别统一、恒定整体的姿态与他所认定的瓦格纳音乐透露出的病态却都源自于同一种对现代的敏锐感受。尼采自己对此有着格外清醒的意识。他在批判颓废、批判现代性的同时，又将颓废和现代性看作他自身也无法摆脱的"病症"。但恰恰是这种批判与自我批判，诊断与自我诊断的结合，凸显出了《瓦格纳事件》和尼采本人的深刻与复杂。这种深刻与复杂又与尼采作为德国思想与德国文化的内部叛逆者对德国现代化道路的反思紧密相连。正如卡林内斯库稍带夸张的描述："在整个十九世纪，没有什么思想学说能稍稍接近尼采颓废哲学所具有的辩证复杂性和深刻性。"[1] "他的颓废概念实际上源于他对德国文化现代性的反动[……]。"[2]

1　卡林内斯库：《现代性的五副面孔》，第212页。
2　同上书，第204页。

在《瓦格纳事件》的前言里，尼采就开宗明义地将瓦格纳与现代性，也即他眼中充满了弊端又无可逃脱的人类发展状态，画上了等号：

> 通过瓦格纳，现代性说出它最隐秘的语言：它既不隐瞒自己的善，也不隐瞒自己的恶，它忘掉了所有的自惭形秽。[……]如若今天有一位音乐家说"我恨瓦格纳，但我再也受不了其他音乐了"，那是我完全能理解的。而倘若一位哲学家申明："瓦格纳总结了现代性。没办法，人们必须首先成为瓦格纳信徒……"，那也是我可以理解的。[1]

如前所述，尼采对瓦格纳代表的颓废美学的批判是从维护生命价值的立场出发，痛斥瓦格纳以感官刺激来掩盖生命力之缺失的伪生命艺术。这种对生命的虚假伪造，对尼采而言，就是现代性的"病态"本质：一方面是生命力的萎缩和整体统一性的瓦解，一方面是用人为制造的幻象来冒充生命而隐瞒自身内在的溃散趋势。这和《善恶的彼岸》与《查拉图斯特拉如是说》中的许多论述是一脉相承的。只不过在《瓦格纳事件》中，尼采的现代性批判格外明确、集中和凝练：以瓦格纳音乐为现代性的化身，由这个圆心展开对现代性包含的精神危机的审视和揭示。不过，尼采对他认定的现代性病症的审视和揭示，不是从外在于这个现代性的旁观者和超越者的角度来进行的，而

---

[1] 《尼采著作全集·第六卷》，第 7 页。

恰恰是将自身作为这个现代性的一部分。他毫无隐瞒也毫无畏惧地坦白：尼采也是个颓废者。更耐人寻味的是，他也正是从这种自我审视和自我批判中辨认出自己身上反颓废的一面：

> 与瓦格纳完全一样，我也是这个时代的产儿，就是说，我也是一个颓废者：只不过，我理解了这一点，只不过，我抗拒了这一点。是我身上的哲学因素抗拒了这一点。[……]为了完成这样一种使命，我必须有一种自律：——反对我身上的一切病态，包括瓦格纳，包括叔本华，包括整个现代"人性"。——对于全部时代性的、合时宜的东西，保持一种深刻的疏异、冷漠、清醒：而且作为最高的愿望，拥有查拉图斯特拉之眼，这眼从极远处俯视人类整个事实，——往底下观看……[1]

尼采以瓦格纳为镜，反观自身，也便是将自己当作现代性的化身之一来看待。他毫不避讳他曾经（或者一直还）受瓦格纳音乐的魅惑，并由此承受着现代性中无可逃脱的颓废命运，同时他也绝不制造任何脱离于现代性的整体性幻象。毋宁说，他清醒而又犀利地剖析着现代人的生存状态与离散人格，力图打破十九世纪的恒定本质的主体神话。但也正是这种自觉的反观姿态，让他又从瓦格纳走向了查拉图斯特拉的境界，获得了重估价值与重构自我的可能性。他既意识到整体的溃散、自我

---

[1]《尼采著作全集·第六卷》，第6页。

的分化，又不沉湎于颓废带来的感官快感，而是寻求能时刻对颓废的自我予以凝视和批判的"疏异、冷漠、清醒"。他由此将自己树立成一种看似悖论的体验与思考兼具的双重主体：既颓废又反颓废，既受制于现代性又批判现代性。而这恰恰符合审美现代性与现代化进程之间的纠缠关系。正如在导言中所述，审美现代性正是源自对现代性的不满，对自身所处的现代化境遇的抗拒，以各种方式来表达对政治、经济、社会现代化过程的疏离与反思，但又无不以现代人的处境为其美学表达的重要基础。而尼采的颓废批判，正是一种从现代性中孕育出反现代性的典型路径，只不过这里的现代性从一开始就是文化内部的，是与审美活动紧密相连的，但也因此更映照了现代人的精神状态。在这一点上，他与世纪末美学的关联也是双重的：他既改造了颓废的美学内涵而让其成为现代性批判的核心概念之一，又以颓废者与颓废批判者的结合体自居，呈现了现代审美活动中的自反特质，体现了世纪末美学的一种特殊的思想向度。上文中提到过的托马斯·曼，世纪末德语文学的重要代表之一，就曾将其与王尔德相比，称其为"思想史上最不折不扣，最不可救药的唯美主义者"[1]。

这种自我观察与自我克服的双重性，尼采在他写于1888年至1889年的思想自传《瞧，这个人》中有着更为清晰的表述。他在这本书中延续了颓废与病态的论述话语，但也赋予了颓废

---

[1] [德]托马斯·曼：《托马斯·曼散文》，黄燎宇等译，北京：人民文学出版社，2014年版，第315页。

某种积极意义,将《瓦格纳事件》中的颓废批判发展为更有辩证意味的自我批判:

> 从病人的透镜出发去看比较健康的概念和价值,又反过来根据丰富生命的充盈和自信来透视颓废本能的隐秘工作——这乃是我最长久的训练,是我最本真的经验,如果说是某个方面的训练和经验,那我在这方面就是大师了。我现在已经胜券在握,我有能力转换视角:这是首要的原因,说明何以也许唯有对我来说,一种价值重估竟是可能的。[……]
>
> 因为,除了我是一个颓废者不说,我也是它的对立面。[……] 作为 summa summarum [顶峰之顶峰、至高无上者],我是健康的,作为隐僻一隅,作为特性,我是颓废者。[1]

德国洪堡大学的哲学教授佛尔克·盖尔哈特（Volker Gerhardt）曾在他的尼采专著中如此评论《瞧,这个人》:"尼采借此将自己当作了一种以自我认知为方向的哲学的典型案例。"[2] 的确,尼采以自己的个体生命、自己的身体境遇作为了哲学思考的重要出发点和观察契机,并以此在西方哲学史上卓尔不群。而在涉及颓废时,他将瓦格纳事件转化为了尼采事件（德语中 Fall

---

[1] 《托马斯·曼散文》,第 330—331 页。
[2] Volker Gerhardt: *Friedrich Nietzsche*. München: Beck 2006. S. 20.

这个名词兼有事件、案例和坠落之意）。他将健康与疾病之间相反相成的身体经验描述为他本身的生命力与颓废倾向之间的对立与关联，继而将其视为自己进行价值重估的视角主义（Perspektivismus）的一个重要立足点。他再一次旗帜鲜明地将颓废与反颓废视为了他的双重本质特征，同时又将这一本质特征上升至他对普遍意义上的现代人处境的认知：颓废，包括对病态本身的迷恋，在现代性中固然是无可避免的精神趋向，但也由此刺激出了真正的思想者对生命的重新渴望，为现代人的自我否定以至自我超越设定了起跳的瞬间。

虽然尼采此时所论及的颓废，已经完全是在他的生命哲学和人性思考框架内重新定义过的概念，但是这种颓废观，尤其是这种对颓废又反颓废的自我定义，在德奥世纪末美学的发展中有着极为重要的典范意义。托马斯·曼在回顾自己的创作历程时，几乎照搬了尼采这个双重描述来阐明自己与颓废的关系："我在精神上属于遍布整个欧洲的那一类作家，他们出自于颓废，注定要定时记述并分析颓废，同时又以解放的意志拒绝颓废，——说得悲观一点，是心中怀有这拒绝的虚弱意念，至少尝试着去克服颓废与虚无。"[1] 只不过，在作家的创作中，颓废和反颓废的交互关系往往演化为叙事者对颓废人物及故事的极力描绘与冷峻嘲讽以至批判，颓废美学与颓废批判的结合成为一次又一次的文学"事件"。我们在后面的文本分析部分将会看到，不仅仅是托马斯·曼，德奥的世纪末运动整个都渗透了由尼采首

---

[1] Thomas Mann: *Betrachtung eines Unpolitischen*. Frankfurt a. M.: Fischer 2009. S. 220.

倡的这种自我反观，这种对颓废既认同又否定的暧昧态度。

尼采这位德语世界少有的奇才和独树一帜的思想者，"作为语言艺术家、思想家和心理学家彻底改变了其时代氛围"[1]，其思想的深刻与庞杂，其影响的深广与异变，绝非上文所述可以涵盖。不过，本书以颓废为出发点和终结点对尼采作品的粗线条梳理，原本就不在于理出他的整体思想脉络，而是着重揭示他对德奥世纪末美学的导向性作用。在这方面，我们可以看到，他的影响也是复杂而多重的：

1. 他将生命本身的独有价值作为文化批判与颓废批判的核心，并从狄奥尼索斯式的悲剧美学中看到了生命与艺术的结合道路，为德奥世纪末增添了生命/生活（在德语中都是 Leben 这个名词）的重要命题，推动文学家和艺术家围绕生命进行思考与创作；

2. 他呼吁捍卫遭受现代文明压制的生命，为身体及身体的欲望正名，揭露并批判市民道德与基督教伦理的虚伪，并由此与英法世纪末的反市民叛逆美学形成呼应，强化了世纪末中包含的人性解放力量；

3. 他在对主体的深入思考中发现了现代的离散型人格，打破了恒定统一主体的幻象，以生命的流动不居和自我的多元构成改写了现代的自我感知，让德奥世纪末具有了更鲜明的自我反思、自我怀疑的特征，形成了现代性危机的最初症候；

4. 他对颓废的体认和抗拒都参与塑造了德奥世纪末美学的特

---

[1]《托马斯·曼散文》，第290页。

殊形态：一方面，他对颓废与现代性的关联的强调，让他成为"对技术进步造成的无可预见的后果表达出不祥预感的最初一批人之一，对当代政治的盲目乐观主义发出了嘲讽"[1]。在这一点上他与世纪末的众多颓废派不谋而合；另一方面，他对颓废美学的激烈批评展示出了人工幻境与刺激美学的内在空虚，让德奥世纪末具有了自我反观、自我反思、自我批判的思想深度，也推动德奥作家对唯美、颓废等世纪末品格进行改写。

尼采无疑是德奥世纪末的一个关键人物，他以其巨大的精神号召力和多重的美学反思为德奥世纪末的特殊性奠定了基调，在很大程度上决定了世纪末风潮在德奥文化界由落地生根到变异演化的转折。他所开启的这种审美现代性在许多德语文学文本中都得到了传布和发扬。

---

[1] Volker Gerhardt: *Friedrich Nietzsche*. S. 23.

弗洛伊德的精神分析与性欲学说：
时代话语

如果说尼采对于德奥世纪末来说是一种精神上的引路人，那么弗洛伊德则是世纪末诸多作家、诗人和艺术家的同路人，是世纪末的情欲叙事的重要参与者与标志性人物。从1880年开始创作的众多德奥作家纷纷追随、崇拜尼采，与弗洛伊德的关系则显得多少有点疏离。但他们的作品对情欲、梦境、精神病症的描写，对晦暗、幽深、暗流涌动的内心深层的表露，却与弗洛伊德的相关理论表现出高度的一致。弗洛伊德自己对此有着清醒的认识。他在1922年为庆祝奥地利作家施尼茨勒的六十岁生日而给他写的信，堪称一次经典的自我告白：

> 我认为，我是出于一种"对双影人的畏惧心"而回避您的。不是说我很轻易就会把自己和另一个人认作同一个，也不是说我想要忽略我与您在才华上的差异。我是说每当我沉浸于您的美好作品中的时候，我一次又一次地发现在这诗意的表象之后可以找到种种前提、兴趣和结论，让我觉得格外熟悉，因为它们也是我自己的。您的决定论与您的质疑——人们所说的悲观主义——，您对无意识之真相、人类的本能天性的深切领悟，您对文化习俗之稳定

感的摧毁，您对爱与死这个两极端的不懈思考，这一切都让我深受震动，让我感到一种包含了悚惧之感的熟悉。

[……] 我因此有这样的印象，您通过直觉——其实是以细腻的自我感知为来源——已经知晓了我在别人身上费尽力气才得以发现的一切。[1]

弗洛伊德在这里表达出的暧昧心态，颇能显示他与世纪末文艺运动之间的微妙关系。一方面是认同，他觉得施尼茨勒这样的作家与自己有着同样的人性观察，尤其是对无意识的真相（Wahrheiten des Unbewußten）、对本能天性（Triebnatur）和对爱欲死亡两级（Polarität von Lieben und Sterben）的关注、探究和表达。这些是弗洛伊德在1900年左右最关切也致力最深最勤的研究领域，也是他与世纪末文学的连接之处。这里涉及的不仅仅是性爱这一恒久的话题，而是在这一特殊历史背景下的特殊性体验和性想象以及被其决定的心灵状态以至病态。这样的生命关联作为"现代人"的重要特征，可以说是弗洛伊德的重大发现，在他笔下得到了详细描述和阐释。他的描述和阐释又可直接对应于诸如施尼茨勒等作家的文学作品中呈现的性爱情态和心灵图景。这两者在世纪末的同时出现绝非巧合，而是出自共同的时代体验和共同的现代性反思。弗洛伊德从某种意义上来说是这种时代体验与人性反思的命名者，构成了审美文化

---

[1] 转引自 Michael Worbs: *Nervenkunst. Literatur und Psychoanalyse im Wien der Jahrhundertwende*. Frankfurt a. M.: Athenäum 1988. S. 179。

中的性欲叙事的重要话语背景。他对无意识中的欲望动力法则的洞察与阐述使得不可见者变得可见、可言说、可思考，从而揭示了同一时期的德奥世纪末文化运动的重要命脉。而这种探索与发现，也和德奥世纪末文学创作一样，是以现代化在德奥的特殊发展历程为基础的。

奥地利诗人与作家霍夫曼斯塔尔也在 1922 年回忆过弗洛伊德的科学探索历程并将其与维也纳的特殊历史语境联系了起来：

> 当年，在大约二十年前，他从他的朋友布洛伊尔博士，一位维也纳的执业医生的一个灵慧又深刻的思想得到启发，推出了惊人的、影响极其深远的观点，从中闪现出了他那认知之光的具有决定性的最初晨曦。自此以后，他便以一种洞察犀利的专业词汇来聚拢这认知之光，就如同用一盏配有打磨精细的凸面镜的灯笼盛着这光，让它依次照亮此间存在（Dasein）的多个彼此迥异的领域 [……]
>
> 我也不觉得这不是极为契合，极恰当的：弗洛伊德博士的理论是从这里出发走向世界——正如轻巧的、稍显庸俗但柔顺媚人的轻喜剧旋律也是从这里走向世界，虽然两者没有任何可想得到的联系。维也纳是欧洲音乐之城：它也是通往另一个神秘东方的东向门户，那便是无意识的国度 (das Reich des Unbewußten)。弗洛伊德博士的阐释和猜测都是有意识的时代精神向这个国度的海岸进发的勘探之旅。[1]

---

1 Hugo von Hofmannsthal: "Wiener Brief [II]". In: Hugo von Hofmannsthal: *Reden und Aufsätze II. 1914-1924.* Frankfurt a. M.: Fischer 1979. S. 192-193, S.195.

弗洛伊德在作家施尼茨勒的作品中发现与自己思想的一致性，与霍夫曼斯塔尔对置身于世纪末维也纳的弗洛伊德与时代相契合的描述，可谓相映成趣。当心理学家惊叹自己的发现已经是文学家构造出的文本现象时，文学家则从心理学家这里看到了可以照亮当下人类生存的内在状况的认知之光，看到了后者尽心研究的无意识既是时代关键词又呈现出维也纳的特质。弗洛伊德因而是灯也是镜，文艺创作者们可以借他来确认共同造就他们的时代精神与文化场域，确认他们由此形成的共同的写作动机与表达欲望，时不时地从中吸取创作的思想资源。德语学界的弗洛伊德研究权威著作《弗洛伊德手册》如此评述道："维也纳现代派的作家们和弗洛伊德同属于哈布斯堡大都会的共同智识情境，该情境的标志是革新推动力与传统守旧之间尖锐的时代交错。他们双方都认可彼此是在积极努力地反抗社会的既有话语格局而追求灵魂层面的'真相'。"[1] 下文对此还将详述。

弗洛伊德给施尼茨勒写的信中也表露了另一方面：他对以直觉来把握人性本能结构的世纪末文学的某种因熟悉而畏惧的复杂心态。他用了"双影人"（Doppelgänger）这个概念来描述他与施尼茨勒之间的关系。"双影人"是德语文学中常见的一种人物形象，他与另一个人物角色的外形、个性完全一致但又非其本人，往往带有神秘和恐怖的色彩。弗洛伊德自己在 1919 年写的一篇题为《熟悉的诡秘感》（Das Unheimliche，英译为 un-

---

[1] Hans-Martin Lohmann, Joachim Pfeiffer [Hrsg.]: *Freud Handbuch. Leben-Werk-Wirkung.* Stuttgart; Weimar: Metzler 2013. S. 29.

canny）的文章中详细分析过德国浪漫派作家霍夫曼笔下的"双影人"形象，认为该形象是作家制造悚惧效果的一个关键设置。他认为"双影人"源自人类固有的自恋情结，包含了自我观察和自我批判的可能，但在文学中演化为让人害怕的命运或死神的使者。他又指出，双影人还包含了因外界阻挠而无法实现的自我追求，包含了一切在现实中遭到压抑而只可在幻想中存留的个人意志。[1] 换言之，与"双影人"接触，也就会面对被压抑的自我，发现自己内心深藏的欲望及其与现实要求的矛盾，从而感到对那个被暴露的真实自我的恐惧。

因此，弗洛伊德在描述他对施尼茨勒所持有的"对双影人的畏惧心"（Doppelgängerscheu）时，是在剖析他对隐藏着的一个自我的渴望和抗拒。施尼茨勒以文学叙事展示了他所知晓的一切心理奥秘，这并不是他的恐惧所在，因为这里涉及的还是他的显在自我，一个以了解人的内心世界为己任的精神分析师。施尼茨勒洞察无意识与情欲对人的决定性力量，所依仗的并不是科学观察，而是文学家的直觉，这才让弗洛伊德既心生嫉妒却又不免畏怯。如果说施尼茨勒实现了某种他无法实现的自我追求，那么就是施尼茨勒无需科学理性的协助与监控，便可以直达那个非理性的人性本质层面，并将其刻画为震撼读者的文学形象。弗洛伊德却从始至终要坚定维护者自己作为科学家的使命：以理性来探寻非理性的内心欲望、无意识的本能冲动、

1　参见 Sigmund Freud: "Das Unheimliche." In: Sigmund Freud *Studienausgabe*, Bd. IV. *Psychologische Schriften*. Hg. v. Alexander Mitscherlich, Angela Richards, James Strachey. Frankfurt a.M.: Fischer 1982, S. 241–274。

精神病症的病因真相。也正是他审慎深入的求真意志和理性思考让他一再确认理性远不是人类的全部精神现实，人类行为的驱动力和人类精神的失常很大程度上都来自那个理性难以掌控的黑暗领域。正如作家托马斯·曼在《弗洛伊德在现代思想史上的地位》一文中的评价：

> 明确无误并且不容混淆的是，它［弗洛伊德的心理分析］对欲望的"兴趣"并不意味着通过否定精神，以自然保守主义的姿态对欲望阿谀奉承，而是有助于理性和精神在未来取得胜利，革命者的目光已经看到胜利的远景；它还有助于启蒙——我们应该按其最大的、最独立于时代浪花的意义使用这个受到讥讽的字眼。弗洛伊德说："我们可以反复强调，与人的欲望冲动相比，人的理智是软弱无力的，这话也一点没错。但是这一弱点有其特殊性；理智发出的声音很轻微，但如果无人理睬，它就不会停滞呼唤。在遭遇无数次反复拒绝之后，它终于找到了侧耳聆听者。"这是他说的话。如果一种学说把理性第一性言简意赅地称作"心理学理想"，那么就很难在这一学说里找到反动的利用价值。[1]

弗洛伊德因而一方面如世纪末文学的作家们一样为非理性、无意识、性欲所着迷，从理论上论述了这不见于意识而无法用

---

[1]《托马斯·曼散文》，第108—109页。

理性规训的人性幽暗层面对人的巨大作用，但另一方面，作为理论家、医生和精神分析师的他又要外在于这欲望涌动、精神躁动的本能世界，以冷峻而疏离的态度来进行诊断、观察、检验以至治疗，并以此来捍卫已显出弱势的理性本身。在这一点上，他与批判颓废美学的尼采颇有类似之处。尼采称自己是颓废派，同时他身上的哲学家因素在抗拒颓废，因此他以深刻的疏异、冷漠、清醒来面对包含自己在内的时代趋势。弗洛伊德深入探索人的无意识、非理性和性欲，同时他身上的科学家因素则在抗拒非理性，他同样要以疏异、冷漠、清醒来面对他自己心灵深处也存在的非理性和性欲本能。如果说尼采以其颓废批判提供了一种包含悖论的自我对抗式的现代性反观路径，那么弗洛伊德则在理性与非理性之间构建出了具有自我诊断和自我疏离特征的针对现代人欲望的精神分析法。实际上，弗洛伊德的精神分析在从病理学走向普遍意义的深度心理学时，在方法论上就包含了自我分析。弗洛伊德在《梦的解析》的第一版序言中就坦白道：

> 如果我报告自己的梦，又必然要将自己精神生活中不愿告人的隐私暴露于众目睽睽之下，这或许也超出了作为一名科学家而非诗人的作者的正常需要。这是痛苦的但也是无法可避免的需要，而我宁愿这样做，不然便会有可能完全放弃提供我的心理学发现的证据。[1]

---

[1] [奥]弗洛伊德：《释梦》，孙名之译，北京：商务印书馆，2016年版，第2页。

这句表白也呼应了他后来在写给施尼茨勒的信中对诗人和作家的暧昧心态：嫉妒其对非理性的直接感知和表达，又畏惧自己身上那种非理性的诱惑对科学家自我的威胁。他的精神分析与性欲学说却也正是在这一种意义上成为有典范意义的德奥世纪末文化表征：聚焦于性欲，表达其力量，同时又配以自审的冷峻与旁观的疏离。世纪末的情欲狂欢在这里加入了分析式的理性色彩和诊断式的间离感。当然这并不意味着理性对本能的征服，恰恰相反，弗洛伊德在以理性来揭示非理性与无意识的人性本质时，就是在推进两者的纠结与互动，也就是在自觉或不自觉地实践矛盾统一的世纪末美学（他对诗人的执念正体现了这种半自觉状态）。对此，撰写最新德语版弗洛伊德传记的文学教授彼特－安德里·阿尔特（Peter-André Alt）教授有着精辟的描述：

> 每一次治疗行动都意味着一次降入地下世界的冒险，而医生担负起了魔法艺术家的角色，他将迷失于一个阴暗领地的秘密中。作为斗士——这是弗洛伊德自己喜爱使用的一个形象——他始终身陷灵魂的恶魔之力下，如同在童话中身陷超越人力的巨大力量之下。[……]精神分析工程的出发点就已经以极为典型的方式具有了理性与神话的双重预兆。任何一方缺了另一方都无法存在；两者，白日与黑夜，惊人地相互连接，这是这门还年轻的学科最令人激动的洞见之一。[1]

---

1 Peter-André Alt: *Sigmund Freud. Der Arzt der Moderne. Eine Biographie.* München: C.H. Beck 2016. S. 253.

实际上，弗洛伊德这位敢于深入人类心灵的地下世界去探究人类本性的斗士，正如高呼生命价值的尼采一样，以他所揭示的理性与非理性之间的连接而开启了对现代性的重要观察路径，并以此成为自我审视的现代文化的重要建构者。阿尔特教授在传记的副标题中称弗洛伊德为"现代性的医生"，并在前言中如此评论道：

> 谁要言说现代性，就必然要说及精神分析；他不会总是直白地提到，但却总是非提不可。反思现代性意味着：以精神分析为范，被精神分析所收纳。就连批评者都不能挣脱它，因为它始终驱动着一个强有力的飞轮。它就本能冲动和无意识所做的诊断，统摄了我们对人类文化的宏大叙事。没有人能再开启这样的叙事而不从弗洛伊德的释义模式中获取裨益。[1]

法国当代著名哲学家保罗·利科（Paul Ricoeur）在他研究弗洛伊德与阐释学的专著中也有此论断："精神分析属于现代文化。通过解释文化，精神分析改造了文化；通过给予它一种反思的工具，精神分析持久地给文化打上了深深的烙印。"[2] 精神分析在文化现代化进程中发挥了决定性影响，并且长久地成为现代人观察与阐释现代性处境中的自我问题的核心范式。而在世

---

[1] Peter-André Alt: *Sigmund Freud. Der Arzt der Moderne*. S. 16.
[2] ［法］保罗·利科：《弗洛伊德与哲学：论解释》，汪堂家、李之喆、姚满林译，杭州：浙江大学出版社，2017年版，第4页。

纪末这个文化现代的关键阶段，刚刚起步的精神分析也成为审美现代性的一个重要参考坐标：弗洛伊德不仅与德奥文学家分享着共同的关切对象和共同的表达兴趣，也以其观察现代心灵的方式和塑造现代文化的话语激发、促进德奥文学家在自己的文学领地以象征的方式展示出现代人的心灵图景。之前引用过的霍夫曼斯塔尔和托马斯·曼在引文中已经透露他们对弗洛伊德的理论的高度关注。霍夫曼斯塔尔自称了解了弗洛伊德的全部著作。而托马斯·曼也为自己的创作在弗洛伊德的心理论述中寻找过灵感。[1] 即使是弗洛伊德一直嫉妒羡慕的施尼茨勒，也曾在 1906 年，在弗洛伊德五十岁生日之际，向他写信承认自己从他的重要著作《癫症研究》和《梦的解析》中获得过启发。[2]

不过，与尼采的影响不同，弗洛伊德与这些作家的关系并不是单向的启发和指引，也是彼此的参照、借鉴与互动。心理学与文学在世纪末的历史语境里彼此连通却常常平行发展，呈现为围绕欲望的理性思考与审美表达的历史性交汇。"所以学者们在研究中一再确认，用'影响'与'接受'这样的范畴是无法充分描述它们的关系，而是必须用关联、契合和交互作用的概念来把握。"[3]

正因为这样，要以审美现代性为核心来解读德奥世纪末文

---

[1] 参见 Bernd Urban: "Psychoanalyse und Psychologie". In: *Handbuch Fin de Siècle*. Hrsg. von Sabine Haupt, Stefan Bodo Würffel. Stuttgart: Alfred Körner 2008. S. 638-9; Worbs: Nervenkunst. S. 298-303。

[2] Worbs: Nervenkunst. S. 213-214.

[3] Dorothee Kimmich, Tobias Wilke: *Einführung in die Literatur der Jahrhundertwende*. Darmstadt: WBG 2006. S. 77.

学的特殊发展道路，就绕不开弗洛伊德这个现代心灵诊断者与现代文化构建者。他与同时代作家的关联、契合和交互作用正构成了后者在世纪末潮流中与众不同的倾向性。[1] 回溯他建立精神分析并提出性欲学说的思想发展过程，追寻他以科学家的理性钻研非理性的心理动力学的个人经历，正可以找到一条时代精神演变的思想史线索，让我们更切实地把握德奥作家在世纪末的创作特色和美学价值，尤其是他们的作品之于现代性的重要意义。

弗洛伊德的第一部吸引世纪末作家关注的作品，也是他最扣准世纪末的现代性症候的著作，是他与同行约瑟夫·布洛伊尔（Josef Breuer）在1895年出版的《歇斯底里症研究》（*Studien über Hysterie*，或译为《癔症研究》）。这部被视为"精神分析的起源"[2]的病症分析，实际上是以整整一个时代的医学热潮为背景的，这便是对世纪末盛行的神经官能症（Neurose）的关注、治疗和讨论。在导论中我们已经看到，在英法的世纪末文学兴起时，不少作家已经将这种现象视为"现代人"的新特征，并以此为基础为自己的新式文学谋求合法性。而当时的医

---

1 这当然不是说弗洛伊德的心理研究对其他国家的文学没有产生影响。但是就世纪末这一时期的文艺发展而言，德语区国家的作家作为近水楼台，是直接与弗洛伊德学说发生关联与互动的。《弗洛伊德手册》中指出："文学现代性的作家们自从精神分析诞生起就受到了精神分析的吸引与刺激，这现象首先是1900年左右出现在维也纳，最迟从1910年开始蔓延至所有其他文学生活的德语中心，从二十世纪二十年代开始则遍及整个欧洲和美国。" *Freud Handbuch*. S. 319.

2 *Freud Handbuch*. S. 85.

学界也不乏在现代性的发展与神经疾病的猛增之间看出因果关联的学者。其中有人也论及了文学的发展，只不过是将其视为现代性的消极面而加以贬责。弗洛伊德所熟悉的海德堡医学教授、现代神经学奠基人之一——威廉·埃尔布（Wilhelm Erb）就曾在 1893 年发表了题为《我们这个时代日益增长的神经紧张症状》，其中写道：

> 对于现代生活使得神经质疾患不断增长的问题可以做出毫无迟疑的肯定性回答，只要看一下现实就足够了。许多事实已清楚地表明，现代生活的出色成就，各个领域的发现与发明，为求进步而日趋增加的竞争，个体不得不满足日益增长的巨大需求，而只有付出全部的心理能量，这些需求才能满足。与此同时，所有阶层的需要及对生活的享乐需求都在增加，空前的奢侈蔓延到整个社会，而在过去这是可望而不可及的事情。漠视宗教、不安与贪婪充斥于社会的每一角落，遍布全球的电报与电话网使得传播系统惊人地扩展，并彻底改变了商贸条件。一切都变得匆忙与狂躁：晚上旅游，白天经商，即使是"假日旅行"也令神经系统紧张。严重的政治、工业与经济危机引起了空前的广泛躁动。[……]城市生活愈发繁荣与焦躁。疲惫的神经试图通过增加刺激、陶醉于愉悦而得以复原，其结果则导致更大的衰竭。现代文学不厌其烦地关注激惹公众激情的话题，这只能激励纵欲，造成追逐快乐，蔑视基本的伦理原则及各种理想，呈现于读者面前的往往是病态人物、

性变态行为、革命斗争等问题。[1]

技术、经济、社会的高速现代化在改善物质生活的同时也给现代人带来了前所未有的精神刺激和神经负担，这显然是十九世纪末众多医学家和文学家的共识，只不过后者将其视为新的美学产生的契机，而前者又将后者的创作看作让神经病症进一步恶化的文化堕落现象。审美现代性的生成方式与文化现代化中的矛盾由此可见一斑。值得注意的是，医学本身作为高度理性化的现代科学分支，在此期间发展为现代性弊端的诊断者，同时也成为现代人自我表述的话语构建者。神经学科正是这样一个为现代人的所谓病态精神状况命名的学科，而被视为"神经官能症的女王"[2]的歇斯底里症（Hysterie），尤其能体现世纪末的医学话语对"神经质时代"（das Zeitalter der Nervosität）的重要建构作用。不无巧合的是，现代医学对歇斯底里症的病理学研究也正是在世纪末文艺浪潮所发端的法国真正兴起。[3]著名的医学教授让-马丁·沙可（Jean-Martin Charcot）在巴黎的萨尔帕蒂里尔医院（Salpêtrière）开设了欧洲第一家神经疾病诊所，并且首次使用催眠术来治疗歇斯底里症。弗洛伊德从1885年10月

---

[1] 转引自［奥］弗洛伊德：《爱情心理学》，车文博主编，北京：九州出版社，2017年版，第110—111页。
[2] Freud Handbuch. S. 85.
[3] 参见 Joachim Radkau: Das Zeitalter der Nervosität. Deutschland zwischen Bismarck und Hitler. München: Carl Hanser 1998. S. 121-144。Radkau 指出，"直到十九世纪八十年代，歇斯底里症研究都是法国的专长，德国人直到这个时期为止都将歇斯底里症看作法国女人的一个典型特征。"

至1886年2月在萨尔帕蒂里尔医院留学，深深为沙可的治疗技术和医学理论所吸引。回到维也纳之后他也开始了自己的独立治疗，并很快与之前就有过歇斯底里症治疗经验的好友布洛伊尔进行合作，提出了他们自己的歇斯底里症理论与治疗手段。他们在吸收沙可的催眠治疗术的同时，也逐渐偏离了沙可的病因理论，最终以《歇斯底里症研究》一书开创了一个全新的医学时代，由此开始参与世纪末对现代人本质特征的重新构想。

他们的第一个创举，是彻底革新了歇斯底里症的病因学说。沙可所代表的神经学科认为歇斯底里症来源于神经系统的器质性损伤，并将其追溯至身体构造上的遗传因素。弗洛伊德与布洛伊尔却认为歇斯底里症是心因性病症，不是神经系统出了问题而导致了身体机能的紊乱，而是心理方面的问题导致了躯体症状：

> 根据这类观察，似乎可以在普通癔症和创伤性神经症之间建立一种类比，从而使我们为扩展创伤性癔症这一概念提供依据。在创伤性神经症中，起作用的原因不是那种微不足道的躯体性伤害，而是恐惧的影响——心理创伤（das psychische Trauma）。与此类似，我们的研究揭示了许多的（甚或可以说大多数的）癔症症状，其促发因素只能说成是心理创伤。任何一种引起不愉快的经历如恐惧、焦虑、羞惭或身体疼痛，都可起到这种心理创伤的作用，而事实上它是否起作用则很自然地取决于个人受影响的易感程度而言[……]。在普通癔症病例中，常发生的是许多局部的创伤，

而不是单一的重大创伤，构成了一组促发因素。[1]

所谓心理创伤，便是将歇斯底里症的身体表现归因于心理创伤，这在当时的医学话语中是一种具有颠覆性的身心关系论。十九世纪下半叶的神经学科，盛行的做法是追踪精神问题的生理病因，越来越将心理疾病还原至可测量的物质现象。正如盖伊所言，"心灵渐成为一个由电能和化学能驱动的机器，而这些能量是可以被追溯、计算和测量的。随着一个接一个的发现，所有心灵事件的生理学基础似乎都已经奠定了，神经科学是最后的赢家。"[2] 然而弗洛伊德和布洛伊尔的歇斯底里症研究却展示了无法单靠生理解释便能洞察清楚的心灵层面，将无法直接从外部观测到的心理活动视为更需要研究和分析的病症根源。他们因而推进了世纪末的重要思想倾向，从外部现实转向内心世界，从关切物质转向探索心灵。同时，他们对心理问题和身体症候的诊断方式和详尽描写也为德奥世纪末文学提供了非常具体的创作灵感。

而正是针对这种心理创伤的病因，他们发展出了所谓的"心理净化"（Katharsis）[3] 的治疗手段。由于心理创伤源自过去

---

[1] ［奥］弗洛伊德:《癔症研究》，车文博主编，北京：九州出版社2017年版，第148—149页。引文参照德语原版（Sigmund Freud, Josef Breuer: *Studien über Hysterie*. Leipzig; Wien 1895. Neudruck: 6. Auflage. Frankfurt a. M.: Fischer 1991）进行了必要修改。

[2] ［美］彼得·盖伊:《弗洛伊德传》，龚卓君、高志仁、梁永安译，北京：商务印书馆，2018年版，第138页。

[3] 参见 Alt: *Sigmund Freud*. S. 196-203。

的刺激事件，无法通过正常渠道发泄继而被遗忘，而是在无意识中潜藏而伺机爆发为歇斯底里症症状，所以医生的主要任务就是帮助病人复现创伤的原初场景而让其解脱。这种治疗方法"使最初没有发泄的那种观念的作用力，通过言语途径而发泄受压的情感，使其不产生作用。它借助于（在轻度催眠下）把这种作用力引入到正常意识，使其受到联想性的矫正，或在伴有记忆缺失的梦游状态下，通过医生的暗示而消除"。[1]

以心理创伤为出发点和针对目标的治疗方案，其效果证实了心因性假设。弗洛伊德也因此与布洛伊尔一道决定性地推动了"十九世纪末从'神经病症'理论到'心理动力学'理论的范式转变"[2]。

《歇斯底里症研究》中另一个对弗洛伊德的学说发展，也对世纪末文艺思潮都有着非凡意义的重要理论创见则是：强调性欲在这一精神疾病产生过程中的核心作用。在1895年两人共同撰写的初版序言中，他们就旗帜鲜明地指出了"我们的观点，即性似乎在癔症病因中起着主要的作用，它是心理创伤的来源和'防御'的一个动因——即受压抑的观念来自于意识"。[3]

对性的高度关注，无疑是弗洛伊德的精神分析一以贯之的理论轴心，也使得日后有人给他的学说加上了"泛性论"（Pansexualismus）的标签。而他围绕性欲展开的这些理论的最初发端，正是他在探索歇斯底里症的心理病因过程中的发现：

---

[1] 弗洛伊德：《癔症研究》，第 158 页。
[2] Freud Handbuch. S. 93.
[3] 弗洛伊德：《癔症研究》，第 142 页。

性欲本身的强大力量和对这种力量的刻意压制造成了久久不能释放出来的创伤式作用力。正如布洛伊尔在这本著作的第三章进行病例分析后的理论总结所写道的:

> 这是不言而喻的,通过我们的观察也足以证明了惊吓、焦虑和发怒这些非性欲情感导致了癔症现象的发展。但是或许值得再三坚持的是,性的因素是病理结果中最重要的和最富有成果的。我们的前辈的天真的观察,在这个术语"癔症"(来自希腊语的"子宫"一词)中得以保留,比起最近几乎把性看作最后的要素以让病人免受道德指责的观点,倒是更贴近现实。癔症患者的性需求无疑与健康人一样,个人体之间在程度上有很大的差异,并且不比健康人强,但前者为此而得病,大部分正是由于与性的斗争,由于针对性所做的防御(Abwehr)而造成的。[1]

性欲的重要性在两人的这部著作中确实得到了前所未有的强调。性在他们这里不再是医学界乃至整个市民社会主流讳莫如深的言说禁区,而是迫切需要深入钻研并予以话语表述的心理学分析对象,也即人性中至关重要而需要高度关注的基本需求。这是世纪末风起云涌的性欲叙事中的关键一环,用福柯的话来说,"揭示真相的任务现在就与质疑性禁忌联系在一起了"[2]。

---

[1] 弗洛伊德:《癔症研究》,第349页。
[2] [法]福柯:《性经验史》,佘碧平译,上海:上海人民出版社,2009年版,第86页。

而这种解禁话语的重要解放力量还在于，他们不是将性欲本身看作致病的原因，而是将身体上的病症归结于对性的压抑或防御。因为正是压抑，才让心理的高度兴奋无法得到有效的排遣释放而积累在了潜意识中，造成日后病症的爆发。布洛伊尔如此分析道：

> 一种观念必定在意识中有意被压抑，并排除在联想性的矫正之外。我认为这种有意的压抑也是全部或部分兴奋总量转换的基础。与心理联想分开的全部兴奋较易沿着错误的通路趋向于躯体的运动感觉。压抑本身的基础可能就是一种不愉快的情绪。一种被压抑的观念和构成自我的占优势的许多观念之间出现不相容。而被压抑的观念以逐渐成为致病性因素的方式进行报复。[1]

性欲和性需求的压抑之所以更容易成为歇斯底里症的病因，正因为"性本能无疑是兴奋持久增强的最强烈的源泉（最终也是神经症的源泉）"[2]。这种人性本能所遭受的可致病的压抑，则来自市民社会在现代化过程中变得日益严苛但又虚伪的性道德。布洛伊尔和弗洛伊德尤其关注到所谓中上层社会家的女儿们：

> 尽管她们的性兴奋程度很高，但她们有相应很高的道

---

[1] 弗洛伊德：《癔症研究》，第239页。
[2] 同上书，第307页。

德纯洁性，她们感到任何性欲方面的事与她们的道德标准不相容，感到是一种肮脏和玷污名誉的事。她们在意识中压抑性欲，挡开引起躯体现象的常有这种内容的情感观念，让其沉入潜意识中去。[1]

由此可见，弗洛伊德与其同行布洛伊尔在涉及性的方面最重要的贡献，与其说是发现了性欲之于人的巨大作用，不如说是发现了性欲（其重要性对他们来说几乎不言而喻）被压抑与身心机能失调之间的因果关联。正是在这一点上，弗洛伊德展示了他最早的现代性批判意识，在现代文明的发展中看到了人性日益遭受压迫的趋势。在二十多年后的一篇重要论文中，他对此有着更为清晰简练的表述："正是施加于文明人（或阶层）的'文明的'性道德对性文化的压制而导致了神经症的产生。"[2] 这样目标明确的批评，很容易让人联想到尼采对道德压抑个体欲望的讥评和对"价值重估"的呼吁。弗洛伊德的确是以治疗神经病症的医生的身份，与尼采殊途同归，将人类社会的现代化进程中暴露的弊端予以观照和剖析。而他观测这种普遍意义上的"现代性疾病"的切入点，决定了他的独特性。盖伊对此有着精辟的阐述：

> 如同许多当代的观察者，他同意这种都会的、布尔乔

---

[1] 弗洛伊德:《癔症研究》，第348页。
[2] 弗洛伊德:《爱情心理学》，第112页。

亚的工业文明，的确产生了那种时代特有的紧张，在他看来，此种现象正有逐渐严重的趋势。但是当其他人都把现代文明对紧张问题的影响着重在急促、嘈杂、快速的沟通以及心灵机制过多的负载时，弗洛伊德却独树一帜地归因于被压抑的性生活。[1]

不论是性压抑的主题，还是对潜意识中的心理动力学的探索，都在弗洛伊德的第一部独立撰写的专著、精神分析学派的"创世之作"[2]中得到了延续和扩展。出版于1900年的《梦的解析》（*Die Traumdeutung*，又译《释梦》）提供了"一套理论来解释种种心理症候的形成，从歇斯底里症、强迫神经官能症和恐惧症患者，以至'正常的'，按弗洛伊德的话也便是所有人的身上都会出现的心理过程"。[3] 从歇斯底里症转向梦，弗洛伊德也就从心理疾病（Psychopathologie）研究转向了普通心理学研究，并由此开拓出了一个新的人性认知模式：从梦的心理机制去勘探此前少有人关注的人类的无意识（das Unbewußte）。对于弗洛伊德自己而言，他在这本书中所从事的是一项以科学理性来解开非理性世界谜团的研究，是为看似无意义的梦确认其意义的全新尝试。他在全书第一章第一句中如此提示道：

> 我将在下文中，证明有一种可能解释梦的心理技术，

---

[1] 盖伊：《弗洛伊德传》，第139页。
[2] *Freud Handbuch*. S. 106.
[3] 同上。

这种技术如果得到运用，则每一个梦都可显示一种具有意义的精神结构（ein sinnvolles psychisches Gebilde），且与清醒生活的心理活动中某一点具有特殊联系。我还将进一步努力阐明梦的扑朔迷离（die Fremdartigkeit und Unkenntlichkeit）所由产生的那些历程，从而推断出引起梦的各种精神力量的性质。梦正是由这些力量之间的凑合和矛盾而产生的。[1]

弗洛伊德既反对将梦神秘化为与现实无关的超自然力量，又不认为梦是简单的生理刺激的后果，而是将其看作一套复杂而动态的心理机制。他接下来用了大量篇幅和众多梦例，逐步推导出了他的核心结论："梦是一个（受压制的或被压抑的）欲望的（伪装的）满足"。[2]

压抑（Verdrängen）和欲望（Wunsch）作为在《歇斯底里症研究》中的关键词，在这里再次出现。而同样重要的是"伪装"（Verkleiden）这个新出现的定语。它们分别对应了梦的心理机制中不同来源且有不同作用的精神力量：

> 我们可以由此假设，每个人的梦由于两种精神力量（或可描述为倾向或系统）的作用而各有其不同的形式。其中一种力量构成欲望，用梦表现出来；另一种力量则对梦中欲望行使稽查作用，迫使欲望不得不以化装形式表现

---

[1] 弗洛伊德：《释梦》，第1页。
[2] 同上书，第156页。

出来。[……]第二种动因的特权就是让梦的隐念进入意识。不通过这第二个动因，第一个系统的任何观念似乎都无法抵达意识；而要通过这第二个动因，又必须由该动因行使权力，把寻求进入意识的思想改变为它认为适合的形式。[1]

正是在这种表达和防御的交互过程中，欲望戴上了伪装的面具出现在梦中。用弗洛伊德的术语来说，就是产生了隐意（Traumgedanken）和显意（Trauminhalt）的分化。要了解被压抑的欲望，就要破解这种伪装，从显意反溯至隐意：

> 我们梦中表现的隐意和显意就像同一题材的两种不同的译文。更确切些地说，显梦好似隐意的另一种表达文本，我们的任务就在于将原本和译本加以比较以求发现其符号和句法规则，只要我们掌握了这些符号和规则，梦的隐意就不难理解了。反之，显梦好似一篇象形文字手稿，其符号必须个别地译成梦念的语言。[2]

弗洛伊德对梦的解析，因而不仅是窥探梦暴露的欲望与欲望遭受的压抑，更将这一种对抗关系解读为心理能量的动态演变及其造成的外在符号与隐含意义之间的象征关联。正是这种思辨式的推演构成了利科所说的欲望语义学："在将明显内容转

---

1 弗洛伊德：《释梦》，第140页。
2 同上书，第274页。

移或扭曲为潜在内容时，揭示并解释了另一种扭曲，即将欲望变为意象"[1]。这种扭曲的具体手法，弗洛伊德也做了详细的分类，将梦的工作分解成凝缩（Verdichtung）、移置（Verschiebung）、象征表现（Darstellung durch Symbole）和润饰（sekundäre Bearbeitung）作用。欲望为了躲避稽查而进行的改头换面、移花接木、含沙射影的过程通过这样的心理分析话语得到了极为细致的描述。梦在这种描述里成为了一种具有高度创造力的心理机制：压抑刺激出了幻象，让欲望得到象征式的表达。如果说压抑对应于一个日益严酷的现代社会现实，那么梦则对应于一种想象式对抗，一种曲折而执着的言说方式。在这一点上，弗洛伊德也与同时代的作家、诗人形成了密切的关联和契合：梦境的书写成为世纪末文学中一种重要的欲望叙事形式，压抑与想象共同缔造了奇特的欲望意象。

梦与现实之间，正如文学想象与现实之间一样，是不即不离的连接关系。梦中显像不能直接对应为现实，梦的工作恰恰是要让现实中所压抑的欲望得到有别于现实的表现形式。在揭示这种心理现象时，弗洛伊德尤其着重指出，释梦可以让人接触到意识/理性无法把控的内心深层结构，也即无意识（das Unbewußte，下列引文译为"潜意识"）。在这个无意识层面完全是人的本能冲动在涌动，后者时不时冲决理性的控制而在梦中现身，以潜在的力量构成人的决定因素。

---

[1] 保罗·利科：《弗洛伊德与哲学》，第72页。

在清醒生活中，被分析的材料由于心灵上出现的矛盾被消除——一方被另一方所排除——无从得到表达，与内部知觉也被切断了通路。但是到了夜晚，由于本能力量突破了妥协局面，被压抑的材料于是就找到了强行进入意识的手段和方法。

如果我不能震撼上苍，我也要搅动地狱。

梦的解释是通向理解心灵的潜意识活动的皇家大道。[1]

写作《梦的解析》的弗洛伊德因而比与布洛伊尔合写《歇斯底里症研究》的弗洛伊德更为坚定地表达了自己关于人类深层心理结构的新观念。歇斯底里症作为病症，已经让治疗者的弗洛伊德对那个脱离于意识之外的心理能量有了初步了解。而梦作为所谓正常人的常见现象，则让弗洛伊德更为充分地发展了自己关于无意识的理论。他秉持科学理性的探索精神，钻研、推理、阐释，一步步勾勒出了人类精神生活中最不为理性所辖制的领地边界。他以求真的态度承认这非理性的无意识层面是更为重要的人性本质，又以同样认真的态度承认这个本质的不可知。不妨说，启蒙运动以来历代思想家、科学家试图用理性之光将人类心灵照耀通透，弗洛伊德又从理论思辨的角度还它以幽暗、深邃、无可穷尽。他在《梦的解析》中明确写道：

我们必须不要过高地估计意识的特性才可对精神本源

---

[1] 弗洛伊德：《释梦》，第602页。

形成任何正确的看法。[……]潜意识是真正的精神现实；我们对于它的内在实质，与对外部世界的现实同样地不理解；通过意识资料去表现潜意识与我们通过感官去和外部世界相交往同样是不完全的。[1]

弗洛伊德以梦的心理机制为对象的精神分析超越了一般的专业学科话语，成为了世纪末现代文化的一种认知革新。现代人的自我审视从此获得了新的框架和新的导向。尽管无意识和本能在浪漫派后期的文学文本中已经有了表征，但是弗洛伊德的欲望学说依然具有影响整个时代的标志性意义，参与塑造了重构人性的世纪末文化。用阿尔特的话说，"他划时代的书在此也创造了基础，野心勃勃地将心理学与人类学相连接"[2]。精神分析与同时代的许多哲学、科学思潮一样，推进了以不确定性为特征的人类自我想象，而这又成为对现代文学具有决定性意义的时代症候。

在这种人类自我想象中，本能和无意识都有一个与现代文明的压抑作用构成直接对立关系的关节点：性欲。性欲在弗洛伊德的这部经典理论著作中当然也没有缺席。虽然弗洛伊德在为梦进行定义的核心句"梦是一个（受压制的或被压抑的）欲望的（伪装的）满足"中并没有明确写出性，但是在他大量引述的梦例中，性都是最频繁出现的隐意指向。尤其是在第六章

---

1 弗洛伊德:《释梦》，第606页。
2 Alt: *Sigmund Freud*. S. 295.

第五节提到"梦的象征表现"中,弗洛伊德展示了大量的性器官象征和性交象征,将许多梦中表露的被压抑的欲望归结为性欲。在第五章中,弗洛伊德则在解释典型的梦时提出了日后在心理学和其他人文科学包括文学研究中产生巨大影响的"俄狄浦斯"情节。他援引索福克勒斯的悲剧,将弑父娶母的情节推演为隐藏在所有(男性)个体心灵深处的欲望:

> 我们所有人的命运,也许都是把最初的性冲动指向自己的母亲,而把最初的仇恨和原始的杀戮欲望针对自己的父亲。我们的梦向我们证实了这种说法。伊谛普斯[即俄狄浦斯]王杀死了他的父亲拉伊俄斯并娶了自己的母亲伊俄卡斯忒为妻,不过是向我们表明了我们自己童年欲望的满足。但是,我们比他要幸运些,因为我们并未变成精神神经症患者,我们既成功地摆脱了对自己母亲的性冲动,同时也淡忘了对自己父亲的嫉妒。我们童年的这些原始欲望在伊谛普斯其人身上获得了满足,我们便以全部抑制力量从他那里退缩开去,因而使我们的这些内心欲望得以被压抑下去。诗人洞悉了过去而揭露了伊谛普斯的罪恶,同时也强迫着我们认识到自己这些受压抑的同样冲动仍然蛰伏未灭。[1]

在写于《梦的解析》之后的论文《论梦》中,弗洛伊德提

---

[1] 弗洛伊德:《释梦》,第259页。

供了自己关于梦和无意识的理论的精华版。在这里他更加明确地指出，他所力图揭示的被压抑的欲望主要便是性欲。而且，他进一步将性欲、压抑与梦的关联归结为现代文明发展的一个必然结果：社会规范因为性本能的强大而对其特别施以压制，而这种集中压制又让性欲成为决定性的造梦的心理能量：

> 凡是接受了稽查作用是梦化装的主要原因这一观点的人，从释梦的结果得知大多数成人的梦经过分析都要追溯到性欲，都不会感到惊奇。这一论断并不是针对那些未经化装的性内容的梦，这种梦无疑是所有梦者根据亲身经验而熟知的而且一般是唯一被描述为"性梦"的梦。[……]然而，有许多其他的梦，在其明显的内容中并没有性爱的痕迹，但是释梦工作通过分析却表明是性的欲望的满足；另一方面，分析证明，作为"前一天残余"的清醒生活遗留下来的思想只有通过被压抑的性欲才能在梦中得到表现。[……]没有其他本能受到文化教育要求如此深远的压制，同时对大多数人来说，性本能也是最容易从最高精神动因的控制下逃脱出来的本能之一。[……]我们因此能理解到，那种被压抑的幼儿期性欲是如何为梦的构造提供了最经常和最强大的动机力量。[1]

如前所述，弗洛伊德的精神分析和性欲学说对于德奥世纪

---

[1] 弗洛伊德：《释梦》，第661—662页。

末的美学运动，是同时共振的一种推动、刺激和映射。他对歇斯底里症的研究和对梦的解析都不仅仅是在一般意义上迎合了时代潮流，而是在人类认知上开创了一种崭新的话语场域，为同代人的文学创作提供了宏观和微观意义上的多种灵感刺激和足以借鉴的细节材料。

首先，他对神经病症的心因性病因学理论，打破了十九世纪关于身心关系的医学认知模式，大力助推整个知识和文化领域由外部现实观察转向内在心灵探索，回到内心在此期间成为德奥世纪末文艺思潮的主流趋势；

其次，从歇斯底里症到梦，他都以科学求知的分析方法揭示了一个不为理性和意识把控和理解的无意识心理层面，并强调了非理性的本能冲动是人的重要精神现实，从而开创了一种新的人性认知话语，契合了德奥世纪末文学对现代性中的理性思维的反抗；

再次，他高度关注性欲在人类心灵成长与日常行为中的决定性作用，并将性压抑视为现代文明发展的消极后果，而且力图从梦境显像中看到被压抑的性欲的象征式表达。性欲本能与社会规范之间的对立，压抑与对抗共同造就的意象，形成了别具特色的性话语，也参与塑造了德奥世纪末文学在性欲叙事上的独特视角和特殊审美品质。

正如尼采的悖论式颓废美学批判让德奥世纪末文学家的创作在延续反市民的叛逆美学时又获取了一种"疏异、冷漠、清醒"的审思气质，弗洛伊德的理论发现和研究方式也让德奥世纪末文学家吸取了灵感，推动他们从英法世纪末热潮中的性狂欢走向一种与社会批判和梦境书写相结合的性叙事。弗洛伊德对现代人的心灵处境的观察和描述，对于德奥世纪末的审美现代性的发展有着不可忽视的坐标性意义："对心理人格的新理解，包括本能与性、意识与无意识、疾病、恐惧、神经症、幻想与梦、升华、文化创造、宗教和道德、对抗和转化效应这些方面，都形成了一种新的人类学，并由此引向了对文学的一种新理解和新创造"。[1]

当然，弗洛伊德本人的理论探索在世纪末之后还在不断演进扩展，并且加入了更宏观也更系统的文明思考。他与现代文学的关系也随之不断深化。在二十世纪二三十年代，他的性欲学说逐渐演变成以力比多为核心词的本能说，他以《超越快乐原则》提出了生本能和死本能的双元模式，在某种程度上回应了之前世纪末文学中已经出现的情欲与死亡的连接。他在《自我与本我》一书中将无意识理论发展为三重人格模式，并在《文明及其不满》中将文化批判推向了一个新的高度。同时，他还发表了针对达芬奇、陀思妥耶夫斯基和米开朗琪罗等文学家和艺术家的精神分析论文。然而这些著作的影响已经超出了德奥世纪末的时间范围，因而本书就不予讨论了。

不过，值得一提的是，弗洛伊德发表于1905年的《性学三论》也与世纪末文化存在一定关联。虽然这本书没有对作家们产生太多的直接影响（后文中还将重点阐述的戏剧文本《青春

---

[1] "Psychoanalyse und Psychologie". S. 627.

的觉醒》在题材上与这本著作有极大重合,然而成书时期要早于弗洛伊德的研究),但却直接涉及了世纪末文艺运动中的一个核心话题的讨论。在弗洛伊德的心理学说体系中,《性学三论》的功绩或许主要是幼儿性欲说的提出。书中不仅指出幼儿就已经有了性本能,还将其发展划分为口欲期和肛欲期,从而将幼儿的性欲演变与青春期的生殖区性发育连为了一个整体,这些表述在1900年左右的欧洲知识界和舆论界卷起了轩然大波,招致了大批卫道士的愤怒声讨。然而对于世纪末的美学运动来说,第一章中讨论的"性变态"却更值得研究者关注。兴起于法英两国的世纪末文艺风尚本就以"性的无政府主义"(sexual anarchy)为显著特征[1],不论是其倡导者、参与者还是批判者,都将离经叛道的性欲望(sexual perversity)作为自我宣扬和激烈声讨的焦点之一。如前所述,出生于奥地利的保守派学者诺尔道就以大量文学家和艺术家的创作为例,将充满了性描写的世纪末文学斥之为文明的退化(原文为 Entartung,英译为 degeneration)。"退化"也是他发表于1892年并迅速激起欧洲文坛的热议的批评专著的标题。而弗洛伊德在讨论性欲演变的时候,对此做出了直接回应:

> 一些事实表明,就退化(Degeneration)的这一意义而言,变态(Inversion)不应视为退化:(1)倒错者并不具有

---

[1] 参见 Elaine Showalter: *Sexual Anarchy. Gender and Culture at the Fin de Siècle*. London: Virago 2010。

偏离常人的严重变化；(2) 变态者的能力非但未受损害，而且智力发展及伦理修养成绩斐然；(3) 如果我们不是从医疗实践的角度，而是从更广阔的范围看待我们的病人，那么，两种事实无法使我们将变态视为退化：其一，性变态是一种常见现象，它往往出现在文明发展顶峰的人群之中，人们或许会说它具有重要的功能。其二，性变态在野蛮人及原始人中极为普遍，而退化概念仅适于高度文明 [……]。[1]

弗洛伊德完全是从心理学家、性学家和科学家的立场来讨论所谓性变态的，其论述没有包含任何道德评判的色彩，也不是一种美学交锋的争辩。在第一章的主标题里，他没有使用世纪末文学讨论中常用的具有强烈抨击或反讽色彩的 perversity，而是使用了中性化的德语词 Abirrung（本意为误入歧途），在上文的论述中则改用了 Inversion（本意为倒错）来指称诸如同性恋等有悖于常规的性欲现象。[2] 他拒绝将这种性变态看作完全与常规性欲所偏离的退化，也没有将其看作反常的变异，反而将其看作无损于智力与伦理的普遍现象。这显然是一种对非主流性欲污名化的反拨。在讨论幼儿性欲时，他又进一步指出，在每个人的发育之初都存在多形态的变态（polymorph perverse）倾向，而这是人性本就有的原初状态。在全书的结论部分，他再次强调：

---

[1] 弗洛伊德：《爱情心理学》，第 15 页。
[2] 只是在涉及他明确定义为病态的性行为和神经病症时，弗洛伊德才采用 Perversion 或者 perverse Sexualität 这样的表述。

> 由于性变态的倾向如此广泛，我们不能不得出这样的结论，即性变态倾向是人类性本能的原始而普遍的趋向，正常的性行为乃是有机体变化及成熟过程中心理抑制（psychische Hemmung）的结果。[……]既可将性变态视为正常发展中的抑制，又可视为发展过程中的解体（Dissoziationen）。[1]

由此可见，弗洛伊德以自己的性欲学说来参与世纪末的性变态争论，将性欲的多样性予以自然化（Naturalisierung），淡化了常规与变异的性欲之间的对立，去除了性变态包含的道德审判意义上的消极语义。而且他再次将心理抑制看作性欲演变的一个关键要素，重申了性欲与社会之间的对抗与纠结关系。另一方面，也正因为弗洛伊德以冷静客观的态度解说性变态的普遍性和惯常性，他也就对性变态施以祛魅（Entzauberung），在某种程度上大大削弱了这种偏离主流常规的欲望本身所蕴含的冲击力和破坏力。反叛美学中的挑衅式性描写转变为科学分析的性话语，成为对现代性中的性压抑及其心理效用的一种言说形式。只不过，对待性变态的这种两面性，也是弗洛伊德与德奥世纪末文学的一个相通之处。我们在之后的文本分析部分还会看到，作家们关于性的文学想象如何既超越了道德，又包含了社会观察和人性解剖的意味。

---

[1] 弗洛伊德：《爱情心理学》，第 83—84 页。

第二章

德奥大都市：

现代化体验的文化映射场

作为大都市现象的世纪末

在为欧美"现代主义"(modernism)文艺勾勒全景图的专著中,彼得·盖伊指出,"现代主义想要发扬光大就需要社会和文化前提"[1],实际上也是在表明现代主义的发展与社会文化的现代化之间相反相成的关系。作为审美领域的文化革命,现代主义得以诞生的场地和得以亮相的舞台则必然是最集中最剧烈的现代化变革发生之地:大都市。盖伊接着写道:"要是没有了伦敦和阿姆斯特丹,没有了纽约和芝加哥,或者没有了慕尼黑和柏林,现代主义是无法实现的。"[2] 作为现代主义美学的最初阶段,世纪末文艺运动同样也是"大都市现象"[3]。世纪末的文学家和艺术家正是在各个欧洲大都市里才格外敏锐而真切地感受到自己作为"现代人"的精神困境和表达冲动。诗人霍夫曼斯塔尔在 1893 年评论意大利的著名颓废派作家邓南遮(Gabriele D'Annunzio)的时候,就对包括他自己在内的这个世纪末群体做了如下描述:

---

[1] 盖伊:《现代主义》,第 19 页。
[2] 同上书,第 20 页。
[3] Asholt; Fähnders [Hrsg.]: *Fin de siècle*. S. 428.

我们！我们！我很明了，我说的不是浩荡的整整一代人。我说的是散布在欧洲大城市的几千人。[……]尽管如此，这两三千人却有特定的意义：他们之中完全不需要有天才，甚至都不需要这个时代的伟大才子，他们并不一定非得是这一代人的头脑或者心灵：他们仅仅是这个时代的意识。他们以痛苦的清晰感受到自己是当今之人；他们彼此理解，而这种精神共济会的特权，是唯一在积极意义上可让他们超前于其他人的。但是从他们为彼此讲述他们的殊异、他们独特的追求，他们独特的感受时所用的暗语中，历史将获取这个时代的标志性字眼。[1]

感受当下的时代并为之痛苦，有表达的欲望却又与大众保持距离而维持自己的独立性，以疏离的旁观者姿态成为"这个时代的意识"，这正是霍夫曼斯塔尔所确认的世纪末作家群所体现的审美现代性。而不论是这种时代感受还是这种彼此交流联络的"精神共济会"，其形成和发展都有赖于一个特殊的文化空间，这便是大都市。欧洲世纪末大都市的发展直接导致了这一时期的文学与现代化进入更紧密的关联之中："随着大都市在十九世纪末形成，生产和接受文学的文化前提发生了根本性变化，对这种变迁的审美反应也必然应运而生。为了在这有着自己的社会、技术和媒体坐标的新环境中获得新定位，文学就会

---

[1] Hugo von Hofmannsthal: "Gabriele D'Annunzio". In: Hugo von Hofmannsthal: *Reden und Aufsätze I. 1891-1913*. Frankfurt a. M.: Fischer 1979. S. 175.

发展出针对城市生活世界和文化现状的一种主动应对。"[1] 当然，这并不意味着这个时期的文学一定会一对一地展示城市生活，但它的确是从大城市造成的现代生活中获得了创作动机和创作空间。

十九世纪后半叶的欧洲，在第二次工业革命也即电气化革命的推动下，正是以城市化（Urbanisierung）来实现经济、社会和文化的进一步、全方位现代化。第一次工业革命让工厂烟囱林立，让铁路网逐步覆盖大地。到了 1900 年左右，新旧大都市则四处闪耀电灯的光辉，响起有轨电车和地铁的快节奏声音，高楼大厦层出不穷，人口密集，商贸繁荣，城市本身也不断扩大。速度、多样性与流动性成为与大城市不可分割的现代化体验。这个外部物理空间包括其中的经济生活和社交方式的快速变化也导致了社会形态的变化，进而影响了人的精神世界。"大城市不仅仅是现代化的一个后果，它本身也成为了一个现代化要素，因为在它的多种现象密集出现的'熔炉'中，旧有价值和传统都已分解消散。"[2]

在旧的价值观和生活习俗瓦解之际，取而代之的就是一种新型的生活，一种新型的"都市人格"。对此，自己就长期生活在世纪末大都市柏林的社会学家格奥尔格·西美尔在发表于 1903 年的经典之作《大都会与精神生活》中做出了细致的描述与精辟的分析：

---

[1] *Einführung in die Literatur der Jahrhundertwende.* S. 48.
[2] 同上书，S. 20。

都会性格的心理基础包含在强烈刺激的紧张之中，这种紧张产生于内部和外部刺激快速而持续的变化。[……]都市人——当然他以成千上万的变体出现——发展出一种器官来保护自己不受危险的潮流与那些会令他失去根源的外部环境的威胁。他用头脑代替心灵做出反应。在此过程中，不断增加的对外界的知觉与观察呈现出心灵上的优越性。这样，都会生活以都市人增长的知觉与观察以及理智优势为基础。对都市现象的反应使器官变得麻木不仁，毫无个性。智性已被视为用来保留个性生活以抵御都市生活的强大威力，它亦扩展到很多方面并统合了许多离散的现象。[1]

西美尔着眼于现代都市生活对人的改造作用，认为现代生活所具有的多样性和快节奏是一种持续刺激，导致人在智性上发达而在感性上麻木。发达的物质文化和快速的运动变换让人极易随波逐流而丧失自我的个性。这便是以工具理性和技术操控为主导的现代性对人的一种异化（Entfremdung）。但是不同于马克思所面对并阐释的十九世纪中期的现代化，都市的现代化对人施加的影响在西美尔眼中是两面化的。都市代表的这种强大的非个人的同质化现代性也刺激出了对这种现代性的否定，用西美尔的话说则是"一种扩展的、合理的、历史的补充物的个人自由"。[2] 都市与以往的城镇不同，它加速了个人身上的宗族

---

[1] ［德］格奥尔格·西美尔：《大都会与精神生活》，见：《城市文化读本》，汪民安、陈永国、马海良主编，北京：北京大学出版社，2008年版，第132—133页。
[2] 同上书，第139页。

联系的瓦解，促进了社会的单子化，让人进入独立的生存状态，也让人由此获得了某种制造差异性（Anderssein）的行动自由。

由此可见，西美尔对大都市塑造都市人格的过程的观察和阐释，也正揭示出现代性自身发展中产生的分化：现代化一方面被体验为对个人的压抑，另一方面又刺激出了个人的反抗并为之提供了条件。而这尤其表现为现代人的自我想象在都市空间中的更新。西美尔在文章最后写道：

> 除了十八世纪自由主义理想之外，在十九世纪，一方面通过歌德和浪漫主义，另一方面通过经济上的劳动分工，出现了另一种理想：从历史中解放出来的个人，现在希望自己与别人有所区别。人的价值的载体不再是存在于每个个体中的"普遍人性"，而是人的独一无二性与不可替代性。我们时代的内部历史与外部历史在斗争中，在这两种社会整体中个人角色的界定方式里不断纠缠，而为这种斗争与和解提供舞台，正是都市的功能。[1]

都市作为现代化要素对现代人的塑造，在世纪末美学运动中得到了一种文化映射（Reflexion）。都市人的两面性现代性体验，在世纪末的文艺创作者这里演化成两方面的建构因素：首先，都市让他们深切感受到了现代性造成的压抑和文化上的平

---

[1] 西美尔：《大都市与精神生活》，第141页。

庸化，由此催生出一种"竭力避开现代生活的现代主义"[1]。"为艺术而艺术"的唯美主义和蓄意挑战市民道德的颓废派都是在实践这种反现代的现代审美活动。正如霍夫曼斯塔尔在评论英国颓废派作家阿尔加侬·查尔斯·斯温伯恩（Algernon Charles Swinburne）的时候所描述的：

> 他们生活的空气是一个人为弄暗了的房间里的氛围，那柔和的昏暗里满满的都是肖邦音乐的颤抖音律和泛绿的青铜雕像、变旧的天鹅绒和渐黑的油画的反光。
>
> 窗子挂了哥白林织花毯，让人不禁猜测那后面有座华托式花园，装点着宁芙仙女、喷泉和镶金的秋千，或者是一座黑杨树成林的公园。实际上窗外是喧嚣刺耳、野蛮又杂乱无形的生活在翻腾。一股满载灰尘、烟和不协和噪音的强风拍打着玻璃，那是许多为生活所苦的人的震撼心魄的嚎叫。
>
> 在屋中人和街上人之间横亘着对彼此的不信任和某种理解的欠缺。[2]

现代都市制造了繁荣，也制造了苦难。飞速发展的工商业带来了社会发展的失衡和大量社会矛盾，让无数人"为生活所苦"。而世纪末文艺创作者作为早期现代派中尤其强调艺术独立

---

[1] 伯曼：《一切坚固的东西都烟消云散了》，第35页。
[2] Hugo von Hofmannsthal: "Algernon Charles Swinburne". In: Hugo von Hofmannsthal: Reden und Aufsätze I. 1891-1913. Frankfurt a. M.: Fischer 1979. S. 144.

性的一个流派，纷纷遁逃至自己营造的艺术世界里寻找形式之美带来的价值寄托。也唯有如此，他们能显示自己不被同质化的现代性吞没的独特性。这是与现代生活相背离的一面。

但是另一方面，正如西美尔已经观察到的，宣扬个性的反叛者又"强烈地依恋都市"[1]。正是都市空间为诸如波德莱尔这样"现代生活的英雄"提供了张扬个性的舞台。而波德莱尔的后继者也正是以都市为据点，形成了自己的文艺圈子，结成了共同对抗主流文化的美学联盟。他们以都市的物质空间如咖啡馆和沙龙为聚会地点，以都市的媒体空间如杂志期刊为发表阵地，又以都市的演示空间如剧院、展览馆和画廊为表达场所。实际上，他们利用了都市化带来的个人自由，在趋于泯灭个性的社会整体中开辟出了叛逆式地塑造和表达自我个性的亚文化飞地。正如伯曼所分析的，"这种现代的环境不仅为现代主义者而且也为反现代的人提供了物质的和精神的生命线——即物质和能量的一个基本源泉"[2]。

最能展示审美现代性与现代化体验之间这种相反相成的关系的欧洲大都市，当然就是波德莱尔生活和创作的城市，世纪末美学运动的发源地，被瓦尔特·本雅明称作"十九世纪的首都"[3]的巴黎。作为世纪末的美学先锋，以波德莱尔为首的唯美主义者和这座现代都市及其代表的高度发达的资本主义商品经济

---

[1] 西美尔：《大都市与精神生活》，第140页。
[2] 伯曼：《一切坚固的东西都烟消云散了》，第209页。
[3] 参见［德］瓦尔特·本雅明：《巴黎，十九世纪的首都》，刘北成译，商务印书馆，2013年版。

之间正存在着互相映射的关系。正如本雅明所写："异议者反对艺术屈从市场。他们集合在'为艺术而艺术'的旗帜下。从这个口号中产生了'总体艺术作品'的概念,试图使艺术脱离技术的发展。用于庆祝这种艺术的严肃仪式与让商品大放光彩的娱乐是相反相成的。"[1] 而另一方面,巴黎也为整个欧洲的世纪末文艺运动的发展提供了具有决定意义的文化地理空间:

> 对于世纪末文学来说,巴黎因此不仅仅是作为文学神话,也是作为文化和社会磁石发挥着杰出的作用。在这里许多斯堪的纳维亚、德意志、斯拉夫、北美和拉丁美洲作家都曾和举足轻重的法国象征主义者和印象主义者相遇,而这样的相遇对于他们的作品来说都具有决定意义。[……]众多社会、政治和经济原因使得巴黎在十九世纪末成为了欧洲作家渴求的场所与遁逃的目的地,并以此成为——虽然维也纳、柏林和伦敦也有着活跃的文化生活——无可匹敌的世纪末中心。[2]

巴黎之于欧洲世纪末的意义,也正是德奥大都市之于德奥世纪末的意义。当巴黎的世纪末风尚向欧洲其他国家扩散,并非是在单纯地理空间上的涟漪状蔓延,而是由一个都市空间向更多都市空间的放射状传播。一方面,正是上述引文中欧洲作

---

[1] 本雅明:《巴黎,十九世纪的首都》,第 23 页。
[2] *Handbuch Fin de Siècle*. S. 160-161.

家在不同都市之间游走而形成的联动网络让世纪末美学能成为欧洲现象。另一方面，欧洲各都市本身所造成的现代化体验才让世纪末风潮能在各国都引起反响并形成新的发展阶段。而具体到各个都市中的文化现代化进程，都市本身的特殊性也在很大程度上参与塑造了世纪末文学发展的特殊性。欧洲的十九世纪末是以城市化为显著标志的现代化突飞猛进的时期，而各国的大都市也就集中而强烈地展示了现代化的普遍趋势和地区差异。世纪末文学的审美现代性也就随之表现出各自的特殊风格特征。有鉴于此，本书对德奥世纪末文学及其与现代化体验的关系的第二步考察，便以三座大都市：维也纳、柏林和慕尼黑为重心，既展示各个都市的现代化造成的德奥世纪末特有的文化环境，也重现世纪末文学创作主体在各个都市的汇聚、联合、认同或对峙、竞争的动态格局，并由此洞察他们接受并改造英法世纪末思潮的演进过程，而这也是他们对审美现代性进行重新界定和创造发展的过程。

维也纳：守旧与革新的二重奏

就德语国家的世纪末文艺运动的发展而言，维也纳是当仁不让的第一城。德语学界较早的世纪末研究者甚至直接将维也纳等同于整个德语区的世纪末中心："与自然主义相反，世纪末文学的中心不在威廉二世统治的德国，而是在维也纳，柏林、慕尼黑和莱比锡都不过是次一等的演示场所。"[1] 虽然今天的研究者也会对柏林、慕尼黑等其他城市在世纪末文化运动中的作用和地位予以重视[2]，但没有人会否认维也纳在世纪末文化中的突出地位。长期以来仅仅作为音乐之都出名的哈布斯堡王国首都，在十九世纪最后十年直至第一次世界大战爆发前经历了一场格外引人瞩目的创造力勃发期，从心理学、哲学、文学、音乐、绘画到建筑都出现了彻底革新各自领域的卓越成就，一举改变了奥地利知识界和文艺界因循守旧的局面继而影响了整个西方的文化现代化进程，"维也纳现代派"（Wiener Moderne）也随之成为一个专有名词。这一概念显然暗示出与维也纳这个都市空

1　Fischer: *Fin de siècle.* S. 11.
2　Jens Malte Fischer 本人在 2000 年所写的关于世纪末的新著作就将柏林、慕尼黑和维也纳并列为世纪之交的大都市。参见 Jens Malte Fischer: *Jahrhundertdämmerung. Ansichten eines anderen Fin de siècle.* Wien: Paul Zsolnay 2000. S. 26-52。

间密切相连的现代革新力量集群。

然而讽刺的是，这一时期的维也纳却又完全沉浸在政治体制和文化心态上的保守气氛中，处处流露出一种没落却又顽固的旧世界气息，与国际上的现代化国家样式格格不入。在这一点上，维也纳倒非常切合"世纪末"的字面意义，它是处于终结的旧时代的写照：

> 如果说巴黎能被视为欧洲现代性的文化"熔炉"，那么1900年左右的维也纳完全就是世纪末的化身：似乎再没有任何地方能像奥匈双元帝国的"两千岁的超民族大都会"这样让旧世纪继续存活，这个帝国尤其体现为白发苍苍的皇帝弗朗茨·约瑟夫（1830—1916）的形象，皇帝在1890年已经步入了他人生中的第七十年了。[1]

以皇帝本人的守旧和年迈为标志，整个帝国在现代化中的迟滞与过时体现为始终处于强势地位的集权帝制和贵族统治，以及在民族国家时代却依旧勉强维持的多民族帝国形态。而这是奥地利在两百多年的现代化进程中的特殊发展造成的结果。议会民主制的建立、工业资本的发展和自由主义政党的崛起非但没有形成对贵族统治阶层及其意识形态和文化价值的毁灭性冲击，反而导致了贵族的信仰和文化对资产阶级的驯化和同化。两者共同构成了奥地利特殊的政治结构和文化生活。正如卡

---

[1] *Handbuch Fin de Siècle*. S. 163.

尔·休斯克在为他赢得普利策奖的《世纪末的维也纳》一书中所言：

> 有两个事实使奥地利的资产阶级不同于法国和英国的资产阶级：它既没有完全消灭也没有充分融合贵族阶级。由于其软弱性，它还要将皇帝视作遥远但却必需的庇护者，并依赖和效忠于他。由于无法大权独揽，资产阶级总是游离于局外，寻求同贵族势力的联合。而维也纳为数众多、资财丰厚的犹太人，以其强烈的同化倾向，更加强了这一趋势。[1]

奥地利资产阶级自 1848 年的革命失败之后，便在政治上依附于本应与其对立的贵族尤其是帝制体制，而在教育和审美上更努力向后者所把持的高雅文化修养看齐。但也正是这种妥协和归顺，为他们自己赢得了发展空间。尤其是在 1866 年普奥战争失败后，随着整个奥地利帝国"在外交上退缩，专心于自己的经济与文化发展"[2]，自由主义资产阶级开始大力投入第二次工业革命和工商业经济的发展，并取得了议会政治的短暂胜利，一度组成内阁掌管帝国政府，推动了整个国家在经济、技术和社会层面的现代化。在此过程中，"在哈布斯堡帝国的绝对的城市中心，也即在维也纳，经济上的蓬勃发展造成的现代化，将

1　休斯克：《世纪末的维也纳》，第 5 页。
2　Dagmar Lorenz: *Wiener Moderne*. Stuttgart, Weimar: Metzler 2007. S. 15.

在接下来的几十年里改变古老帝国之城的社会构造"。[1]

　　维也纳经历的这一现代化变革的最明显标志，便是环城大道（die Ringstraße）的修建及其沿线城区的改造。从1858年至1865年，皇帝弗兰茨·约瑟夫授命拆除维也纳古城的旧城墙，修筑了环绕整个旧城区、宏伟宽广的交通干道。而从这一时期直至十九世纪九十年代，统治城市的自由主义资产阶级大兴土木，建起了一系列象征意义浓厚的恢宏建筑。哥特式的市政厅、巴洛克风格的皇家剧场、文艺复兴风格的大学和希腊风格的国会大厦依次矗立，与内城里巴洛克风格的皇家城堡和哥特风格的圣史蒂芬教堂形成某种对峙与呼应。这样的城市景观表达出的是一代成功兴起的新阶层急于自我标榜的渴望心态。作家赫尔曼·巴尔（Hermann Bahr）就曾感叹道："再没有哪里，布尔乔亚会这么以得胜之姿进驻其间，用石头尤其是石膏亮出自己的旗帜了。"[2] 然而，资产阶级在凭借这样的形象工程显示自己雄厚的经济实力和活跃的政治参与意识的同时，也暴露了自己在文化上的怀旧和对贵族精神霸权的臣服。他们所代表的现代化始终是包含了守旧和妥协因素的现代化。正如休斯克所分析的：

> 　　环城大道上的宏伟建筑充分展示了主流自由主义文化的最高价值。在阅兵场的废墟上，自由主义信仰者们建起了立宪政府的政治机构、为自由民族培养精英的学校，以

---

[1] Lorenz: *Wiener Moderne*. S. 15.
[2] 转引自 Gotthart Wunberg [Hrsg.]: *Die Wiener Moderne. Literatur, Kunst und Musik zwischen 1890 und 1910*. Stuttgart: Reclam 2000. S. 110。

及博物馆和剧院,后两者为大众提供的文化,可以把新生阶级从其卑贱的出身中拯救出来。假如说在世系总谱上进入旧贵族极其困难,那么在精神上成为贵族,从理论上讲却可以通过新的文化机构,向所有的人敞开门路。它们有助于人们同旧有文化和皇家传统产生联系,强化第二社会,有时叫做"中间夹层",在这夹层中,上升中的资产阶级,与愿意接受新式的社会和经济力量的贵族相接触,而原本的胜败也随之变成了社会和解与文化整合。[1]

但是到了1890年之后,这种政治文化的调和也开始瓦解。自由主义资产阶级的繁荣平安岁月分崩离析。一方面是帝国本身陷入民族纷争的危机,超越民族的多民族大一统表象下是觉醒的民族意识与日耳曼统治之间的尖锐冲突。1867年协议缔造了奥地利—匈牙利双元帝国,哈布斯堡王朝以承认匈牙利在帝国内部的平等地位为代价,得以维持对其的统治,并继续保持着对广袤的中欧和东南欧领地的统治,其中容纳了"超过十五种族裔群体、十二种语言、五种宗教和至少五类独立的文化传统"[2]。但十九世纪末各民族群体与奥地利统治之间却矛盾丛生。1897年帝国首相试图颁布语言条例承认捷克语和德语同为波西米亚地区的官方语言,却遭到众多德语使用者的反对,在全国各地引发骚乱。民族问题开始公开化。而自由主义把持的首

---

[1] 休斯克:《世纪末的维也纳》,第43—44页。
[2] Lorenz: *Wiener Moderne*. S. 14.

都政界也发生变局。左翼的社会民主党和秉持反犹主义的右翼基督教社会党，以及由反犹主义激发出的以狄奥多尔·赫尔茨（Theodor Herzl）为领袖的犹太复国主义运动都极大地动摇了自由主义的执政基础。1895年代表反犹主义与天主教保守势力的卡尔·鲁格（Karl Lueger）被选为维也纳市长，经历两年僵持期后得到皇帝认可，这标志着维也纳的自由派时代的终结。

　　自由主义的失势、政局的动荡、不确定性的增加，构成了奥地利世纪末的特殊时代背景。作为资产阶级之子，特别是作为被贵族文化同化了的犹太中产家庭的后裔登上文学舞台的一代作家和艺术家注定要创造出"一种敏感不安、崇尚享乐、极度焦虑的文化"[1]。他们已经不再对政治抱有幻想，但又没有与自己的父辈进行对抗性的决裂，而是在审美领域里追求自我价值的实现，将对现代的寻求，对现代性包含的矛盾的体验，转换为了标新立异的文艺创作。政治现代化的曲折与文化现代化的激进，构成了奥地利特色的"现代与反现代趋势的同时并存"[2]。妥协与逃避，怀旧与求新，这种矛盾心态也决定了世纪末文学在奥地利将会发生变异：

　　奥地利人欣然捕捉到波德莱尔或是保罗·布尔热（Paul Bourget）式的倦怠感受，可是他们既未获得法国颓废派那灼热的、自我撕裂的肉欲感受，也未获得他们对都

1　休斯克：《世纪末的维也纳》，第8页。
2　转引自 Lorenz: Wiener Moderne. S. 6.

市景色残酷之美的想象。英国的拉斐尔前派在世纪末的奥地利激发了新艺术运动（起名曰"分离派"运动），但无论是他们仿中世纪的精神性，还是强烈的社会改革冲动，都没有渗透进奥地利门徒们的心田。简言之，奥地利的审美家们既没有像法国的知己们那样疏远社会，也没有像英国的知己们那样投入社会。他们缺乏前者强烈的反资产阶级精神，也没有后者温和的改良主义情怀。既不"出世"亦不"入世"的奥地利审美家们并不是疏离了自己的阶级，而是同自己的阶级一起疏离了让他们期待破灭、价值观遭遗弃的那个社会。[1]

世纪末所体现的审美现代性当然始终是对政治、经济、社会现代化的一种美学反抗。只不过，在所谓维也纳现代派这里，这种反抗更多地表现为对现代政治生活的疏离、对价值空虚的感伤和对世俗道德的轻蔑嘲讽的混合，这些文艺创作者只是有限地吸收了英法世纪末中的激狂挑衅和情欲狂欢。而不论是对世纪末风尚的吸纳，还是对其的改造，都是以一种特殊的大都市空间为依托的：咖啡馆。世纪末维也纳的咖啡馆，本身是大都市物质文化蓬勃发展的产物，同时又是让不同都市人群得以塑造其身份的重要场地：

> 文化上的维也纳，其中心就是咖啡馆：波西米亚艺术

---

[1] 休斯克：《世纪末的维也纳》，第 325—326 页。

家在内城拥有闻名遐迩的咖啡馆；商业界在环城大道上拥有豪华气派的咖啡馆，而广大帝国的不同族裔群体所聚居的街区也有固定聚会的咖啡馆。在咖啡馆里，年轻一代的文学创作者相遇相会——胡果·封·霍夫曼斯塔尔、赫尔曼·巴尔、卡尔·克劳斯等等。[1]

维也纳的咖啡馆在新兴美学思潮发展过程中所起的作用，在某种意义上正相当于十八、十九世纪遍布欧洲上层社会和知识精英家庭的沙龙。这些咖啡馆有传播最新文化界时尚的重要报刊可供阅读，同时也提供了舒适而悠闲的阅读与闲谈的氛围，吸引着文化爱好者和创作者来此消磨时日。"哪怕囊中羞涩的顾客也能花费相对较少的金额便有机会接触自己的志同道合者、潜在资助者甚或精神敌手，而且还能了解文化论争的最新状况。"[2] 尤其对于有意远离流俗而渴望在主流文化之外寻找精神盟友或新鲜刺激的人，咖啡馆是他们的信息中转站、思想交流的平台和文学灵感的发源地。咖啡馆空间正应和了他们的疏离气质和颓废倾向，也确实促成了具有一定叛逆性和先锋性的亚文化群体的诞生。在德奥世纪末文学中最引人注目的青年维也纳派（das Junge Wien），其核心人物霍夫曼斯塔尔、施尼茨勒、理查德·别尔-霍夫曼（Richard Beer-Hofmann）、菲利克斯·萨尔腾（Felix Salten）、列奥波尔德·安德里安（Leopold Andrian）

---

1 Norbert Fischer [Hrsg.]: *Hauptstädte um 1900*. Dortmund: Harenberg 1987. S. 53.
2 Lorenz: *Wiener Moderne*. S. 30.

和他们的宣传旗手赫尔曼·巴尔（Hermann Bahr）及后来的论敌卡尔·克劳斯（Karl Kraus）就是和内城中并与皇家剧院隔街相望的格利恩施泰德尔咖啡馆（Café Griensteidl）紧密相连的。所有这些作家都是这家咖啡馆的常客，是在这里相识相遇，不定期相聚交流，从而结成一个松散的小圈子的。施尼茨勒自己在1891年的日记里写道："青年奥地利。在格利恩施泰德尔。"[1] 青年维也纳派的作家们在格利恩施泰德尔的结交聚会始于十九世纪八十年代中期而终于该咖啡馆被拆的1897年。随后部分作家又转移到了中央咖啡馆（Café Central）和赫伦霍夫咖啡馆（Café Herrenhof）。

咖啡馆这种聚会休闲空间，和环形大道上各种显示世纪末作家的父辈们的政治野心和文化同化倾向的庞大建筑形成了鲜明反差，构成了现代都市里的精神生活的一个极点：这里与政治生活相隔离，是半公开半私人化的非主流角落，为特立独行的个人和小群体提供庇护和生活空间（Lebensraum）。然而，在脱离主流市民规范和政党竞争、社会矛盾的同时，常驻咖啡馆的这群有教养市民阶层的后代却有着明确的"现代"身份感，只不过他们所自诩的现代性，是精神世界和审美意义上的，既承接了世纪末美学运动的反市民倾向又呈现出一种游移不定的暧昧。在话语表述中最积极表达这种现代意识并推动世纪末思潮的是赫尔曼·巴尔。他最典型地体现了审美现代性中不断

---

[1] 转引自 Lorenz: *Wiener Moderne*. S. 91。

追求新颖性的一面:"对过去的拒斥和对新事物的崇拜"[1]。他在1890年所写的一篇评论,直接以"现代性"(die Moderne)为标题[2],文中写道:

> 也许我们身处终结点,在疲惫不堪的人类死亡之处,而这仅仅是最后的抗争。也许我们身处开端,在新人类诞生之处,而这仅仅是春天的雪崩。我们升入神性或者我们坠落,落入黑夜与毁灭——但是绝不会停留在原地。
>
> 从痛苦中会产生拯救,从绝望中会出现恩惠,在这可怕的幽暗之后会迎来天明,艺术会重归人类,这种复活,辉煌而神圣,便是现代性的信仰。
>
> [……] 旧日宏大,也往往可爱。我们要向它念诵庄重的送葬词。[3]

虽然他在整篇文章中并没有具体说明什么是现代性的内涵,但却坚定地表达了一种加速运动、加速更新的时间感。这也正符合他本人的思想转变轨迹和文学宣传策略。他在1884年赴柏林求学期间接触到了在柏林兴起的同样自称为现代派的自然主义潮流,被吸纳进自然主义作家的圈子。1887年他在巴黎短暂逗留之后,便已开始转向新的颓废派美学,不过他在1890年

---

[1] 卡林内斯库:《现代性的五副面孔》,第127页。
[2] 有鉴于Moderne这个德语名词的模糊性,这个标题或也可译为《论现代派》。参见:韩瑞祥:《赫尔曼·巴尔:维也纳现代派的奠基人》,《外国文学》2007年第1期,第54—61页。
[3] 转引自Wunberg: *Die Wiener Moderne*. S. 189.

还是受邀出任了柏林自然主义的重要期刊《自由舞台》的编辑。但就在1891年，回到维也纳并且在格利恩施泰德尔咖啡馆结识了霍夫曼斯塔尔等作家的巴尔，发表了《超越自然主义》一文，彻底与自然主义决裂而旗帜鲜明地重新定义了审美现代性，而这种现代性本身也正是对人性的重新定义：

> 新事物已有迹象显露，让人可做许多推测。心理学曾一度要瓦解自然主义。离开外部世界的图景而更侧重于探索孤独灵魂的奥秘——这便是其口号：人们追寻暗藏在人的根基处的最终秘密。但是对这些灵魂状态的理论讲述很快就无法再满足跃动不息的发展热忱了，它们需要得到诗的表达，这样才能平息它们的内在渴求［……］
>
> 当然：旧艺术想要表达人，新艺术想要表达人；在这一点上它们是一致对立于自然主义的。但是如果古典主义说到人，它指的是理智和情感；如果浪漫主义说到人，它指的是激情和感性；而现代派说到人，它指的是神经。这样来看那种宏大的一致性就又消散了。
>
> 所以我相信，自然主义将会被一种神经质浪漫主义（eine nervöse Romantik）所超越；我更想说：这是一种神经之神秘主义（Mystik der Nerven）。此时，自然主义当然就不单单是哲学畸形的纠正，而是现代性的释放了：因为只有灵魂在现实上摩擦三十年才能成为神经方面的绝佳能手。［……］
>
> 自然主义或者是为复兴旧艺术而做的一次休息，或者

是为预备新艺术而做的一次休息,总之它只是场幕间剧。[1]

巴尔在此延续了法国颓废派表达现代人、用新艺术展示现代人的心理状态的文学主张,并着重强调了他感受到的人的现代精神处境:神经(Nerven)取代了古典—浪漫时期的理智、情感和感性,成为人性的重要特质。探索人性的最深隐秘,落脚点正是现代人的发达又脆弱的神经,神经代表了一种基于现代化的全新感知方式和自我体验方式。这正符合西美尔对现代都市人的观察,人在外部感受到的持续不断而纷繁多样的刺激极大地改造了人的内在精神结构,让人发展出一套对应机制。这也提前呼应了弗洛伊德即将发展出的心因性精神病理学:人所遭受的压抑,尤其是性压抑,必然导致人的神经官能症,暴露出非理性的心理层面对人的决定性作用。更重要的是,巴尔将心理学—解剖学意义上的"神经"借用为新艺术的关键词,提出神经质浪漫主义的文学宣言,也就将具有消极意义的现代性病症诊断转化为了具有审美生产力和革新力的文学创新纲领,彰显出文学对于现代化的积极反应和主动参与。由此发端,巴尔在接下来的十年间实行了"一种连续反复的超越以获取现代性"[2]:他先后将流行于英法文坛的时尚词汇如"颓废"(Die Décadence)、"象征主义"(Symbolismus)、"印象主义"(Impressionismus)、"撒旦主义"(Satanismus)引进到奥地利文

---

[1] 转引自 Wunberg: *Die Wiener Moderne*. S. 202。
[2] 转引自 Lorenz: *Wiener Moderne*. S. 2。

学评论界，极大地推动了法国为首的世纪末潮流在德语区的传播。在他自己发表于 1890 年的小说《好学校》中，他也和王尔德一样，将世纪末作为流行语写入了文本中：

> 新的时代渴望新的爱情，正如它渴望新的艺术一样。有必要去寻找一个与下坠族系相称的爱情。一种与普遍的颓废（Décadence）相符的新形态的爱情。老式的爱情无以为继。必须让爱情具有"世纪末"（fin de siècle）的风格。[1]

他在 1891 年出版的文集也直接以"世纪末"作为标题，巴尔由此可以说是将"世纪末"作为流行词推向德语文化界的关键性人物。

但另一方面，他又大力推崇他所"发现"的青年维也纳派，着力宣扬他们身上富于奥地利特色，甚至是维也纳特色的现代性，并且以自己的文学创作与之呼应，堪称"这个新文学潮流在理论和实践上的奠基人"[2]。在他发表于 1893 年的《青年奥地利》一文中，他将这种特性看作迥异于柏林与巴黎方案的新旧融合：

> "青年奥地利"既不是按柏林的模式来，也不遵循巴黎的固定格式；它既不革命，也不自然主义。[……]他们没有公式，他们没有方案，他们没有美学。他们只是一直

1　Hermann Bahr: *Die gute Schule*. Berlin 1890. S. 132.
2　韩瑞祥：《赫尔曼·巴尔：维也纳现代派的奠基人》，第 60 页。

在重复，他们想要变得现代。[……] 在一切事物上，不惜一切代价，成为现代的，——除此而外，关于他们的冲动、他们的愿望、他们的希望也就无话可说了。

[……]

从这可爱的、老父亲的、悠闲的城市里生长出了新维也纳柔和的华丽。工业大发展也席卷了祖国。其他阶层也赢得了政治权力、经济地位和社会力量。在大街上，在思想中，在习俗上，世界都在变换。一切都是新的，但一切又都继续保留着这个国家古老的、永恒不变的方式。他们就想在自己的作品中呈现这些：往昔中那可爱的维也纳样式，但是要用上今天的诗行。[1]

在巴尔看来，这一群年轻的维也纳作家们，与维也纳本身的现代化有着同样的品质。维也纳所体现的现代与反现代、保守与革新之间的调和正成为这些世纪末美学发扬者的地方特色：他们在审美上的现代化追求，是将旧样式与新题材融合的变与不变的平衡。而这与波德莱尔对审美现代性的经典定义不无契合之处："现代性就是过渡、短暂、偶然，就是艺术的一半，另一半是永恒和不变。"[2] 只不过，这里的永恒并非美学法则上的永恒，而是维也纳这种现代大都市中包含的旧的审美品质和生活习俗。因此，奥地利世纪末的美学可以说体现出了一种"怀旧

---

[1] 转引自 Wunberg: *Die Wiener Moderne*. S. 292-293.
[2] 波德莱尔：《1846 年的沙龙》，第 424 页。

的现代性"。

在巴尔论及的青年维也纳派中,对这种怀旧的现代性有着最为敏锐的自我意识,也有着最为精致的诗化表达的,是霍夫曼斯塔尔。他1874年出生于一个富有并崇尚文化的受封贵族家庭,从小饱读古典名著并精通多门欧洲语言,才十七岁就已经以精辟老道的书评和优美动人的诗歌作品在世纪末维也纳的文坛享有盛誉。他同样敏锐地感受到了欧洲世纪末文学中的新转向,从1891年至1905年发表了关于法国作家保罗·布尔热(Paul Bourget)、莫里斯·巴雷斯(Maurice Barrès),英国作家斯温伯恩、瓦尔特·佩特(Walter Pater)、王尔德,挪威作家易卜生,意大利作家邓南遮等世纪末代表作家的评论文章,将对心理生活的关注和颓废唯美的美学倾向作为文学的现代体验介绍给德语区读者。他的文学评论因而也是世纪末美学运动的欧洲链条上的重要一环。而他自己对于现代性的体悟和阐述,除了像巴尔一样也将神经作为理解现代人的心理状态的关键词,还传达出自己独有的感伤格调,这便是将自己和其他世纪末作家视为"晚出生者"(Spätgeborene)的颓废意识:

> 人们有时会有这样的感觉,似乎我们的父辈,年轻的奥芬巴赫的同代人,以及我们的祖辈,利奥巴尔蒂的同代人,以及他们之前那不计其数的代代先辈们给我们这些晚出生者留下的只有两样东西:精美的家具和过度精细的神经。[……] [……]我们所拥有的别无他物,只是一份充满感伤的记忆,一种陷于麻痹的意志和自我复制的可怕才赋。我们看

向我们的生活；我们提前倾倒空了我们的酒杯，现在却觉着无以复加的焦渴：[……]我们仿佛在生活中没有根，是群视力敏锐却又患着昼盲症的影子，只能在生活之子中间逡巡游荡。[……]看来，今天有两样东西是现代的：对生活的分析和从生活出逃。行动，内在与外在的生命力量的融汇，威廉·麦斯特的生活探索和莎士比亚的世界之旅，这些再难激起多少欣喜。人们进行的是对自己的灵魂生活的解剖，或者人们沉入梦幻。反思或者幻想，镜像或者梦影。[1]

霍夫曼斯塔尔认定他这一代作家与前代之间发生了断裂，而他所宣扬的现代体验则是以生活/生命（das Leben）为核心的。他在歌德、莎士比亚等人的身上看到的是将生命力量付诸行动的昂扬精神，而在现代人这里看到的是外在于生活的旁观者姿态和逃遁者姿态。这其中无疑有着尼采的颓废批判的影响：生命力的缺失，生命意志的溃散，生命本身的价值被遮蔽，是现代人的颓废症候，是现代性造成的消极后果。霍夫曼斯塔尔虽然不像尼采那样书写狄奥尼索斯与查拉图斯特拉的生命礼赞，却从反面继承了尼采的批判性审视目光，强调了"我们"这群颓废的现代人与生活的脱节和随之而来的梦幻泡影般的空虚感。只不过他将尼采的生命哲学转化为了一种多少有点自我哀怜性质的美学体验，甚至将美感和快感建立在了对颓废的品味与叙述中。生命/生活与梦幻的连接便是一种对现代性危机的审美化

---

1 Hofmannsthal: "Gabriele D'Annunzio". S. 174-176.

想象，一种对焦虑的艺术升华。

正是以生命/生活的反思为基点的颓废美学，让霍夫曼斯塔尔成为了维也纳在世纪末所具有的"欢快的末世感"[1]的代言人。如果说维也纳是"欧洲价值虚空的中心"[2]，正如奥地利作家赫尔曼·布洛赫（Hermann Broch）在《霍夫曼斯塔尔与他的时代》一书中所说，那么霍夫曼斯塔尔则以其生命成为了"象征，一个正在消失的奥地利，一个正在消失的戏剧的高贵象征，在虚空中的象征，而非虚空本身的象征"。[3] 他在现代体验和审美创作中表现出的作为颓废者的自我感伤，直接对应于维也纳这座大都市所代表的奥地利现代化的内在矛盾。

然而正是在这一时期的维也纳，也有人尖锐地指出这种颓废美学与英法的叛逆美学存在的差距。这便是霍夫曼斯塔尔的同龄人、以文化批评见长的作家卡尔·克劳斯（Karl Kraus）。他早年也曾与青年维也纳派有不错的交往，但很快就与其决裂而成为这个小团体的激烈抨击者。在他看来，这是一群自恋而造作的富家子弟，玩弄世纪末的时髦词汇却并无真正的反抗精神，其作品充斥了"刻意摆出并不存在的'颓废'状态供人观看的姿态，这'颓废'是非加上引号不可的"。[4] 在他心目中，真正当得起颓废派这个称号的美学反抗者是英国的王尔德与德国的魏德金德或者同在维也纳的彼特·阿尔滕贝格（Peter

---

1　Hermann Broch: *Hofmannsthal und seine Zeit*. München: Piper& Co 1964. S. 49-59.
2　Broch: *Hofmannsthal und seine Zeit*. S. 59.
3　同上书，S. 147。
4　转引自 Lorenz: *Wiener Moderne*. S. 182。

Altenberg），因为他们才体现了反抗庸俗市民文化而敢于挑战市民生活规范的艺术家的真诚。

在格利恩施泰德尔咖啡馆即将被拆除之际，克劳斯写下了《被拆除的文学》一文，对青年维也纳派极尽揶揄嘲讽，但也由此为其留下了一幅生动准确的历史写照：

> 他们很快就和彻底的现实主义做了了结，格利恩施泰德尔换上了象征主义的符号。"隐秘的神经！"是现在的口号，他们开始观察"灵魂状况"，只想逃脱外物那平凡的清晰。但是最重要的关键词之一却是"生活"（Das Leben），他们整夜整夜聚到一起好好儿探讨生活或者，要是兴致高了起来，还会解释生活呢。

"神经"与"生活"，的确是青年维也纳派，包括巴尔在内，为他们倡导并实践的审美现代性所做的命名。这两个名词又分别对应于弗洛伊德和尼采所提供的思考现代性和现代人的核心理念。在这个意义上，被克劳斯所鄙夷的伪颓废派正是世纪末美学运动发展到奥地利发生的变异。所谓正统颓废派的反抗激情和恣意创造在革新与守旧并存的维也纳被一种疏离又自恋的观察姿态所冲淡甚至消解。然而正是强调神经的神秘化感知方式和对生活与艺术之间的矛盾的感伤，为世纪末的现代体验和美学创造增添了新的内涵。霍夫曼斯塔尔、施尼茨勒、安德里安、比尔-霍夫曼等人的作品都从维也纳的特殊的都市文化土壤中生长而出，也正因其不同于英法世纪末的特色而有了独特的研究价值。

柏林：新崛起的现代大都市

柏林与维也纳作为德奥世纪末文化最重要的两座都城，在德语文学史中向来被看作针锋相对的两极：自然主义盛行的柏林和反自然主义的维也纳，激进的柏林和怀旧的维也纳，着眼于批判社会现实的柏林和沉溺于颓废唯美趣味的维也纳，聚焦于"事物状态"的柏林与探索"灵魂状态"的维也纳。[1] 然而，正如新近研究所指出的，这看似截然对立的两极之间存在千丝万缕的联系而不仅仅是竞争或对抗。维也纳青年派的作家们往往要在柏林寻找出版商出版自己的作品（萨穆埃尔·菲舍尔 [Samuel Fischer] 是对德奥现代派至关重要的柏林出版家），或者在柏林的剧院里上演他们的戏剧。柏林的自然主义本身也存在与维也纳现代派近似的转型和变化。而1900年左右在柏林活跃的文艺潮流也远不止自然主义一家。在这座大都市的内部和边缘，也涌现出了以咖啡馆为据点的波西米亚式亚文化群体。[2] 其

---

1 参见 Gotthart Wunberg: *Jahrhundertwende: Studien zur Literatur der Moderne.* Hrsg. von Stephan Dietrich. Tübingen: Narr 2001. S. 176-191。

2 参见 Helmuth Kiesel: *Geschichte der literarischen Moderne. Sprache, Ästhetik, Dichtung im zwanzigsten Jahrhundert.* München: Beck 2004. S. 23-27. Peter Sprengel; Gregor Streim: *Berliner und Wiener Moderne: Vermittlungen und Abgrenzungen in Literatur, Theater, Publizistik.* Wien; Köln; Wiemar: Böhlau 1998。

实，如果放置在整个世纪末的审美现代性框架下来看，柏林和维也纳代表的是现代性内部矛盾在审美领域里演化出的不同表达，是"[审美]现代性的两种不同的演绎形态"[1]。德语国家在现代化上的普遍趋向和内部差异决定了两者的关联与区别。柏林和维也纳都有文艺创作团体以现代为名，力图革新审美创造的表达内容和表达形式，但他们对"何为现代，现代文学该如何"却有迥然不同的理解和实践。实际上，两座现代大都市让他们感受到的现代化问题和现代人处境，也正是在同与不同之间，奠定了他们创作的现实基础。

与维也纳在十九世纪下半叶经历的相对迟缓并调和了贵族趣味与资产阶级自信的现代化不同，柏林在十九世纪最后三十年进入了爆发式的都市化高速发展期，这种都市化是以工业的腾飞、人口的猛增、现代交通的发达和商业的繁荣为特征的。1871年德意志帝国统一后整个国家的工业生产和商业发展都进入了快速发展的轨道。普法战争之后法国的巨额赔款也提供了优越的资金基础。普鲁士首都柏林此时一跃成为帝国首都，受惠于德意志皇帝追求帝国荣耀的野心，获得了空前的发展机会。工业和交通是这一时期德国现代化的最重要领域，在柏林城市发展中也留下了最鲜明印记。于是乎，"柏林自从帝国建立之后，便毫无疑问地成为了'世界城市'，只不过不是艺术意义上的，而是工业和交通上的。在同时代人的眼中，这座城市以迄今为止前所未闻，让许多人恐慌的速度发生变化。城市扩张又

---

[1] Helmuth Kiesel: *Geschichte der literarischen Moderne*. S. 23-27.

扩张；侵占了周边的土地，吞没了内城的绿地，变得越来越不可尽观，越来越喧腾，也越来越吵嚷"。[1]

不仅仅是变化的速度，电气化的工业革命和机械工业的发达造成了这座现代城市在 1900 年左右的新景观："这景象是由现代交通工具——火车站、公共汽车、有轨电车所定义的，还有发光的广告牌、路灯和标语牌构成的闪亮洪流。"[2] 柏林从而一改之前欧洲二等城市的狭隘和土气，迅速崛起为举世瞩目的现代大都市，与德国成长为现代化强国的进程步调一致。日后成为德国外交部长的工业家和政治家瓦尔特·拉特瑙（Walther Rathenau）在 1899 年骄傲地宣称：

> 柏林是大城市中的暴发户，也是暴发户的大城市，对此我们无需感到羞愧，因为暴发户在德语中就意味着：白手起家的人。我们当然没有悠闲的宴会，没有彩车巡礼，没有别墅区也没有时髦的市中心。[……] 在柏林，人们住在耶路撒冷大街，在选帝侯大街上做生意。马车来回跑，在交易所行情看好的时候。最古老的宫殿让人回到建国时期。准确地说，大城市柏林并不存在。让我们获得名字的，是西方闻所未闻的工厂之城，而且也许是世界上最大的工厂之城。劳工的城市向北、向南、向东伸展出黑色的

---

[1] Jürgen Schutte; Peter Sprengel: *Die Berliner Moderne 1885-1914*. Stuttgart: Reclam 1987. S. 23.

[2] Schutte; Sprengel: *Die Berliner Moderne*. S. 25.

多只臂膀；它用钢铁经脉环绕瘦弱的西部城区[……]。并不仅仅是土地的丰饶让这里的居民人数在三代人的时间里增长了十倍。我相信大部分柏林人都来自波森省[1]，其他人来自布雷斯劳[2]。但这一切都没有阻碍这座城市获得认可。英国人欣赏我们宽阔、友好的街道和粉刷干净的房屋；法国人喜爱我们的长列彩色电车和身形巨大的警察；俄国人爱我们将所有公共空间改造成优美的蔬菜园。一个芝加哥人试了试我们的铺路石，就宣称柏林是迷人的夏日度假胜地。一个伟大的美国发明家则说："我没有留在科隆，因为我不关心旧东西。"他还说我们正在超过费城。[3]

柏林在十九世纪末的"暴发户"式都市化是西方城市化进程中的一个突出特例，充分体现了高度发达的技术文明与迅速集中的商业资本带来的城市空间变化。柏林的特殊性首先表现在都市化的速度之快，其次是工业化的密集程度之高，而最重要的是这种都市化与工业化所展示的弃旧扬新的变革力量。

这种高速现代化的城市发展也必然引发社会的变动。柏林都市化有其阴暗面：随着城市人口的飞速增长（柏林人口总数从1871年到1890年翻一番，达到一百五十多万，1900年左右便已跃升至二百四十万，在1912年超过三百万）[4]，劳工的大量涌

---

1 Posen，原普鲁士王国的一个东部省，一战后归波兰，成为波兰的波兹南省。
2 Breslau，原德国东部一个城市，曾是第六大城市和工业中心，二战后归波兰。
3 转引自 Schutte; Sprengel: *Die Berliner Moderne*. S.100-101。
4 Schutte; Sprengel: *Die Berliner Moderne*. S. 33.

入和资本剥削的加剧，城市中的贫富分化日益严重，社会矛盾也日益尖锐化：

> 围绕选帝侯大街的优雅市民公馆在1900年左右已经装配了各种舒适设施——蒸汽取暖、热水、浴室、电话和电灯；数目众多的富有市民在这一时期已经居家迁往能以城市有轨交通抵达的达勒姆、里希特菲尔德、兰克维兹等郊区的绿地和别墅区；而手工业者、小作坊主和工人家庭（因为要靠近工作地点等原因）却留在了人满为患、建筑简陋、卫生设施差的廉租营房（Mietskaserne）里——如果他们能找到一套房子还付得起租金的话。[1]

劳工阶层的贫穷与苦难，因而与光怪陆离的闪亮街景和喧嚣忙碌的现代交通共同构成了柏林这座迅速崛起的现代都市的世纪末景观，充满刺激与活力，也充满矛盾与反差。柏林的现代化所包含的革新性、冲击力与矛盾决定性地铸造了柏林的世纪末文艺思潮的倾向与特征。

首先是鲜明的现代意识成为频繁出现的文学运动关键词。将当下此刻的存在体验与文学变革诉求名之为"现代"的文学表态，是在柏林而不是在维也纳率先出现。柏林的一系列作家群体将现代视为一种与传统的坚定分裂，因为传统的文学已经无法反映当前时代的现实。作家赫尔曼·康拉迪（Hermann Conradi）在

---

[1] Schutte; Sprengel: *Die Berliner Moderne*. S. 34.

为 1885 年出版的诗集《现代诗人特征》的导言中就写道：

> 我们与沿袭至今的旧题材决裂。我们脱除用旧了的陈规俗套。我们不为沙龙，不为浴室，不为纺纱室歌唱——我们要自由而开放地歌唱，正如我们心灵所处的自由与开放一样：为金镶玉嵌的皇家大殿中的王侯歌唱，也为蹲坐在路边石碑旁以光芒耗尽的空洞双眼呆望晚霞的乞丐歌唱……[1]

1886 年文学批评家列奥·贝格、学者奥伊根·沃尔夫（Eugen Wolff）和医生康拉德·屈斯特（Konrad Küster）在柏林的一家酒馆里成立了"穿越！"（Durch!）这个文学团体。在这个团体的一次聚会上，奥伊根·沃尔夫做了一次关于"现代性"的报告，副标题为"论文学的革命与改革"。在报告中他不厌其烦地反复用现代（modern）作为形容词来强调新文学的发展方向，而且在德语区第一次使用了现代/现代性（die Moderne）这个名词：

> 而且最现代的诗是对最现代的生活之所有潮流的描摹。这些现代的理念，这些最现代的斗争是最现代的文学的灵魂；不能再做伟大过去的拙劣模仿者，而要做一个伟大未来的预言者。为未来而喜悦，充满胜利的信念，现代之歌便是这样的音调！［……］

---

1 转引自 Schutte; Sprengel: *Die Berliner Moderne*. S. 182。

谁如果见到她［现代之女神］，便会为她着迷，追随她，但这个追求理想的少年也不敢触碰她，像触碰那位女神［古典之女神］，但是他不愿在她面前下跪，他必须跟随她，热烈地追求她，无言地、无求地，但不是无所思地接近她。更要让她在他内心中鲜活起来，就如同寻觅已久的终于到手，长久寻找形态的终于有了形态，她就会在他内心中悄悄说出：现代！（die Moderne）[1]

这篇文采飞扬而鼓动人心的报告稿在1888年以《德国最新文学潮流与现代性原则》为标题发表在了《文学大众简刊》上。反对复古，执意求新，并且紧扣当下生活的跃动脉搏，以"现代文学"来反映"现代生活"，这是柏林的世纪末在文学领域里彰显的现代精神，与这座城市快速变革、弃旧扬新的现代化特征丝丝入扣。"穿越！"这个文学团体也正是以这种高昂的现代精神吸引了越来越多的作家，他们被视为德国自然主义的重要代表人物，比如崇拜左拉并呼吁文学革命的批评家卡尔·布莱波特罗伊（Karl Bleibtreu），之前就已经大力宣传自然主义的海因里希和尤里乌斯·哈尔特兄弟（Heinrich & Julius Hart），合作著书的诗人阿尔诺·霍尔茨（Arno Holz）和剧作家约翰纳斯·施拉夫（Johannes Schlaf），以及日后享有盛誉的剧作家盖哈尔德·豪普特曼（Gerhart Hauptmann）。1887年，这个团体以集体名义在《德国大学汇报》上公布了他们提倡的"文学现代

---

[1] https://www.uni-due.de/lyriktheorie/texte/1886_wolff.html，2019年2月19日查看。

性的十条纲领"。这是一份现代文学的宣言，精炼地概括了柏林的世纪末文人在对现代性的理解上的核心观念：

> 从所有迹象来看，德语文学目前抵达了一个发展的转折点，从这一点可以看到一个独特的意义非凡的时代正要开启。
>
> 正如所有的诗作[1]（Dichtung）都要以艺术手法来美化当代生活的精神，所以当前诗人的任务就是要以诗来构造当代生活中一切富于意义并追求意义的力量，它的光明面和黑暗面，并以预言和突破的方式为未来一马当先地战斗。[……]
>
> 我们的文学，从本质和内容上来说，都应当是一种现代文学；它诞生于一种世界观，尽管有各种争端，这种世界观还是日益获得更多领地，它是德国观念论哲学、成功地破解自然奥秘的自然科学和唤醒一切力量、改变物质、跨越一切鸿沟的技术文化劳作的一个结果。[……]
>
> 在小心呵护世界文学所有躯干的关联之际，德语文学要追求一种符合德意志民族精神的品质。
>
> 现代的诗作（Dichtung）应当是刻画在无情真相中有血有肉有激情的人，但不能跨越由艺术作品自己划定的界限，要以自然之真实（Naturwahrheit）的伟大来提高审美效果。
>
> 我们最高的艺术理念不再是古典（Antike）而是现代（die Moderne）。
>
> 在这样的原则下，势必要对幸存的低劣模仿式复古主义

---

[1] 这里的诗作（Dichtung）是广义上的，泛指文学作品。

宣战，反对恣意泛滥的精巧，反对蓝袜子式[1]的业余水准。

对现代文学发挥同等程度的促进作用的，是对占主导地位的文学状态予以坚定、健康的改革的努力，和为了现代原则而在文学中引入革命的冲动。

预备新的文学繁荣的一个重要而不可或缺的战争工具是艺术批评。清除艺术批评中没有资格的、缺乏理解的、恶意的因素，形成一种成熟的批评，因而是艺术生产之外现代文学潮流的主要任务。

在每个充满独特精神的新诗都有一个狭隘阵营与其对立的时代，也即当今时代，有必要让所有志同道合者，以及所有圈子，或者哪怕只是正待形成的流派集合起来，投入共同的战斗。[2]

与巴尔或霍夫曼斯塔尔的维也纳版"现代性"宣言相比，柏林的这个自然主义文学团体以更加清晰的言词和笃定的语调表明了他们弃古典而求现代的革新立场。巴尔的求新导致了他对世纪末的颓废派的推崇，霍夫曼斯塔尔对现代的感知通往了逃离生活或者剖析生活的局外人姿态，这里的现代却是一种直面他们认定的社会现实的斗争精神。维也纳的世纪末渗透了一种新旧之间的文化妥协，而在劳工问题格外尖锐的柏林，文学纲领中则更吸纳了工人运动的革命斗争话语，以结盟宣战的姿

---

[1] 蓝袜子的说法出自 18 世纪的英国，指的是富裕阶层中有闲又有艺术品味、经常聚会的女士。
[2] 转引自 Schutte; Sprengel: *Die Berliner Moderne*. S. 186-188。

态来倡导新的文学。而且他们从自己的自然主义文学观出发，要求将自然科学和技术文化作为现代文学的思想基础，这与维也纳现代派以直觉来书写非理性内心世界的倾向也是大异其趣，虽然后者也以与精神分析学说平行发展的"神经质浪漫主义"来反映现代人的现代生活体验。这种差别也多少和作家出身背景相关。维也纳的世纪末文学主要出自当地富裕市民甚至贵族阶层的儿子们之手，自我感伤情调浓厚。而柏林的世纪末文学，其主力却是从德国各地奔赴这座大都市，在这里追求文艺也感受世态炎凉的穷苦青年，他们也就对下层人民尤其是劳工的苦难和反抗格外感同身受，将文学看作与现实相对的革命斗争。海因里希·哈尔特就曾这么回忆自己的柏林求学时光：

> 我们之前从未见识过的一个学习时代，为我们拉开了序幕。但是我们的学习不是在"哺乳之母"[拉丁成语，指大学]的讲堂里进行的，因为我们极少光顾那里。我们的讲堂是大街，是酒馆，是咖啡馆，偶尔也会是国会大厦。[1]

正是柏林这座现代大都市以其多样化的空间让这群锐意变革的作家们获得了文学的滋养、现实的刺激和相聚的契机。柏林的世纪末文学潮流的另一个特征也与此对应，这也便是上文中十条纲领中的第十条：对抗主流市民文化的作家群体的紧密结盟。维也纳的咖啡馆文学家们其实只是组成了一个较为松散

---

[1] 转引自 Schutte; Sprengel: *Die Berliner Moderne*. S. 16。

的友人圈子，并没有成为流派。而柏林的作家们则有着"共同战斗"的同志般的紧密关联。哈尔特兄弟是最早的自然主义作家群的核心。随着"穿越！"团体的形成，自然主义作家们逐渐有了定期活动的时间和空间体制。更引人注目的则是1889年"自由舞台"（Freie Bühne）协会的成立。

　　自由舞台的概念源自于法国的自由剧院（Théâtre Libre），是一种会员制剧院。剧院上演的戏剧仅对付费的会员开放，因而并非公共演出，也就无需遵守政府针对公共活动指定的法规。柏林戏剧界引入这种机制，便可回避官方的审查，上演国内外新兴作家尤其是自然主义作家的戏剧作品。自由舞台的创建人包括出任协会主席的导演奥托·布拉姆（Otto Brahm）、哈尔特兄弟、出版家菲舍尔和几位批评家与作家。布拉姆在1890年发表的第一期协会刊物《献给现代生活的自由舞台》中也以创刊词的形式表明了自由舞台的宗旨：

> 　　我们揭开了为现代生活而设的一座自由的舞台。
> 　　我们的辛苦工作的中心应该是艺术；观看现实，观看当前生存的新艺术。
> 　　从前有过一种艺术，它逃避白天，而只在昔日的昏暗微光中寻找诗，以逃避现实的畏怯做法来追求理想的远方，那里据说有永恒的青春盛放。但这是从来就没有，在任何地方都没有发生过的。今天的艺术用攫取的器官去收纳活着的万物，自然和社会；这种最紧密、最细微的互动关系因而就将现代艺术和现代生活连在了一起，谁如果想

要获取前者，就必须努力穿透后者，洞察它的上千条交错的线，它那些相互交叉并彼此争斗的生存冲动。

新艺术的标志口号，是由其主导人物用金色大字写上去的唯一一个词：真相；真相，在每条人生道路上的真相，我们也都努力追求并索要的真相。[1]

自由舞台这个戏剧组织因而是在继续发扬柏林版的现代精神，要求现代艺术对现代生活做出积极反应，尤其点明了自然和社会这两个自然主义的核心词汇。自然主义作家们的确是在社会现实中寻找能保证艺术现代性的真实，而不是局限于自己私人生活的一隅。他们的关注焦点和表现内容又集中于现实中的社会问题尤其是劳工问题，并从自由舞台这里获得了一种机构化的文学创作与传播的互动空间。1889年9月29日，自由舞台在莱辛剧院上演了第一场戏剧，易卜生的《群鬼》。易卜生的戏剧是引领整个欧洲现代文学的批判性杰作，也是官方禁演的。上演这部作品因而也是一种表态。这一年10月，当时的文坛新人豪普特曼的剧作《日出之前》在自由舞台首演，轰动一时，也招致了保守势力的谩骂笔伐，成为重要的"丑闻"事件。豪普特曼因此成名。但正是围绕这部作品的争论凸显了自由舞台对抗旧文学，鼓励新文学，揭示社会问题并挑战主流文化的文学立场。一年后"自由民众舞台"（Freie Volksbühne）作为自由舞台的补充形式而成立，它主要向劳工阶层开放，力求在更

---

[1] 转引自 Schutte; Sprengel: *Die Berliner Moderne*. S. 191-192。

广大的观众群体中推广自然主义戏剧。在自由舞台上演过的易卜生和豪普特曼的剧作又再次在这里上演。"自由舞台"在1895年被迫解散,而"自由民众舞台"则一直持续到今天。在欧洲的世纪末,这两个组织共同"为柏林赢得了重要的戏剧之城的名望"。[1]它们也是柏林自然主义作家、批评家、剧作家以群集方式实践自己文学主张并试图影响社会的重要载体。在柏林表现得格外激烈的社会矛盾和阶级冲突在很大程度上决定了认同于劳工阶层的自由舞台作家群的内部凝聚力。足以作为反面衬托的是,虽然维也纳文艺界也有人以柏林为榜样在1891年创立了"自由舞台"协会,但是这样的组织并没有得到维也纳青年派的作家们的认可与积极回应,没有坚持半年就自动解散了。[2]

值得注意的是,德国的自然主义文学创作虽然都以批判社会现实为主干,但它们对现代生活的体验和表达势必也会与其他世纪末文学潮流发生一定的共鸣。将自然主义作家们完全排除在世纪末美学运动之外,长期以来是世纪末文学研究的通行做法。但是不论是颓废主题还是性话语,自然主义作家们都从自己的立场和角度参与表达过。有鉴于他们对文学现代性的执着追求,现代化在德国思想界和文艺界激起的种种反应也必然构成他们思考与写作的重要背景。因此,他们的作品完全值得在整个世纪末的审美现代性框架下进行解读。在文本分析部分,我将以豪普特曼的成名作《日出之前》为例进行这种解读的尝试。

---

[1] *Handbuch Fin de Siècle.* S.172.
[2] 参见 Lorenz: *Wiener Moderne.* S. 49-56。

从"穿越！"团体到自由舞台，柏林的世纪末似乎主要都是以自然主义作家的创作、结盟、斗争为最显眼的文学事件。自然主义的柏林或柏林的自然主义，因而也频繁成为文学史上的固定说法。然而柏林在世纪末美学运动中的贡献，并不仅仅是被巴尔号称要超越的自然主义。这也是柏林世纪末文学的第三个特征：大都市为文学发展提供了多样化的空间，从而也造成了文学潮流的分化与演变。自然主义与非自然主义并行不悖地共存在这个快速现代化的帝国首都里。

在这一时期，柏林最重要的非自然主义团体当属围绕理夏德·德梅尔（Richard Dehmel）在柏林郊区潘科（Pankow）聚集起来的文人圈子。实际上，德梅尔本人在自由舞台协会中，在另一个同样位于市郊而联系更为松散的弗里德里希斯哈根诗人圈子（Friedrichshagener Dichterkreis）也都有着一席之地。但他个人的诗歌创作以其情欲方面的想象力和形式上的探索更接近于颓废唯美派的世纪末风尚。他在1889年与女作家宝拉·欧彭海姆（Paula Oppenheimer）结婚而迁居至柏林北边的潘科区的一栋住宅里。这里很快成为与他志同道合者的聚会地点。除了哈尔特兄弟之外，还有创作理念与德梅尔相近的诗人德特勒夫·封·利利恩科隆（Detlev von Liliencron）、记者兼作家奥托·尤里乌斯·比尔鲍姆（Otto Julius Bierbaum）等。同代人眼中，他们已经代表了一种与自然主义截然不同的"新浪漫主义"以至"象征主义"。[1]这种审美倾向，正如他们选择的生活与

---

[1] 参见 Schutte; Sprengel: *Die Berliner Moderne*. S. 630。

社交地点处于大都市边缘一样，呈现出"背离现代"的反叛性。而这无疑与维也纳的世纪末文学所代表的反现代气质是吻合的。这个团体也确实和青年维也纳有着频繁的往来。尤其是霍夫曼斯塔尔与德梅尔既有诗人之间的唱和，也有友人之间的互访。1899 年霍夫曼斯塔尔也正是在德梅尔的住宅里认识了他日后的重要合作伙伴理查德·施特劳斯（Richard Strauss）。

在这个圈子里特别引人注目的则是被视为柏林城中的"波西米亚之王"[1] 的波兰人硕布施瓦夫斯基。虽然这位特立独行的作家今天已经被大多数人遗忘，但是在 1900 年左右，用德语写作的他却是德语区最接近法国颓废派的世纪末典型作家。他崇拜尼采而追随于斯曼，在德语文坛上以挑衅的性描写赢得盛名。而他本人的生活方式也颇符合从法国兴起的波西米亚风范，漂泊不定，放荡不羁，在文艺创作的同时享受风流情爱，睥睨循规蹈矩的市民生活方式。他是柏林酒馆"黑仔猪"的常客，与德梅尔、挪威画家爱德华·蒙克（Edvard Munch）和瑞典剧作家奥古斯特·斯特林堡（August Strindberg）交往密切。他的生活和创作因而都成为欧洲世纪末在柏林的汇合交点之一。

1895 年，德梅尔和硕布施瓦夫斯基共同创办了文艺期刊《潘神》（*Pan*）杂志，大力推广新兴的文学艺术，发表了众多具有现代革新气息的绘画、小说和诗歌。这本杂志非常坚定地对抗此时威廉帝国的官方及学院的审美主流，跨行业、多方位地展示文化领域现代化的最新成果，在其存在的短短五年里成为一个具有标

1　Schutte; Sprengel: *Die Berliner Moderne*. S. 633.

志性的德语区先锋文艺演示媒体。[1] 当然，这本杂志本身也是一种现代都市的产物，体现了城市空间能汇聚众多文艺创作者并予以媒介表达的文化功能。而在文学方面，这本杂志反映出了柏林世纪末的多样性。为其撰稿的作家除了德梅尔之外，还有被归于自然主义的霍尔茨，被归于印象主义的比尔鲍姆、马克斯·道滕代（Max Dauthendey）等作家。这些作家在弃旧扬新的现代艺术这面共同的旗帜下为《潘神》贡献了志趣各异而形式不一的作品，让它成为了柏林多元文学生态的缩影，也让后世可以借此重温德国的世纪末不拘一格而异彩纷呈的发展态势。

---

[1] 参见 *Illustrierte Moderne in Zeitschriften um 1900.* Hrsg. von Angela Karasch. Freiburg i. Br.: Universitätsbibliothek 2005. S. 29-30。

慕尼黑:"熠熠闪光"的波西米亚之都

如前所述,柏林—维也纳的双元对立长久以来是德奥世纪末研究中与大都市相关的固定观察模式。迅速崛起的德意志第二帝国首都与文艺创新力蓬勃的奥匈帝国首都在德语国家的世纪末构成了足以分庭抗礼的两个中心。然而,从文艺活动的活跃度和文艺作品出产的数量与质量来看,巴伐利亚首府慕尼黑与这两个都城相比也毫不逊色。"柏林、慕尼黑和维也纳在同代人眼中就已经是现代性的主要阵地。"[1] 这其中,"慕尼黑作为缪斯与艺术之城的声名在 1900 年左右是毋庸置疑的。"[2] 而且,正如德国南部的慕尼黑处于德国东北部的柏林和奥匈帝国核心地带的维也纳之间,慕尼黑在德语国家的世纪末文学发展中也成为这两极之间的一个平衡点,兼收并蓄了两者的现代艺术潮流,但同时又呈现出两个大都市并不具备的波西米亚文化空间的特质。而这又得益于这座城市在德奥现代化版图中的特殊地位。

慕尼黑自中世纪以来便是巴伐利亚公国及巴伐利亚王国的国都。十九世纪的历代巴伐利亚国王都崇尚文学和艺术,慕尼

---

[1] Walter Schmitz: *Die Münchner Moderne. Die literarische Szene in der 'Kunststadt' um die Jahrhundertwende*. Stuttgart: Reclam 1990. S. 15.
[2] *Handbuch Fin de Siècle*. S.177.

黑便长久以艺术之都享誉德意志乃至欧洲。尤其是在1864至1886年执政的路德维希二世，更是一名迷恋瓦格纳歌剧艺术而疏于治理国政的所谓"童话国王"。但也是在他的统治期间，普鲁士王国统一德国，巴伐利亚仅仅保留了王国称号，慕尼黑的政治地位也随之大大降低。但其文化地位却不可撼动。路德维希二世死后，其叔父柳特波德（Luitpold）以六十五岁的年纪出任摄政，管理巴伐利亚直至他1912年去世为止。这位君主思想开明，与前任一样热爱艺术，同时"对现代持有比威廉二世远为开放的态度"。[1]他所统治的时期由此被人视为自由、开明、繁荣的"摄政王时期"，这也是慕尼黑城市发展的黄金时期。十九世纪末的慕尼黑，"正从中等大小、安静舒适的首府之城过渡为一座兼有传统艺术工业和新增贸易工业的现代大城市"[2]，人口在1900年接近五十万，在德国内部仅次于柏林和汉堡。但工业发展并非慕尼黑的强项，最强的金属加工和机械制造业合起来也不过占所有行业的百分之七，服务业和经贸的比重要大得多。工业现代化和技术文明发展的相对弱势却反而增强了慕尼黑在文化上的自信。源远流长的文化传统成了可以对抗柏林所代表的那种快速猛烈但矛盾丛生的现代化的优势。"传统丰富的'艺术之城'慕尼黑应当作为'德国的秘密首都'[……]与权力中心柏林等量齐观。'艺术之城'的'代表'慕尼黑作为德意志文化民族的主宰而呼吸。"[3]

1　*Handbuch Fin de Siècle*. S.177.
2　转引自 Schmitz: *Die Münchner Moderne*. S. 53。
3　Schmitz: *Die Münchner Moderne*. S. 17.

恰恰因为没有权力中心的政治高压和严厉的审查制度，相对自由宽松的政治氛围成为反市民的亚文化得以在城市空间中形成的重要基础。温和的现代化带来了物质上的便利，而崇尚艺术的传统又在持续发挥作用，世纪末的慕尼黑有着非同一般的吸引力，一度"拥有超过柏林和维也纳总和的画家和雕塑家"[1]。这其中包括将慕尼黑称为"童话之城"的瓦西里·康定斯基（Wassily Kandinsky）[2]。在文学领域，慕尼黑也是不亚于柏林和维也纳的现代派文人汇集中心。易卜生前前后后在这里居住过十一年，而来自德语国家内部的文人更是不可胜数。大诗人施蒂凡·格奥尔格（Stefan George）、海因里希和托马斯·曼兄弟、诗人里尔克、女作家弗兰西斯卡·祖·雷文特罗、剧作家弗兰克·魏德金德、小说家罗伯特·瓦尔泽（Robert Walser）都在十九世纪末奔赴慕尼黑，在这座城市里或定居或暂留，结交同道，竞相创作。这群德语现代文学的重要代表与艺术家们又进一步增添了慕尼黑作为"艺术之城"和"文化之城"的活力，让现代文艺的网络进一步扩张而魅力四射。托马斯·曼发表于1902年的短篇小说《格拉迪乌斯·戴》，开篇的第一句话堪称对这个时期这座城市的精确写照："慕尼黑熠熠发光"。

虽然从传统与现代的互动关系上，慕尼黑更与维也纳相似，但是慕尼黑在审美现代性上的发端却直接呼应了柏林的自然主义。柏林的新兴作家们自1885年开始便呼吁抛弃古典美学理想

1　*Handbuch Fin de Siècle*. S.178.
2　参见 Schmitz: *Die Münchner Moderne*. S. 25-26。

而关注当下现实,这种为现代生活求现代艺术的现代精神几乎在同一时间也在慕尼黑的文学界引发了革新的热情。其中的关键人物是米夏埃尔·格奥尔格·康拉德(Michael Georg Conrad)。曾长年待在巴黎,对左拉和尼采都格外着迷的康拉德在1882年迁居慕尼黑,1885年创办了《社会》杂志,大力宣传自然主义的文学主张,在慕尼黑开风气之先。1890年他又创立了"现代生活协会",同柏林同行一样将自然主义文学观与现代生活和文学现代性联系在一起,号召文学界同道一起推动自然主义版本的现代艺术潮流。为此,他撰文解释该协会的目的,尤其指出作为艺术之城的慕尼黑可以在这场文化现代化运动中有所作为:

> 必须创造出过渡,建造起从旧入新,从古典及其可怕的续貂狗尾转入现代(die Moderne)的桥梁。和谐、理智、体现人性高贵的生活新楼必须免于陷入危险的危机中[……]
>
> 艺术之城慕尼黑在这样有益的作为中不该落后于人。对我们而言,也正是好时机,以精力和才智为现代性打造存留之所。我们也想将新精神的麦子加工成新鲜的面粉和面包,贡献给渴求新且强的养料而厌烦了旧粥的民众们。[1]

弃旧扬新的革新性和鲜明的现代意识是慕尼黑与柏林共有的文学运动特征。深受尼采影响的康拉德也将尼采的价值重估

---

1 转引自 Schmitz: *Die Münchner Moderne*. S. 143。

引入了对现代性的描绘中，展示出与柏林"穿越！"团体类似的斗争姿态：

> 就是在这一点上[青少年教育]，现代性也成为了敏锐的唤醒良知者和裁定者，它推动人们对传承至今的惯有荣誉价值进行价值重估，召唤出一个新的时代，在这个时代里，被人吹嘘的旧功绩在新的道德尺度和分量前将破碎而化为虚有，因为它们缺乏真正伟大行动的标准：为普遍者效劳的忘我精神。[1]

康拉德因此是以现代性的旗号推行文学的革新，同时也是借文学来推动道德观念上的转变，现代生活和现代文学便是在这种求新的变革意识中相互映照也相互决定。康拉德作为自然主义在慕尼黑的最重要代表，将现代化的体验转化为了创作新样式文学的动力，而且将尼采的反叛式道德批判引入了文学和文化讨论中，实际上开启了尼采影响下的世纪末文学发展方向，也即对既定市民道德规范的蓄意反抗和对人性基础的重新审视。

不过，与自然主义在柏林长期占据主导地位并与社会问题紧密相连不同，慕尼黑的自然主义主要是在文学界激起了革新的热潮，而且很快就催生出了更有反叛性而不再拘囿于自然主义的众多小团体。它们也都强调自己反主流的立场，但并不追求革命或参与时政，而是以标新立异甚或惊世骇俗的艺术风格

---

[1] 转引自 Schmitz: *Die Münchner Moderne*. S. 145。

或生活方式来表达自己的独立性与创造力。当时客居慕尼黑的里尔克就对此有所观察,他记述道:

> 圈子在这里非常多。它们时而彼此兼容而统一,时而不相往来,不论怎样它们都频繁交错而摇撼彼此。没有阿基米德会冲着摇撼的影响力喊出"别动"[1]。在"文学"中,这里的人——感谢上帝——也不会走到一起;甚至都没有小圈子成为时尚,大多数时候每个圈子都各自经营自己,不会倚靠哪里,也不会形成流派。正是这一点吸引了许多创作的人前来慕尼黑,这里虽然有社交但却仍然是不折不扣的一座孤独之城,所以我才能在今天真的讲述人而不是讲述阶层或圈子。在维也纳那么兴盛的咖啡馆作家闲聊,在这里也就极少有类似之物。不止是拆掉一个"格利恩施泰德尔"才能"拆"出文学来。[2]

里尔克所做的维也纳与慕尼黑的区分,正说明了不同的现代都市对文学发展生态造成的不同影响。实际上,慕尼黑与柏林的区别也是如此,柏林以工业化及其社会矛盾为特征的现代化让偏于批判现实的自然主义团体凝聚而持久。慕尼黑的自然主义缺少这样的现实基础而难以长久占据文坛显要位置。文化精英气息浓厚的维也纳有一群阶级出身类似而审美取向接近的

---

[1] 传说阿基米德在沙地上画出几何图形,对前来杀害他的罗马士兵喊道:"别动我的圆!"
[2] 转引自 Schmitz: *Die Münchner Moderne*. S. 254。

作家和诗人以咖啡馆为中心进行交流和创作。慕尼黑这座城市在德意志帝国内部不属于政治和经济中心，却又拥有丰富的文化资源和便利的物质条件。这里的文艺活动便显出了分散和流动的现代特点，契合西美尔所言的都市型现代人享有的自由和维持个性的努力。不过这样"孤独"的现代文艺创作者还是有自己较为固定的活动空间、舆论空间和发表平台的。其中尤其具有标志性意义的是两份创刊于 1896 年的期刊《青春》(*Jugend*) 与《痴儿西木》(*Simplicissimus*)。

由格奥尔格·赫尔特（Georg Hirth）和弗里茨·封·奥斯替尼（Fritz von Ostini）共同创办的《青春》是一本具有开创性的文艺期刊，它不仅刊登新兴作家所写的代表新潮流的文学作品，而且在插画和装帧设计上也采用了全新的风格形式，由此开创了德国艺术史上特有的"青春派风格"（Jugendstil）。在发刊词中，主编们就颇为自信地宣称：

> 我们想将这本新的周刊命名为：
>
> **青春**
>
> 这个名字其实就已经说出了一切。我们当然不是只按年纪，而是按心灵来寻找读者的。这包括已到人生秋日的大龄读者，他们有足够的幸运可以如此自诩："这颗衰老的心啊，你怎么还这么灼热地燃烧！"
>
> 我们并没有一个狭隘市民意义上的"纲领"。我们想要谈论和描绘一切有趣的事物，一切能打动精神的事物；我们要献出一切美的、好的、有个性的、机灵的，而且是

真正有艺术水准的事物。[1]

　　这个创刊词所要传达的杂志宗旨其实并没有实际内容，而呈现出模糊性和杂糅性的慕尼黑特色。作为关键词的青春，当然也释放出弃旧扬新的信号，这与巴尔鼓吹的维也纳青年派之年轻，可谓不谋而合。但是与指名道姓要超越自然主义而走向神经质浪漫主义的文学主张不一样，杂志创办人反而以拒绝清晰的纲领界定来表达自己的反市民立场。他们因而更追求面向未来的开放性、探索性和不确定性。也正因此，杂志刊登的文学作品的作者，既有自然主义作家康拉德也有先锋诗人克里斯蒂安·摩根斯特恩（Christian Morgenstern）或者无政府主义作家艾里希·米萨姆（Erich Mühsam）。慕尼黑各个圈子的混杂交汇也体现在这本杂志中。但另一方面，《青春》杂志以它封面上的青年男女的赤裸的纤细身体为象征图式，张扬了一种新的生活观和现代感，既突破旧有习俗和道德律令的禁锢，又以清新的活力和返璞归真的自然来对抗他们眼中的"颓废"倾向。在世纪末风尚席卷欧洲之际，《青春》杂志却公开表明了"反世纪末"（Anti-Fin-de-siècle）的态度：

　　我们的时代并不老，并不疲倦！我们并不是生活在一个垂死时代的最后几口气下，我们站立在一个健康时代的清晨，生活（zu leben）是一种乐趣！

---

[1] 转引自 Schmitz: *Die Münchner Moderne*. S. 223。

> 与那些不想让我们获得欢笑的生活的人进行斗争,也是一种乐趣!
>
> 世界是年轻的![……]
>
> 如果我们现在建立一个联盟,是为了迎头痛击所有以"世纪末"(fin de siècle)之名来实行反对神圣的时代精神的种种罪行的人,那么显而易见:这个联盟彻头彻尾是一个正直人的联盟!
>
> 也是一个青春的联盟![1]

奥斯替尼发表在1898年第一期《青春》杂志上的这篇文章,再次调用了"青春"这个词来强化对"世纪末"悲观情绪的批判。用健康来反对病态,用青春来反对老死,用生活的乐趣来反对厌世的态度,这是欧洲世纪末文化运动在德国激起的反向思潮,也是审美现代性中发展出的自反批判。以反市民、反主流和反进步观为核心取向的反抗美学在审美领域里也遇到了自己的反对派。值得注意的是,高扬青春旗帜并呼吁投入生活的这种表态,并不同于保守市民对世纪末的敌视,而是继承了尼采的生命哲学和颓废批判并融入了新的文学意象。尼采是从维护生命价值的角度来反对单纯追求感官刺激的颓废美学的,而这里的反对声音也是基于对生命/生活(Leben)的积极信念而拒绝从疲倦、病态和死亡中获得审美快感。而青春代表的创新性和生命力,也决定了这种反颓废和反世纪末的价值观不会就

---

[1] 转引自 Schmitz: Die Münchner Moderne. S. 258-259。

范于保守势力的道德压制和僵化思想。正如尼采虽然批判颓废，但也承认整个现代性都不可能摆脱颓废，《青春》杂志上发表的这番言论并不代表德语文学界甚或慕尼黑文学界对世纪末文艺思潮的彻底否定和超越。毋宁说，这种对颓废美学的质疑融合了对生命价值的重视，为德奥世纪末文学增添了复杂性。即使并不赞同这种反世纪末立场的德奥文人也会在自己的创作中不自觉流露出对英法世纪末的颓废倾向的疏离与审视态度。而研究者们则更愿意将生命活力论与颓废美学看作德奥世纪末文学中构成辩证关系的两面。[1]

奥斯替尼的这篇持论战口吻的文章在《青春》杂志中其实是少数。《青春》杂志更多的是新兴艺术风格的实验场而不是新旧文学势力唇枪舌剑的战场。而比它晚三个月在慕尼黑创刊的《痴儿西木》则正相反，是当时德国媒体界中以讽刺漫画为主要武器的文化和社会批判先锋。该杂志的名字取自德国十七世纪的著名流浪汉小说《痴儿西木传》的主人公，这位流浪汉在书中从局外人的角度揭露了当时社会各阶层的虚伪、势利、贪婪和丑陋。而《痴儿西木》杂志同样是以尖锐犀利而又精彩风趣的批判艺术著称于世。它所抨击的包括"皇帝和容克贵族、帝国的军事主义和官僚主义以及巴伐利亚的教权主义"[2]。另一方面，它在支持和推广富有革新精神的现代文艺浪潮方面也不遗余力，

---

1 参见 Wolfdietrich Rasch: *Die literarische Décadence um 1900*. Müchen: Beck 1986; Angela Sendlinger: *Lebenspathos und Décadence um 1900: Studien zur Dialektik der Décadence und der Lebensphilosophie am Beispiel Eduard von Keyserlings und Georg Simmels*. Frankfurt a. M.: Peter Lang 1994。

2 转引自 Schmitz: *Die Münchner Moderne*. S. 223。

从而吸引了德奥地区几乎所有杰出的新兴作家为其撰稿甚至为其工作。当时还是无名之辈的年轻的托马斯·曼曾做过它的编辑。海因里希·曼、比尔鲍姆、德梅尔、里尔克、黑塞、魏德金德都在这里刊发过作品。维也纳青年派包括霍夫曼斯塔尔、施尼茨勒和克劳斯也都将文稿寄往慕尼黑，让其在《痴儿西木》上公之于世。挪威的克努特·汉姆生（Knut Hamsun）和法国的居伊·德·莫泊桑（Guy de Maupassant）也出现在撰稿人的名字中。这种不局限于国别、流派和名气而兼收并蓄的发表策略，再次成为艺术之城慕尼黑的文化吸引力的佐证。《痴儿西木》成为德奥现代作家得以风云际会而彼此砥砺奋进的一个媒介空间，在文艺现代化过程中发挥了极大的促进作用。杂志创办人阿尔伯特·朗恩（Albert Langen）如此坦言：

> 痴儿西木在他努力用不受拘束的眼睛观察这个时代和精神搏斗之际，并不满足于作为观众而立于道旁，他也想与搏斗者来一番较量。他想要让一切在艺术和文学中体现严肃真诚意愿的新事物从现在起也接受同样严肃真诚的批评。力量、纯真和真实的新颖对他来说，比病态的畏缩和让人难堪的神经质艺术要更可亲。在一个诗人或者一个艺术家用强有力的手揭去种种弊病和社会深渊之上的虚假遮掩时，如果他同时还不会丢掉艺术，那痴儿西木就会更加欢欣鼓舞地为之鼓掌。[1]

---

[1] 转引自 Schmitz: *Die Münchner Moderne*. S. 229-230。

号召将直击时弊和艺术创新相结合的《痴儿西木》出版人融合了审美现代性中批判与变革的两条路线。正是这样一些引人瞩目的期刊为世纪末的慕尼黑在文化上的发展提供了新鲜、充沛的资源和动力，也让现代文艺的革新演变有了最直观的表达。不过慕尼黑不仅仅是在期刊媒体界展示出卓尔不凡的活力和先锋性，它在德语国家乃至整个欧洲的世纪末所享有的盛名其实主要是与它格外发达的波西米亚文化相连，而这又集中在一个城区中：施瓦宾街区（Schwabing）。

康定斯基在自己的回忆中曾写过这样一段对话：

"施瓦宾是什么？"一个柏林人有一次在慕尼黑问道。"就是靠北的一个城区。"一个慕尼黑人说。"才不是呢，"另一个慕尼黑人说，"是一种精神状态。"这个回答更正确。[1]

施瓦宾这个名词已经不仅仅是城市行政区划的名称，它成为了一个概念，一个与慕尼黑的世纪末紧密相连的文化地理概念，一个体现波西米亚式的独立精神与生活方式的概念。

实际上，波西米亚（Bohème/Boheme）这个词也经历过类似的语义转变。波西米亚（Bohemia）最初是历史地理概念，指的是古代中欧的一个王国，隶属于神圣罗马帝国，位于今天的捷克境内。后来法国人将他们误认为发源于波西米亚的流浪民族吉普赛人称为"波西米亚人"（Bohémien）。在十九世纪，随

---

[1] 转引自 Schmitz: *Die Münchner Moderne*. S. 437。

着反叛性的审美现代性的展开，越来越多的艺术家、诗人、作家选择了脱离市民生活规范，拒绝大众通俗审美与学院派古典审美的创作取向与生活方式，将自己称为"波西米亚人"。法国作家亨利·穆杰（Henri Murger）发表于1845年的小说《波西米亚人的生活场景》（*Scènes de la Vie de Bohème*）更是树立了自由艺术家作为波西米亚人的典型形象：他们生活在大城市中，虽然在物质上常常陷入贫穷困窘，却热烈地追求不同凡俗的文学艺术和自由不羁的情爱生活。波西米亚这个词，因而演化为对这种反市民的亚文化的特定指代。不过，波西米亚的亚文化也始终与都市生活和文艺革新联系在一起，唯有处于社会经济现代化的边缘，才会形成独立而激越的反抗姿态，而城市中的咖啡馆、酒馆和廉租房又成为这种生活状态的物质空间寄托。[1]

在德奥的世纪末大都市里，也常常出现这种波西米亚人的经典代表。柏林、维也纳都不乏其人。但在文学史和文化史上留下最灿烂光辉的，是在慕尼黑的施瓦宾聚集起来的波西米亚文化群落。施瓦宾作为城市区划名字，指的是慕尼黑城中靠北的第四和第十二街区，毗邻慕尼黑大学和艺术学院。其实直到十九世纪下半叶这里都还只是名为施瓦宾的一个村庄。随着慕尼黑城市在现代化过程中不断扩张，施瓦宾于1890年被并入城市中而成为一个房租相对低廉的城区，此后迅速演变为艺术之城中独一无二的艺术家聚居区。堪称波西米亚人代表的作家米萨姆自己对这群入住施瓦宾者的描述是："画家、雕塑家、诗

---

1 Helmut Kreuzer: *Die Boheme. Beitrage zu ihrer Beschreibung*. Stuttgart: J. B. Metzler, 1968.

人、模特、无所事事者、哲学家、宗教创立人、颠覆者、革新者、性伦理专家、心理分析师、音乐家、建筑师、手工艺女教师、私奔出来的上等家庭女儿、永远读不完书的大学生、勤奋的和懒惰的人、渴求生活和厌倦生活的人、留着狂野卷发和梳着干净利落分头的人"，他们让施瓦宾成为了"反抗权威和既定习俗的隐形集会点"和"所谓试验性群聚个人主义的中心"。[1] 不妨说，这便是西美尔所分析过的要刻意彰显个性来对抗现代化的同质化倾向的另类都市人，只是他们通过群集性质的文艺活动和团体行动建构出了自己的都市生存状态。

施瓦宾作为文化概念或者一种精神状态的代名词，其要旨是一种与现代主流社会的生活方式截然分离，突破既有的道德思想限制而在思想、艺术和文学上无所顾忌地探索试验的革新态度。它所具有的开放性和多元性完全对应于这座城市的世纪末形象。在这个特殊的城市空间里，以理性化和技术文明快速发展为特征的现代化被非理性的、狂欢式的、反常规的、充满青春活力的节庆文化所阻断和搁置。据参与者的回忆，当时的场景是：

> 每个圈子和每个团体都有自己的舞会，按照他们所尊崇的半神的观念，或者极为庄重，或者极为玩世不恭。有假面聚会，青年男子与女子围着自己的大师的影子跳舞，大师在隔壁房间用一盏巧妙设置的灯将自己的影子投入了

---

[1] 转引自 Schmitz: *Die Münchner Moderne*. S. 437-438。

大厅。有最烧脑的疯狂，但是这也不过是在艺术土壤上产生的极具想象力的景象，就和厨师们在厨子狂欢节上和贵妇们在盛装舞会上表现出的一样。整个施瓦宾地区的大合唱，可以在施瓦宾啤酒屋里的舞会上见识到。这样的酒神狂欢节（Bacchusfest）聚集了一切在这个城市算得上精神名流的人物，在德国唯有在这里精神才会和贵族与艺术混合起来——谁如果熟知伊萨尔河[1]，就会知道，这是一条狂野、明亮的河，拥有着青春的秘密。在圣诞节和大斋期之间的慕尼黑是德国的青春之城。[……]慕尼黑始终是青春之城，因而也就吸引青年前来。人们常常能看到，在舞会后的清晨，最奇妙的年轻人队伍在英国花园里涌过，林中仙女伴着印度公主，黑人旁边是滑稽剧的丑角，这一幅画面不仅仅是欢闹的，在公园树丛和水池之前显得那么自然，就仿佛画家要表现自由不羁和幸福时会画的那个美好时代又回到了人间，而那幸福无非就是青春。[2]

慕尼黑在世纪末所呈现的反市民文化景观，既不同于维也纳的感伤，也不同于柏林的激愤，而是以波西米亚式的非主流生活方式为显著标志的狂欢式（carnivalesque）美学反抗。这其中不难看到尼采在《悲剧的诞生》中所盛赞的释放原初万有能量的酒神精神。在狄奥尼索斯引领的歌舞欢庆中，张扬突破一

1　流经慕尼黑的一条河流。
2　转引自 Schmitz: *Die Münchner Moderne*. S. 446-447。

切限制的生命活力，尼采早期所憧憬的美学道路可以说在施瓦宾的波西米亚群落这里得到了某种程度上的实现。这样丰富而活跃的亚文化活动空间配合着推广新兴文艺潮流的杂志，为世纪末文艺创作提供了重要的交流平台和革新动力。托马斯·曼、魏德金德、雷文特罗等人正是在这样的文化氛围中，在"永恒的节庆"和"情色的反叛"[1]中体验并以各自的方式发扬了世纪末的审美现代性。尽管偶尔也会有"反世纪末"的批判声音出现，但这种批判也被纳入了德奥特有的世纪末文学中，增加了文本本身的层次性与反思的深度。

---

[1] Schmitz: *Die Münchner Moderne*. S. 19.

附：格奥尔格及其圈子在德奥世纪末中的特殊地位

值得注意的是，在上述描绘慕尼黑施瓦宾的狂欢聚会的文字中，提到了刻意经营自我形象的大师和崇拜他的青年男女。这是对诗人施蒂凡·格奥尔格和围绕他形成的格奥尔格圈子（George-Kreis）的影射。格奥尔格是德奥世纪末文学中卓尔不凡、独树一帜且影响深远的一个关键人物，是尤其能"体现审美现代性的一位诗人"[1]。而格奥尔格圈子也是"1900年左右的圈子构建过程中的一个特例"[2]，体现了"文化现代性与它的现代环境之间的矛盾"[3]。这位具有克里斯玛（Charisma）气质的诗人与他自己用心打造出的精神贵族小团体其实并不仅仅是世纪末现象，他们在德语文坛上一直到二十世纪三十年代都是引人注目的特殊存在。但是格奥尔格对于德奥世纪末文学的发展却发挥着举足轻重而不容忽视的作用，格奥尔格圈子也堪称慕尼黑施瓦宾的波西米亚文化中最具典型意义、最受人关注的传奇群体之一。因此有必要在研究德奥世纪末文学的框架下重点考察一

---

1 Achim Aurnhammer, Wolfgang Braungart, Stefan Breuer, Ute Oelmann [Hrsg.]: *Stefan George und sein Kreis. Ein Handbuch.* Berlin; Boston: De Gruyter 2016. S. 496.

2 Sigurd Paul Scheicht: "Cliquen und Kreise: Wien und München". In: Pankau: *Fin de Siècle.* S. 62.

3 Schmitz: *Die Münchner Moderne.* S. 16.

下他和这个圈子代表的反现代的审美现代性或文化现代性。

1868 年出生于莱茵河畔的格奥尔格很早便立志成为诗人，在 1889 年赴巴黎游学期间结识了马拉美和魏尔伦，读到了波德莱尔、兰波等人的作品，深受法国世纪末文学尤其是颓废派文学的影响。回到德国后他便将波德莱尔的《恶之花》翻译成了德语。1891 年他赴维也纳与霍夫曼斯塔尔结交，热切希望与后者结成携手共进的美学同盟，然而并未真正如愿，但两人仍保持了一段时间的书信交往。1892 年格奥尔格与卡尔·奥古斯特·克莱因（Carl August Klein）创办了极为特殊的一份文学杂志《艺术之叶》（Blätter für die Kunst[1]）。这份杂志照搬了法国自十九世纪下半叶起流行的唯美主义口号（l'art pour l'art），以"为艺术而艺术"（kunst für die kunst[2]）为宗旨。与此相应，格奥尔格力图打造一个完全拒绝大众消费而仅仅面向极少数（他所认定的）美学精英的诗学传播媒介。这份装帧设计风格独特的杂志并不在文学市场上流通，而仅仅以私人印刷的形式在柏林、维也纳和巴黎的三家书店里出售。第一期的发行量仅有 100 份，之后才有所增长，最高也只达到了 2000 份。杂志主要发表诗歌，除了格奥尔格自己的作品，撰稿人还包括青年维也纳派中的霍夫曼斯塔尔、别尔霍夫曼，德国的西美尔、法国的查尔斯·杜·博斯（Charles Du Bos）、比利时的保罗·格拉迪（Paul

---

[1] 德语中的 Blatt（复数 Blätter）既可以指树叶、花瓣，也可以指纸页，常常也用来指代杂志。这里采用"叶"字来翻译，也取其谐音"页"。
[2] 在文字使用上，格奥尔格也坚决要与日常语言划清界限，标志之一就是去除了标准德语中名词首字母大写的规则。

Gérardy）和许多不知名的年轻诗人。德国著名插画师路德维希·封·霍夫曼（Ludwig von Hofmann）也为杂志贡献了不少自己的画作。

虽然从传播渠道和影响面来说，《艺术之叶》远不及与之类似的文艺期刊《潘神》或《青春》，但对于欧洲世纪末文学的发展来说，它却是一个极为重要的中转站。格奥尔格在最初几期中旗帜鲜明地推崇法国的颓废派和象征主义。在1894年第二期第二册的导言部分，他便以"格言"的形式将颓废和象征这两个法国世纪末的核心词汇介绍给他的德语读者：

> 颓废（dekadenz）在很多方面都是如此一种现象，有人会不明智地将其当作我们这个时代的唯一产物——它在正确的手中肯定会得到艺术化的对待，要不然就要归于医疗术的领域。
>
> 每个颓废现象又都创造了更高的生命（höherem leben）。
>
> 象征（symbol）与语言和诗歌本身一样古老。有单个词，单个部分的象征，也有一种艺术创造的整体内容的象征。后者也可称为每个重要作品内含的更深意味。
>
> 象征式的观看，是精神已趋成熟与深刻的自然后果。[1]

---

1 转引自 Stefan George: "Merksprüche", in: Wolfgang Asholt; Walter Fähnders: *Fin de siècle*. S.184。

将颓废和象征并列，并将其看作更高的生活或更深的意味的艺术表现，显然是对法国的世纪末潮流的一种积极宣扬。而由颓废走向更高生命的观念，则明显是受到了尼采的影响。尼采虽然对颓废美学持批判态度，但也在自传中提到颓废的体验从反面刺激他追求更健康更强有力的生活，是对他的生命意志的锤炼。格奥尔格也在颓废中看到了两面性，既包含病态，也包含创造力。对于这位一心要树立超越平庸而显示精神深度的艺术理想的德国诗人来说，颓废和象征代表了源自法国的具有冲击力的美学路径，引领人走向一种脱离世俗常规的纯艺术意境。因此，他不仅在《艺术之叶》上为其鸣锣开道，而且也在自己的诗歌创作中实践这种美学道路。

格奥尔格在1892年发表的诗集《阿尔伽巴尔》（Algabal）便是集中体现颓废唯美风格的经典之作。诗集标题实际上取自公元三世纪在位的罗马皇帝埃拉伽巴路斯（Elagabalus），这位十五岁便登基的少年皇帝过着放荡不羁而惊世骇俗的生活，公然展示自己对同性美色和易装游戏的嗜好，挑战罗马社会的宗教与道德禁忌。这位因为荒淫而向来遭人贬斥的历史人物，在十九世纪末却成为欧洲颓废派文人和画家乐于讴歌、描绘的颓废派先驱，在波德莱尔和魏尔伦笔下都有不少对这位颓废皇帝的指涉。[1]格奥尔格也是这一特别的世纪末慕古风尚的重要参与者。他在诗集《阿尔伽巴尔》中呈现了埃拉伽巴路斯离经叛道的奢靡生活，同时又借这个帝王的生活空间来展示自己对反自

---

[1] 参见 Fischer: *Fin de siècle*. S. 125-137。

然的艺术王国的想象。例如其中一首描写花园的诗:

> 我的花园无需空气也无需温暖。
> 这是我为自己营造的花园
> 其中那些毫无生命的鸟群
> 还从没有见识过任何春天。
>
> 煤造成的树干　煤造成的树枝
> 在阴暗的田埂旁田野也阴暗。
> 从不曾欠缺的累累果实
> 熔岩一般在松树林里闪亮。
>
> 从暗藏的洞穴里放出的灰色光芒
> 不会透露何时清晨临近何时是夜晚
> 而那杏仁油的尘霾飘浮于
> 花畦与草地与种子之上。
>
> 可我如何在这神圣之地造就你
> ——我如此发问,当我沉思着丈量它
> 在大胆的蛛丝缠绕里忘却烦忧之际——
> 你这幽暗的硕大的黑色的花?[1]

---

[1] Stefan George: *Die Gedichte sowie Tage und Taten*. Stuttgart: Klett-Cotta 2003. S. 153.

格奥尔格构造出的这个冷酷奇幻的花园是一个与自然界截然相反的人造世界，表达出了一种离群索居并不屑于普通审美的独立高傲。这里的黑色花朵无疑有着对波德莱尔的"恶之花"的呼应。他在黑暗与封闭的空间里力图为美给出具有惊悚感的新定义。

而在1897年发表的《心灵之年岁》中，格奥尔格似乎放弃了过于决绝的态度，而将自然界重新引回了诗歌中，只不过他是以象征主义的手法让自然为一种感伤而疏离的生存体验代言。自然界的衰亡在这里成为一种颓废的背景：

> 来这据说已死的公园看望：
> 远方微笑着的海闪烁的微光，
> 照亮了水池与斑斓小径的是
> 无瑕的云朵那不期而见的蓝。
>
> 去那里摘取桦树与杨树的深黄
> 摘取它们的淡灰：轻风醺暖，
> 迟开的玫瑰尚未完全凋萎，
> 将它们折采，亲吻，编成花环。
>
> 也别忘了最后的紫菀，
> 那紫色在野生葡萄的藤须四周
> 不论绿色生命有何遗留

且在秋天的面容中轻轻忍受。[1]

入秋的时节让人进入一种告别与纪念。但这种垂死的自然却格外绚丽多彩，显出了颓废之美。不过即使是诗中的夏日，也带有一种孤独而神秘的凄美：

这幅美丽的小像是否引起了你的回忆，
画中人曾冒冒失失攫向深谷中的玫瑰，
他曾逡巡游猎而将时日忘记，
他曾啜饮盛满蜜汁的花蕾？

他曾为了获得宁静走向公园
一阵翅膀的闪光让他走得太远
他在那水塘的边沿坐下，满怀思绪，
他倾听深深的隐秘。

从石头以青苔为冠的岛上
那天鹅离开了与瀑布的游戏
在这孩子的手上，这精致的手
这有心迎合的手，将修长的脖颈搁放。[2]

---

[1] Stefan George: *Die Gedichte sowie Tage und Taten*. S. 274.
[2] 同上书，S. 302。

这里的天鹅形象有着丰富精微而无法明言的象征意蕴，正如格奥尔格自己所说，包含了潜藏不发的深意，是诗人笔下这个"他"关于迷途与迷恋的回忆的外在感应物。格奥尔格正是以这样的诗歌，在 1900 年左右成为了颓废唯美的欧洲世纪末文学在德国的一个杰出代表，将这股反叛性的美学思潮推到了一个新阶段。他的诗歌也征服了一批有同样诗学追求和审美品味的年轻人，他们在格奥尔格身上看到了能抵抗技术文明的美学救赎的理想化身。以《艺术之叶》为依托，他们开始聚集在格奥尔格周围，形成了崇拜并追随这位"大师"（Meister）的一个圈子。这个圈子实际上正是审美现代性的一个极端表达，他们的共同理想是摆脱工业与经济现代化造就的大众社会及其物质主义，在远离现实的艺术中去寻找人的精神支点，张扬艺术的独立性和自主性来表达与所谓现代生活的对立。这被研究者看作一种"美学上的原教旨主义"（ästhetischer Fundamentalismus）[1]，也是德奥世纪末中较为独特和激进的一类美学反抗姿态。但这种斗争恰恰表现为小圈子的封闭性和孤立性，他们不会也不愿产生更广泛的社会作用。

1893 年格奥尔格在慕尼黑接触到了以阿尔弗雷德·舒勒（Alfred Schuler）、路德维希·克拉格斯（Ludwig Klages）和卡尔·沃尔夫斯凯尔（Karl Wolfskehl）为首的宇宙论者（Kosmiker）圈子，并积极参与他们的活动。后者也迅速着迷于格奥尔格所

---

[1] 参见 Stefan Breuer: Ästhetischer Fundamentalismus: *Stefan George und der deutsche Antimodernismus*. Darmstadt: WBG 1995。

代表的反现代的现代艺术观,并开始在《艺术之叶》上发表自己的作品。格奥尔格圈子便和宇宙论者圈子发生了一次短暂的汇合。格奥尔格本人对慕尼黑施瓦宾的亚文化空间颇有好感,他曾在信中向友人解释说:"慕尼黑是尘世上唯一一个没有'市民'的城市,这里只有民众(Volk)和青年(Jugend)。没有人会说这些总是让人舒服的。但是这比柏林那种底层官员、犹太人和婊子的混杂体要好上千倍!"[1] 暂且不论格奥尔格对柏林的嫌恶中隐含的反犹情绪,他对慕尼黑的偏爱显然基于他的反现代立场:柏林的现代化造成的社会转型让他深感不满,而慕尼黑相对保留了传统民风而又充满创新活力的都市氛围则更适合他实践自己的反市民美学原则。

而宇宙论者本来也是一个明确反现代社会的亚文化群体。他们的宗旨就是"背离现代文明的理性主义而回归原初状态"[2]。为此,他们推崇基督教之前的"异教情爱"并在各人家中举办扮演古典宗教角色的狂欢节。格奥尔格在其中先后扮演过大诗人但丁和凯撒的角色,其实也是对自己的诗人及精神领袖地位的演示。他们共同在这样的狂欢气氛中体验现代社会所压制的原始生命力,体验对现代文明的超越。作为这种狂欢的亲历者,雷文特罗在自己的小说《达姆先生的笔记或一个奇异城区中的奇遇》中曾记载过这些场景,并且借书中人物之口说明了宇宙论的理念所在:"宇宙论,宇宙论是建造真实的、直接的生活

---

[1] 转引自 Schmitz: *Die Münchner Moderne*. S. 459。
[2] Schmitz: *Die Münchner Moderne*. S. 460。

（Leben）的原则，在所有参与这生活的每个生命体之中都是同一个原则。着重记住：人们一般来说都是将宇宙论用作混沌的对立面。但只有把它用在建构力而不是建成物上的时候，才领会到了狂莫林（Wahnmoching）[1]的微妙之处。"[2]

然而，这个在施瓦宾名噪一时，备受瞩目的亚文化小团体却并没能维持太久。格奥尔格和格奥尔格圈子都在发生新的变动。格奥尔格在1899年认识了十九岁的慕尼黑大学学生弗里德里希·贡多尔夫（Friedrich Gundolf），他最忠实的信徒和敬仰者。在1902年，他又在慕尼黑认识了年方十三岁的马克西米里安·科隆贝尔格（Maximilian Kronberger），迅速被这位少年吸引，将其视为美的理想化身。在马克西米里安1904年早逝之后，格奥尔格在自己圈子里将其树立为具有启示意义的救世者（Erlöser），建构出一套以纪念仪式和献诗为载体的"马克西敏神话"（Maximin-Mythos）[3]。格奥尔格圈子越来越具有准宗教的色彩。与此同时，格奥尔格与具有密教（Esoterik）风格的宇宙论圈子的矛盾则越来越多。他自认为找到了美和救赎的神话而不需要再借助魔法和玄术去超越枯涩、贫瘠、空虚的现代精神世界。因此他越来越反感舒勒与克拉格斯的神秘作派，最终在1904年与他们彻底决裂。在这一年的第七期《艺术之叶》上，格奥尔格明确指出了他与宇宙论者的对立："不要用偶像取代

---

[1] 这是雷文特罗生造的一个词，用来指代施瓦宾。
[2] 转引自 Schmitz: *Die Münchner Moderne*. S. 475.
[3] 参见 *Stefan George und sein Kreis. Ein Handbuch*. S.762-766.

神，不要用幽灵取代精神，不要用巫师取代先知"[1]。而宇宙论派内部也在此时发生分裂。慕尼黑施瓦宾的波西米亚传奇也从这一时刻起开始逐渐破碎消散。

格奥尔格也逐渐从世纪末的唯美颓废的艺术追求走向了更偏重于宗教色彩的文化复兴诉求，开始自命为先知诗人和精神王国的君主。格奥尔格圈子也从一个相对平等的文艺精英共同体转化为了由单一主人与众多年轻信徒构成的等级制准宗教团体。当然，他们所代表的反现代的独立超然的立场没有改变，甚而得到了进一步的强化，只是他们在建立独有的文化之国的抱负中已经与德奥世纪末的美学运动渐行渐远。

---

[1] 转引自 Breuer: *Ästhetischer Fundamentalismus*. S. 40。

第三章

颓废与没落的多重叙述

在整个欧洲世纪末的美学运动中，颓废（décadence）是毋庸置疑的核心要素，是 1900 年左右充满叛逆精神的现代文艺的首要诗学特征。不过，颓废这个概念并非一开始就是美学上的专有名词。从词源上来看，它与英语中的 decay 或 decline，法语中的 déclin 一样，都是从拉丁语中的下—落（de-cadere）派生而来，起初也是衰落、没落之意。德语作为古日耳曼语的后裔，并没有直接对应的单词，在语义上则和 Verfall, Niedergang 类同。虽然这个词中世纪已经出现，但是在西方现代文明的发展过程中，它首先是作为对古罗马时期的历史叙事话语而登场。孟德斯鸠的出版于 1734 年的《罗马帝国盛衰原因论》（*Considérations sur les causes de la grandeur des Romains et de leur décadence*）便是其中一部里程碑式的历史著作。1834 年，法国古典语文学家德希勒·尼扎尔（Désiré Nisard）以他的专著《关于颓废时期的拉丁语诗人的品性与批评的研究》（*Études de moeurs et de critique sur les poètes latins de la décadence*）将颓废引入了文学批评中，第一次提出了"颓废风格"。[1]但真正让颓废成为一

---

1 参见 Wolfgang Klein: "Dekadent/Dekadenz". In: Karlheinz Barck u.a. [Hrsg]: *Ästhetische Grundbegriffe*. Stuttgart: Metzler 2001. S. 1-41。

种对抗古典美学而具有革新意义的现代美学的标志的，如前所述是波德莱尔及其追随者。到了十九世纪末，巴黎的颓废派在将自己命名为 decadents 时，则完全是在"积极艺术内涵"[1]上来使用这一词汇，标榜出他们通过另类与奇异来蓄意挑衅市民道德尤其是性道德规范的创作取向以至生活方式。他们一反常规的美的定义，而将华丽、鲜艳与黑暗、死亡、放纵混合为新的感官刺激，并认为这才是真正反映现代人心灵的现代艺术。

但另一方面，世纪末美学运动的另一个重要因素也包含在"颓废"的词源意义中。十九世纪走向终结之际，也是欧洲的工业革命、技术文明、垄断资本迅猛推进的时刻，但却在文化界引发了精神危机。正如卡林内斯库所言：

> 对进步神话的批评在浪漫派运动中发端，在突起于十九世纪末并一直延伸到二十世纪的反科学与反理性运动中增强了势头，结果是——如今这已成为老生常谈——高度的技术发展同一种深刻的颓废感显得极其融洽。进步的事实没有被否认，但越来越多的人怀着一种痛苦的失落和异化感来经验进步的后果。再一次地，进步即颓废，颓废即进步。[2]

对启蒙的进步理想的怀疑，在十九世纪最后二十年越来越

---

[1] 卡林内斯库：《现代性的五副面孔》，第 193 页。
[2] 同上书，第 169 页。

强化为一种末世感：感觉人类的精神世界以至文明自身都会被这种进步所毁灭。现代人不是走向越来越兴旺福乐的黄金时代，而是生命力日渐衰退，身心日益疲倦而失去奋进意志。此时的颓废概念因而与源自生物进化理论的退化、衰亡（degeneration）概念发生了嵌合。对颓废的述说，也成为揭露现代化弊端的文化批判（Kulturkritik）。具有讽刺意味的是，这种颓废论与美学领域中富于创新力的颓废美学构成了尖锐的对立，后者往往成为前者的抨击对象，被前者视为文明没落的症候。如前文所述，不论是写出名噪一时的《退化》（Entartung; Degeneration）的保守派诺尔道，还是从生命哲学出发痛击瓦格纳的尼采，都是这种颓废批判的重要代表。

在德奥世纪末文学的发展中，这两种出自对立阵营的颓废观却发生了极为有趣的交汇。如前所示，颓废风尚在德语国家的变异首先归功于尼采的巨大影响。在他的推动下，"戈蒂埃/波德莱尔传统几乎要消隐在肇始于布尔热的、日渐被人视为理所当然的颓废病态说之后"[1]。而此时兴盛的神经病理学也对这种消极意义的颓废话语推波助澜。神经刺激虽然一开始也是颓废美学从现代化中获取独特审美快感的来源，但在弗洛伊德及其同事的医疗诊断中则日益成为心理疾病的外部表现，而心理疾病的增多则又是现代文明发展造成的恶果，是人类不堪性压抑的反映。这都直接影响了同时代德语作家对颓废潮流的接受。虽然他们普遍都感受到了英法颓废派所表达出的美学冲击力和

---

[1] Kafitz: Décadence in Deutschland. S.376.

吸引力，但是他们又不断将对衰退的感伤与对病态的观察引入对这种颓废美的描写中，形成了一种暧昧不明的颓废表述。

德国研究者迪特·卡菲茨（Dieter Kafitz）在考察了颓废概念在德语国家文艺领域的语义流变之后，便指出：

> 为颓废概念赋予语义的核心复合体包括神经层面（包括从精细化的感触、神经衰弱的病灶到神秘心灵的体验形式的多种含义可能）、衰落层面（既是心理升华的起点，也是病态的衰退的起点）和精巧技艺层面（对高超的语言艺术的认可或对矫揉造作风格的批判）。[1]

的确，在德奥世纪末文学中，反复出现的一些意象和题材都指向了意义复杂的颓废现象：对现代文明的美学反抗往往混入了对生命力衰落的忧思和感伤，对感官刺激的审美欣赏不再是叛逆式的挑衅而是自恋又自怜的感伤甚而转向了对这种审美姿态的审视与讽刺。而这无不体现出对现代文明的二级反思：不仅是现代化本身招致了美学上的反抗，现代美学的反抗因素本身也成为进一步反思的对象，而且作家们还将现代化的弊端与现代美学的困境混合为同一套颓废叙事。下列三个出自不同作家之手的世纪末经典文本，正是对这一倾向的多重表达。

---

[1] Kafitz: *Décadence in Deutschland*. S.373.

豪普特曼的病态家族

在第二章论及柏林的世纪末文学潮流时已经提到，柏林的自然主义作为自我标榜的现代文学，在广大受众面前的第一部具有轰动效应的亮相之作是1889年10月在"自由舞台"上演的戏剧《日出之前》。因为这部戏而声名鹊起的作者豪普特曼也向来被视为德国自然主义最重要的代表作家。恰恰是这部自然主义戏剧在批判社会现实的基调下展示出了特定的世纪末颓废景象，揭示出现代化进程中人的逐代堕落与自我毁灭。

在以往的文学史叙事中，颓废派乃至世纪末的美学潮流总被视为自然主义的对立面。[1] 这多少也是各国颓废派自己宣称的立场。巴尔的《超越自然主义》在德语区是最显著的一种表态。但在他之前，法国颓废派的核心人物于斯曼就已经亲身展示了这种超越。他刚开始创作时还是法国自然主义领军人物左拉的信徒，但是到了写作《逆流》时则与自然主义决裂。在1903年为《逆流》新版作序时，他尤其提到了他和左拉为代表的自然主义的巨大分歧，认为自然主义只看到外部事实而不了解心灵。[2]

---

1 参见 Asholt; Fähnders [Hrsg.]: *Fin de siècle*. S. 426; York-Gotthart Mix [Hrsg.]: *Naturalismus – Fin de siècle – Expressionismus 1890-1918*. München:dtv 2000。
2 参见于斯曼：《逆流》，作者序言，第1—25页。

但另一方面，自然主义作家与颓废派之间有着许多难以割裂的联系，他们的对立远没有他们宣称的那么绝对。因为这两者都是在现代化全面推进并造成人类精神世界变化的背景下发展出的美学反抗，都同样敏锐地感受到现代人日益陷入困境并由此展开对人类衰亡和没落的文学想象。所以"大多数自然主义文本都包括了，或者我应该说生产了，颓废的时刻，而大多数颓废派文本所包含的对自然过程的感知又都具有自然主义风格"[1]。正如德国自然主义者宣称的，他们要以当下的现代生活为表达内容，而他们对现代生活的关切和审视恰恰让他们发现了偏于消极意义的颓废趋势。对没落的这种感知以及从中滋生出的末世感又将是颓废派建立独立的感官世界的出发点。颇为讽刺的是，在同时代的保守派眼中，自然主义本身也是颓废的。"颓废与退化毫无疑义地与自然主义联系在一起，而这种联系被理解为一个病态时代特有的典型现象。"[2]

实际上，自然主义对现代人的种种"颓废"现象的发现，虽然基于他们对社会现实的观察，但也并非真正像他们宣称的那样客观。他们的判断本就包含了早于颓废派的"种族衰落和退化的想象"[3]。这种想象不仅来自他们对现代化带来的社会问题

---

[1] Charles Barnheimer: *Decadent Subjects. The Idea of Decadence in Art, Literature, Philosophy, and Culture of the Fin de Siècle in Europe.* Baltimore; London: Johns Hopkins University Press 2002. P. 58.

[2] Ariane Martin: *Die kranke Jugend. J.M.R. Lenz und Goethes Werther in der Rezeption des Sturm und Drang bis zum Naturalismus.* Würzburg: Königshausen & Neumann 2002. S. 300.

[3] Sally Ledger; Roger Luckhurst: "Reading the 'Fin de siècle'". In: *The Fin de siècle. A reader in cultural history.* P. xvi.

的认知，更受惠于他们接受的关于遗传和退化的自然科学话语：

> 新科学同样也是世纪末的文学自然主义发展的原动力。文学上的自然主义同时受到聚焦于都市的文学和遗传学理论的影响，[……] 以它对城市生活的'客观'审查模仿了摄影的发展工艺。对城市居民中劳工阶层的往往并非让人惬意的描述更增强了既有的对退化的恐惧。[1]

豪普特曼的《日出之前》正是这样一种兼有社会认知和恐惧想象的自然主义颓废叙事。只不过，这个剧本并没有直接展现大都市中的劳工阶层，而是以西里西亚的一个农庄为展现人性堕落的微型社会空间。农庄主克劳泽因为自家地上发现煤矿而致富，但酒瘾严重，并导致一家人都沾上酗酒恶习。霍夫曼靠暗算对手而获得生意场上的成功，娶了克劳泽的女儿玛尔塔而享受了同样的富裕生活。家中唯一一个未染上酒瘾的是在寄宿学校里长大的海伦娜，但她却在家中受尽屈辱。在戏剧的开场，怀有改革社会的满腔理想主义热忱的社会主义者阿尔弗雷德·洛塔，霍夫曼的旧日好友，为了调查矿工的生活和工作情况来到了这个村子。当霍夫曼在餐桌上催促洛塔喝酒时，洛塔义正辞严地拒绝并发表了反饮酒的言论：

> 而你，霍夫曼！很可能不知道饮酒在我们的现代生活

---

[1] Ledger; Luckhurst: "Reading the 'Fin de siècle'". P. xvi.

中起了多么可怕的作用……你如果想要了解一点的话，读读邦吉的书吧。我刚刚想起来，有某个艾福莱特说到过饮酒对美国的意义。——强调一下，这里的时间范围是十年。他认为：饮酒直接吞噬了三十亿美元，间接耗费了六亿美元。酒精杀死了三十万人，让十万个孩子进了救济院，又让好几千人进了监狱和劳改所。酒精至少造成了两千起自杀。由于火灾和暴力毁坏，它造成了至少一千万美元的损失。它导致两万人成了寡妇，还让至少一百万人成了孤儿。酒精的作用，这是最糟糕的，据说在第三代和第四代身上都会表现出来——如果我现在起誓说不结婚，那倒还是可以喝点酒，但是……我的祖先都是身体健康、结实的，据我所知，也都是特别有节制的人。我做的每一个动作，我克服掉的每一次疲倦，我的每一次呼吸都仿佛让我感受到我多么受惠于他们。你看，这就是关键：我已经完全下定了决心，要让我所继承的遗传因素，毫不减损地传给我的后代。[1]

洛塔这里的大段独白，多少有点说教意味，也确实体现了自然主义文学的诸多特征。这里提到的邦吉和艾福莱特都是现实中的人物。古斯塔夫·封·邦吉（Gustav von Bunge）是当时在巴塞尔大学任教的生理学教授，在 1887 年发表了《饮酒问题》（Alkoholfrage），并在书中引用了英国政治家罗伯特·艾福莱特

---

[1] Gerhart Hauptmann: *Vor Sonnenaufgang. Soziales Drama*. Stuttgart: Reclam 2017. S. 40-41.

（Robert Everett）的相关报道。[1] 豪普特曼因而确实是直接将"现代生活"中的社会问题直接搬到了舞台上，让现代艺术来呈现现代化进程的阴暗面。而洛塔所坚信的酒精作用在家族代系之间的遗传，也正是左拉为首的自然主义作家所宣扬的生理学决定论：人的行为品性都由环境、遗传和时代所决定。左拉将自己的小说创作就视为"对一个家族血液遗传与命定论的研究"[2]。洛塔本人的社会主义立场又切合了自然主义作家们同情、支持劳工阶层的政治立场。他对社会问题及其受苦受难者的关切无疑折射出这些作家们的积极入世态度。

在这样的自然主义基调下，洛塔也代表了世纪末盛行的对种族退化和文明衰败的恐惧。遗传学说与进化理论的自然科学话语被文艺界吸收之后，催生出了人类身体被代代遗传的恶习基因所侵占的恐怖想象。这种想象将道德败坏、生理病弱与社会灾难融为一炉，表达出与线性进步乐观主义针锋相对的现代性危机感。健康与病态之间的对立，由于两者皆可代系遗传的信念，具有了宿命论的性质，并且成为了人际关系发展尤其是婚恋离合的决定性因素。

在戏剧文本的情节发展中，洛塔这段话也正是在这个意义上成为重要的呈示部核心，预先暗示了其后的戏剧冲突。他所面对的这个克劳泽家族，恰恰就是他口中那种深陷酒精毒害达三代之久而无力自拔的病态家族。老克劳泽嗜酒成瘾，他女儿

---

[1] 参见 Peter Langemeyer: "Nachwort", in: Hauptmann: *Vor Sonnenaufgang*. S. 194-195.
[2] 左拉：《关于家族式小说总体构思的札记》，见柳鸣九编《法国自然主义作品选》，天津：天津人民出版社，1987年版，第734页。

玛尔塔也同样酗酒。而玛尔塔与霍夫曼所生的第一个孩子,居然出生不久就显示出了对酒精的病态嗜好。豪普特曼在这个情节设置上将遗传决定论表现得淋漓尽致,也大力渲染出了这种特性形式的颓废的惊悚效果。在第五幕中,医生辛穆尔普芬尼希告诉洛塔,霍夫曼之前有个儿子,才长到三岁就因为饮酒癖好而夭折。

> 辛穆尔普芬尼希医生:那小蠢货伸手去够醋瓶子,以为那里面有他钟爱的劣质烧酒。瓶子掉了下来,而这孩子掉进了玻璃碎片里。在身体下方,你看得到这些隐静脉。那小孩儿所有的隐静脉都被切断了。
>
> 洛塔:是……是……谁的孩子,你说的……
>
> 辛穆尔普芬尼希医生:霍夫曼和刚才楼上那个女人的……这女人也喝酒,可以喝到人事不省,她能拿到多少就喝多少。[1]

这一骇人听闻的家族集体饮酒而祸及子孙的故事,也构成了戏剧最后悲剧结局的触发点。克劳泽家族中唯一没有染上嗜酒症而洁身自好的海伦娜,爱上了这位外来客洛塔,两人本已互相表白而决定结婚。但是洛塔从医生那里听到了这个家族的饮酒遗传,经过短暂的犹豫之后,为了保证自己后代能是"身

---

[1] Hauptmann: *Vor Sonnenaufgang*. S.128.

体和灵魂都健康的一个族系"[1]而毅然决定和海伦娜分手,在写下分手信后不辞而别,远离了他所深感畏惧的病态家族。与此同时,霍夫曼和玛尔塔的第二个孩子诞生,但却是个死婴,再次显示出这个家族在酒精作用下的逐代衰亡。海伦娜在读了洛塔的分手信后也自杀身亡。整部剧终结在以病态、没落与绝望的死亡为核心组成部分的颓废情境中。

值得注意的是,豪普特曼在表现这种消极意义的颓废时也加入了性道德的败坏作为家族没落的一个重要迹象。喝醉了的克劳泽对自己的女儿伸出咸猪手进行肢体骚扰(第二幕开端),克劳泽的第二任妻子与自己的侄子通奸(第二幕结尾),霍夫曼对小姨子海伦娜意图不轨(第三幕中段)。在这个家族内部泛滥的乱伦情欲,显然对应于他们被酒精戕害的身体和在财富中堕落的品性。生理学意义上的退化和社会道德意义上的堕落在颓废景象的逐步展开中联结为一体。而将如此悖逆伦常的性事展示于舞台,也是豪普特曼这部戏剧成为震惊世人的"丑闻之作"的重要原因之一。它在保守的观众和戏剧评论人那里激起的愤怒反应,也从反面证明了它作为世纪末经典文本所具有的刺激作用。不过,豪普特曼反复揭露这种不受节制的性欲,还远不是像经典颓废派那样,用富于美学创新力和解放意味的性描写来颠覆市民道德规范,而是纯粹将其刻画为集体病症之一,再次突出了克劳泽家族与持有道德洁癖的海伦娜、洛塔之间的鲜明反差。后者的相恋是纯洁的,而后者的分离则反衬出前者的

---

[1] Hauptmann: *Vor Sonnenaufgang*. S.127。

没落趋势的灾难性作用。

豪普特曼不仅仅是通过演示这个农庄主家族走向自我毁灭的过程来实践他信奉的自然主义原则,而且还在戏剧文本内部直接提到了他的文学前辈,并且将他们植入了关于颓废的病态话语中。在剧中第二幕,海伦娜和洛塔聊到海伦娜在读歌德的《少年维特之烦恼》。洛塔斥责这本书为弱者之书,而海伦娜则请他推荐其他书。

>洛塔:那您就读……读……哎!……您知道达恩的《为罗马而战》吗?
>
>海伦娜:不知道!不过我回去买这本书的。它也是为实用目的而写的吗?
>
>洛塔:完全是为了理性目的而写的。它不是描绘人的现实样子,而是人应当成为的样子。是本可做模范的书。
>
>海伦娜(笃信地):这真好。(稍微停顿了会,然后说)也许您能给我指点指点。报纸上提到了很多次左拉和易卜生:他们是大作家吗?
>
>洛塔:他们根本就不是作家,而是必要的邪恶,小姐。我确实有渴望,要从文字艺术里获得一种清澈的、振奋人心的饮品——我没有病。左拉和易卜生提供的,是药。
>
>海伦娜(仿佛是不自觉地):啊,那他们也许真是我需要的。[1]

---

1 Hauptmann: *Vor Sonnenaufgang*. S.58.

洛塔虽然是个社会主义者，拥有和自然主义者近似的政治立场，但是在文学品味上并不完全符合自然主义者的审美志趣。他所推荐的菲利克斯·达恩（Felix Dahn）代表的正是高扬现代旗帜的自然主义作家要否定的古典主义美学——不是描写当前现实中的人而是表现抽象的高贵的人。他并非自然主义文学观的传声筒，但也正因为此，他对左拉和易卜生的看法就更耐人寻味。在这里，豪普特曼巧妙地将保守阵营对揭露社会苦难的自然主义作家的贬责引入了文中，但又同时将这种贬责转化为了对自然主义文学的社会功能的隐喻：左拉与易卜生的作品不再是传统意义上的文学，而是一剂可以针对社会病症而下的"猛药"，看似恶，实则是针砭时弊，因而有其必要性。洛塔所代表的对退化衰败之病的恐惧，再一次暴露出来。他口中的用词，不论是渴望（durstig）还是饮品（Trunk）实际上都和饮酒存在暗中的关联，因此洛塔的恐惧更是对自己内心欲望的恐惧。文学作为酒精的替代物，实际上是他支撑自己作为"健康人"的信念的精神需求。但他也更忌讳文学中的药，唯恐这样的药能反证出他心中的病。反而是身陷颓废旋涡中心的海伦娜，不自觉地说出了她对这类文学的需求，也即她对借助文学之力摆脱病症的希望。当然，这种对自然主义文学和社会问题剧创始人的指涉，也暗含了豪普特曼对自己这部作品的定位。他展示这样一幅悲惨阴暗而让人绝望的酒徒家族画像，也是在追随左拉和易卜生，以必要的震惊效果来达到药的作用，唤醒民众直面现代生活中危及个人与社会的"健康肌体"的弊病。正是在这样的疾病隐喻中，他也展现了一代人在世纪末对现代文明包含的颓废潜势的感知和想象。

豪普特曼的《日出之前》是一部具有划时代意义的戏剧作品，不仅是因为它是德国第一部自然主义"社会剧"（正如它的副标题所标示的），将易卜生开创的社会问题剧这一现代文学类型引入了德语文学，也因为它为德奥世纪末文学树立了一个里程碑。逐代遗传的酒瘾及其灾难性后果作为一个家族走向衰亡的决定因素与显著标志，构成了德语文学中较早呈现出的世纪末颓废主题。虽然这里的颓废还没有直接与唯美主义的另类生活方式形成联结，但不论是疾病话语、生命衰亡趋势还是反常性行为，都已经为《日出之前》后出现的德奥世纪末文学奠定了基础。聚焦于现代化弊端并将其想象为一种人类自我毁灭的绝望前景，这也正是审美现代性的一种表达方式，是现代文艺对现代的一种批判式观照。这个自然主义的世纪末经典文本，因而足以在德奥世纪末文学发展的谱系中占有一席之地。当然还有更多所谓"反自然主义"的世纪末文本，从这里出发，走向了更富于美学意蕴的颓废叙事。

安德里安的自恋少年

不论是 1895 年出版的短篇小说《认知的花园》(Der Garten der Erkenntnis) 还是它的作者列奥波尔德·安德里安都远不如《日出之前》及豪普特曼声名显赫。实际上，这位作者所代表的确实是与积极追求社会影响力的自然主义截然不同的世纪末小圈子文化。这便是维也纳青年派与早期格奥尔格圈子所分享的唯美主义姿态：远离大众，睥睨流俗，孤高自赏。只不过在安德里安的作品中，这种唯美姿态融入了与个体早逝紧密相连的颓废意象。

1875 年出生于柏林的列奥波尔德是古老的安德里安-维尔堡贵族的后裔，他从父亲那里继承了男爵爵位。1893 年他在朋友家结识了大他一岁的霍夫曼斯塔尔，从此加入了维也纳青年派的圈子。同一年他也认识了格奥尔格，并开始在《艺术之叶》上发表诗歌作品。1895 年他的第一部也是唯一一部叙事作品《认知的花园》在菲舍尔出版社出版。这部小说得到了格奥尔格和霍夫曼斯塔尔的高度认可。巴尔也对其赞赏有加。不过同为格利恩施泰德尔咖啡馆文人的施尼茨勒却认为这本书并不是成熟之作。而仇视维也纳青年派的克劳斯则讥讽它为"无认知的幼儿园"(Der Kindergarten der Unerkenntnis)。1899 年他在维也纳大学法学专业毕业后便走上了外交官的职业生涯，从此以后即使写作也只是写政论性文章或书籍，不再创作纯文学作品。他的文学道路似乎便终结于他不到二十岁时就写下的年少之作。

然而少年的青春也正是德奥世纪末尤其具有特色的一种颓废美学的象征。与慕尼黑的《青春》杂志所宣扬的"反世纪末"的蓬勃健旺的生命力正相反，这种颓废青春包含了与生命的隔绝、自我的迷失和时刻与其相随的死亡，表达出感伤的格调和没落的情绪，但又在某种意义上消解了颓废派本身的美学反抗，形成文本内部的自我嘲讽（Selbst-ironie）。[1]《认知的花园》便是如此一部书写颓废青春的半自传性质的小说，它的核心主题是对生命的认知无法达成，主人公的自我建构走向失败，青春在唯美感知的封闭空间（以标题中的"花园"为隐喻）里昙花一现而消逝于死亡。这个文本因而也成为"1900年左右维也纳身份危机的文学范本"[2]。欧洲世纪末的许多题材和意象在这个范本中都得到了呈现但也发生了变异，最终交织为一个新的青春加死亡的危机图式。

小说在框架叙事上颇有自然主义遗传决定论的色彩。小说主人公埃尔文是一位奥地利侯爵的独生子。这位侯爵在他十岁时便英年早逝。埃尔文不仅继承了这个侯爵的头衔，也继承了

---

[1] 参见 Shuangzhi Li: *Die Narziss-Jugend. Eine poetologische Figuration der deutschen Dekadenz-Literatur um 1900 am Beispiel von Leopold von Andrian, Hugo von Hofmannsthal und Thomas Mann.* Heidelberg: Winter Universitätsverlag 2013。

[2] 参见 Ursula Renner: *Leopold Andrians "Garten der Erkenntnis". Literarisches Paradigma einer Identitätskrise in Wien um 1900.* Frankfurt a. M. et al.: Peter Lang 1981。

虚弱的生命力，在刚过二十岁的年纪便死去了，而且不像自己父亲那样在二十岁就结婚生子了，他也没有留下子嗣。小说的开头和结尾都是讲述侯爵之死，构成了封闭的死亡环形。然而与自然主义作家们讲述的生理病症不同，小说并没有交代侯爵父子的死因，但却浓墨重彩地描绘了埃尔文寻求认知（Erkenntnis）而不得的短暂一生。

认知这个词，在西方思想史的传统中向来与人的自我定义和自我想象相关联。从古希腊德尔斐神庙的神谕"认识你自己"开始，认知作为自我体验的能力就构成了人性定义的内核。启蒙运动以来，尤其随着德国古典哲学认识论的发展，人作为理性存在者（Vernunftwesen）和认知主体（Erkenntnissubjekt）的观念日益巩固，认知能力作为探索世界和人自身的基本前提得到前所未有的重视。在欧洲的现代化进程中，尤其是科学和技术文明的进步更强化了理性认知的重要地位。但到了世纪末，随着叔本华、尼采、狄尔泰等思想家重新抬高生命直观等非理性体验的价值，理性主体的地位开始受到震撼。人性在受到重新审视之际，认知概念也发生转变。

在《认知的花园》中，安德里安显然接受了尼采的生命哲学思想而将个体的生命体验而非理性能力看作认知的真正依托。而真实生命体验的缺失又导致了埃尔文无法在成长过程中逐渐形成对自我和世界的认知，而是徘徊在生命/生活的彼岸，将生命看作他无法穿透和揭开的巨大隐秘（Geheimnis）。他越是追求对生命的体验以获得认知，就越沉浸在隐秘中而无法自拔。在叙述这一过程时，安德里安有意采用了成长发展小说

（Bildungsroman）的叙事程式，[1] 以个人成长的时间顺序为轴线，分阶、逐级地呈现埃尔文的徒劳追寻。但就小说讲述内容来看，这其实是一部反成长发展小说，因为在每一个人生阶段，埃尔文都是无法实现认识上的突破而真正实现自我的成长。在第一个阶段，他就已经表现出自我封闭和对生活的疏离：

> 那时候（他刚步入十二岁），埃尔文是如此孤独，而又自足，比日后任何时候更安于自我；他的身体和他的灵魂过着几乎双重的生活而以神秘的方式穿插交错；外界的事物对他来说只拥有在梦中才具有的那种价值；它们是一种语言的词汇，而这凑巧便是他的语言，但是只有通过他的意志，它们才会获得意义、地位和色彩。［……］这种生活就好像是他必须做的一项陌生工作，让他疲倦，整天都期盼着入睡。[2]

沉湎于自我而将外界事物全部看作自我心灵的投射，将生活当作白日梦境而拒绝承认其现实价值，这是一种典型的世纪末颓废派主观主义。自我的内心成为对现代社会的物质主义和实用主义进行抵抗的最后堡垒。但是在将外界现实转化为自我意志的投射之际，自我就无法从外界获得生活的刺激与成长的

---

1 美国研究者 Jens Rieckmann 称之为"浓缩版成长发展小说"（Miniatur-Bildungsroman）。参见 Jens Rieckmann: "Narziss und Dionysos: Leopold von Andrians 'Der Garten der Erkentnis'". *Modern Austrian Literature* 16 (1983). S. 36。
2 Leopold Andrian: *Der Garten der Erkenntnis*. Zürich: Manesse 1990. S. 8-9.

动力。自我无法走出自我的藩篱而走向非我的外在从而实现自我的更新。从年轻的个体生命来说，沉湎于自我，便是成长的障碍。不过这种封闭的另一面，则是一种纯审美态度的发达。安德里安有意频繁使用美来强化主人公看待世界的唯美视角，让其从一开始就沉浸于他自己营造出的美的视象里：

> 原野上的宫殿在秋日里是美的，城市中的房间在有烟熏时是美的，马车，带有徽章银饰的马具，还有马本身，哦，那些马是美的，他母亲的白马、金狐和四架车的黑马是美的；还有许多，许多其他事物并不在神之中，他永不会拥有，但都是美的：尘世的多种美。[1]

这诸多美的事物，从一开始就被刻画成主人公可望不可即的镜花水月，无法让他进一步走进自我之外的世界而只能让他隔着审美距离保持一个欣赏者的姿态。观望的审美愉悦取代了行动与追求。这也是欧洲颓废派笔下常见的唯美者（Ästhet）与"世纪末伪拟文艺人"（Dilettant）[2]形象。他们迷恋美，以美为生活的最高价值但并不创造美。不过在安德里安的笔下，这样一位耽于美的少年却日益感受到了他隔离于生活的困局。

在埃尔文的第二个人生阶段，十七岁的他来到了维也纳。在这个既在建筑风格上保留了帝国历史传统，又在都市文化中

---

[1] Andrian: *Der Garten der Erkenntnis*. S. 11.
[2] 参见 Cathrine Theodorsen: *Leopold Andrian, seine Erzählung "Der Garten der Erkenntnis" und der Dilettantismus in Wien um 1900*. Hannover-Laatzen: Wehrhahn 2006。

呈现出新奇时尚的新空间里,他从外界获得了格外丰富多样的刺激。他此时也产生了迈出自我的拘囿去接触非我世界的渴望,在围绕自我的感官享乐中寻找越界的体验。

他常常陶醉于这样的感觉,能获得维也纳为他保存的这许多、许多享受,也陶醉于这样的想法,在这享受中有那秘密,包含了这刺激的根源。他以此来平息对"他者"的渴望,这渴望比在邦岑时更频繁更强烈地在他心头涌动;因为容纳了他者的一切事物都在他的领地里:歌剧晚会、索菲舞厅、罗纳赫剧院、奥芬剧院、马戏团和马车夫。他说着"他者",同时感觉到,一个世界正朝着某个方向展开,这个世界里一切都是被禁的、隐秘的,和他所熟知的世界一样广大。[1]

在惯常的成长发展模式中,自我的认知建立于对外界和非我的体验。自我的成长正是在感受到我与他者(der/das Andere)的分离与关联而逐渐实现。埃尔文心中日益强烈的对他者的渴望,便是要从已知世界走向暂时对他封闭而显得隐秘的未知世界。然而这种渴望却频频落空。关键的挫败发生在情爱的领域。情爱经历是成长发展小说中的一个核心,不论是歌德所写的《威廉·麦斯特的学习年代》还是诺瓦利斯的《海因里希·封·奥夫特丁根》,或者荷尔德林的《希腊隐士许佩里翁》,

---

[1] Andrian: *Der Garten der Erkenntnis*. S. 22.

情爱向来为男性主人公的心智成长与主体意识的形成提供了爱与美的启迪与培育。[1] 情爱对象作为最能吸引自我的他者，为自我解开了人生的许多禁忌与隐秘。安德里安在《认知的花园》中也为主人公设置了情爱经历的环节，而且也都具有世纪末情欲的特色，但这些情爱经历反而让主人公陷入了更深的自我迷思。

在维也纳读中学期间，埃尔文与自己的同学克莱门斯发展出了一段暧昧的同性情谊。同性情欲是世纪末的颓废唯美派钟爱的一种具有叛逆性、挑衅性的性欲形态。对同性情爱的描绘既是对人性中多元性欲的释放，也是对主流性文化的反抗。但是在安德里安笔下，这种情欲表达得含糊犹豫，并没有显出多少叛逆性，但却加重了埃尔文与生活包括情感生活的隔阂感。这尤其表现在他和克莱门斯分离的情节中：

中学毕业考试后，埃尔文和克莱门斯还在乡间共度了三天。最后一晚，他们留在一家车站宾馆过夜，因为克莱门斯的火车是凌晨三点的。起床让人难受，天也冷；两人都不安宁，害怕忘记了什么；他们匆匆忙忙地交替喝着茶和白兰地。突然间埃尔文感到了一种巨大的贫乏；他觉得仿佛自己的友人身上有着所有的财富，而他将带着它们离去；[……]"克莱门斯。"他说。克莱门斯懂了他的意思，但是帮不了他；有那么一刻他们面对面站着，双方都有着

---

[1] 参见谷裕：《德语修养小说研究》，北京：北京大学出版社，2013年版，第133—185页。

结不出果实的美，无法给予对方的美。[1]

这里再次出现了让主人公可望不可即的美。美在这里并不代表另类情色的诱惑刺激，而是散发出无奈的感伤情绪。更重要的是，无法满足的同性欲望导致了少年对自己内在虚空的感知。这种失落感也伴随着他的另一段异性恋恋情：

> 一年以后埃尔文和一个女人生活在了一起。她的美是古典晚期的半身塑像的那种美，看到这些塑像会有那么一瞬间恍惚，不知道这究竟是一位年轻的亚洲国王还是一位迟暮的罗马皇后；这样的美二十年来一直有侯爵、艺术家和大众为之赞叹；她就如同自己生命的一座胜利之柱，上面印有人们希望从她那儿得到的或者在她身上找到的无数多事物。在那之上是有着华丽风格的宏大而奇妙的命运，那便是如此一种生活。[……]埃尔文对灵光启示所期待的一切奇迹都蕴含在她身上，然而他找不到启示。[2]

埃尔文的这位女性情人不仅具有雌雄同体（androgyn）气质的另类之美，而且也指向了古典的颓废时代的形貌特征。年轻的亚洲国王是影射上文已提到过的埃拉伽巴路斯，来自叙利亚的少年君主，颓废派传奇中同样具有女性气质的男性形象。她

---

[1] Andrian: *Der Garten der Erkenntnis*. S. 27.
[2] 同上书，S. 34-35。

二十年来都受贵族和艺术家及大众的追捧，这暗示出她是出入风月场的名妓。这位不知名的女性因而是包含色情与放荡意味的颓废美的化身。她代表了一种与循规蹈矩的市民文化背道而驰的生活，这种生活在自身中获取价值而不需任何规范的认可。不过这样的美和这样的生活还是不能为主人公提供启示，也即不能为他提供精神寄托和生命意义。这其中包含了安德里安所代表的德奥世纪末对英法的颓废美学的矛盾态度：羡慕、赞赏却无法真正从中获得生命价值。尼采的颓废批判对这种态度是具有决定性影响的，他在很大程度上预演了安德里安们对波德莱尔、于斯曼和王尔德的疏离与质疑。

对欧洲世纪末一个重要象征的精彩演绎出现在埃尔文的第三个人生阶段：年满二十岁的他依然无法参透生活的秘密而为之苦恼。八月的一个夏夜，他在天地间吹拂夜风而感受到了奇特的肉体欲望。在疲倦中陷入半睡半醒的他产生了幻觉：

> 突然在墙上方闪现出一个灯笼的微光，有沉重之物砸在木头上，有人咳嗽。肯定是墙上的一扇窗户，这时一个人影出现在窗边，而这人是为了他而来，在等他……但是当他点亮一盏灯，照亮墙壁的时候，发现那儿没有窗户；是一面镜子欺骗了他，这是一面产自戈伊瑟小镇的小镜子，在镶金镜框上方落下了月光，而刚起的微风将它推到了墙上。他不想再躺下了；这风肯定也意味着清晨将至。他因欲望而颤抖，倚在墙上。他的灵魂回味着他身体的欲求，承认那是最真实的人之渴望，要将自己的身体压在另一个人的身体

上，因为在这样神秘的存在之毁灭中有一种认知。[1]

受到自己镜像的肉体诱惑而产生欲望，渴望与镜中另一个身体结合并体验毁灭一刻的生命领悟，这一情景显然是在援引古希腊的纳克索斯（Narkissos，拉丁语 Narcissus，德语 Narziß）神话。神话主人公是俊美无比的少年，因为爱上自己的水中倒影却又无法与其结合，徘徊流连在水边而死去，死后化作水仙花。在欧洲世纪末的美学运动中，这位自恋的美少年成为一个标志性的文化偶像，代表了唯美主义追求的艺术自主性和自足性，体现了纯诗意义上的美的绝对性。王尔德、瓦莱里和年轻的纪德都曾为其写下文章和诗歌。[2] 安德里安自己在小说的扉页上也写下"Ego Narcissus"（纳克索斯之自我），直截了当地表明了这个文本与神话传说之间的互文关联。他的好友霍夫曼斯塔尔也称这是一本"德语的纳克索斯之书"[3]。在同一时期的精神病理学话语中，这一神话形象也被用来指称自恋型的反常性爱取向，纳克索斯被转化为医学名词自恋癖（Narzißmus）。弗洛伊德在 1914 年发表了相关的专著《自恋癖导论》。不少研究也以此为据来分析主人公埃尔文和作者安德里安的自恋型病态人格。[4] 然而文学创作并不能完全等同于心理疾病记录。安德里安如此直白地引入纳克索斯之名，并且描绘出这样一种纳克索斯形象，

---

1 Andrian: *Der Garten der Erkenntnis*. S. 43-44.
2 Fischer: *Fin de siècle*. S. 149.
3 Hugo von Hofmannsthal: *Gesammelte Werke. Reden und Aufsätze III*. Frankfurt a. M.: Fischer 1980. S. 398.
4 参见 Fischer: *Fin de siècle*. S. 144-157；Renner: Leopold Andrians "Garten der Erkenntnis"。

显然不是为了单纯表露自己的心理纠结,而是暗示他对颓废派的极端化审美追求与欲望书写产生的困惑和反思。情欲的肆意放纵在这里转变为无法真正获得恋人,也无法从身体结合中获取生命认知的忧伤。尼采在对瓦格纳的批判中曾集中阐述过的生命价值与颓废美学之间的矛盾,在这种反情欲叙事中得到了文学化的表达。不仅如此,安德里安在利用了纳克索斯对自己镜影的迷恋这一神话核心要素之后,又将美少年早逝的结局融入了埃尔文的人生故事。二十岁的埃尔文始终追寻不到他所渴求的生命体验和人生价值,抱着病弱之躯沉入梦乡,在梦中又一次感受到认知将至的希望,但却无法将这个梦做完:

突然之间所有的人都在用他的名字呼唤他,他知道,这呼唤之后就会有认知来临。他非常欣喜。

然而就在这欣喜当中,他醒来了,因为没有人来弄暖屋子。白天里他意识到自己在等着什么,但是因为他发高烧,所以并不很清楚自己是在等他所期盼的雨,还是等待入睡,好在梦中获取认知。但是没有下雨,他也没有入睡。

侯爵就这样死去了,并未得到认知。[1]

正如弗洛伊德在《梦的解析》中所言,梦总是日常生活中被压抑的欲望的变相满足。德奥世纪末作家笔下的梦也都成为

---

[1] Andrian: *Der Garten der Erkenntnis*. S. 57.

一种与艺术密切相关的欲望载体。梦与现实之间的差异，恰恰可对应于艺术造就的另类感官世界，那是颓废派作家们刻意背离生活而为自己打造的自恋王国。安德里安让埃尔文在梦境中逼近了他渴望的认知，但又通过梦的中断和生命的中断彻底撤销了这位主人公获取认知的可能性。这也可解读成，一个脱离于现实的唯美迷梦被打破，而自因于自己为自己营造的唯美世界的少年，无法真正进入生活，也无法真正成为社会之人、真实之人。青春与死亡的汇合让反叛异变为感伤，但又在这感伤中散发出另类的颓废之美。

《认知的花园》以一个年轻男子的（伪）成长故事表现了唯美生存状态的幻灭。它在双重意义上展示了个体生命的颓废：一方面是自恋少年的世界感知和情爱经历中渗透的颓废派美学；一方面是他作为生命体由生而死所走过的下降而非上升的人生曲线。没落的颓废话语和审美的颓废话语互相缠绕，透露出一种特殊的世纪末情绪。这里体现出的审美现代性，正符合霍夫曼斯塔尔所说的维也纳世纪末的现代感：逃离生活又对自己的灵魂生活进行解剖。单纯追求挑衅姿态和感官刺激的颓废美学在这里发展出了对自身进行质疑和嘲讽的另一重意味，又从中获得了以感伤格调为特征的新的美学质量。这也正是德奥作家对世纪末文学发展的特殊贡献所在。

托马斯·曼的家族衰落编年史

要考察德语国家世纪末文学中表现出的颓废主题，绕不开的一部作品就是托马斯·曼的长篇小说《布登勃洛克一家》。这部 1901 年在菲舍尔出版社出版的合计上千页的两卷本巨作，副标题就是"一个家族的衰落"（Verfall einer Familie）。托马斯·曼以自己的家族——德国北方城市吕贝克的一个颇有名望的富商家庭为蓝本，以翔实细密的写实风格和生动细腻的心理描写，展示了一个市民家庭历经四代人，在三四十年间由兴旺到衰败以至男性传家谱系彻底绝灭的过程。原本只是在慕尼黑文坛上小有名气的年轻作家托马斯·曼在这部具有编年史体系特色的小说里充分展示了自己布局谋篇的杰出才能和讽刺幽默的个人风格，迅速成为闻名遐迩的著名作家。1929 年他也凭这部写于二十年前的小说而获得了诺贝尔文学奖。

虽然《布登勃洛克一家》是德语文学进入二十世纪后登场的第一部重要小说，但托马斯·曼本人却自认为是继承了十九世纪的欧洲现实主义文学传统的小说家。尤其是在记录市民生活细节和如实再现各种方言和俚语方面，这部小说的确体现了自然主义风格。另一方面，在借家族故事折射现实社会的时代变迁方面，托马斯·曼则是以龚古尔兄弟、左拉、托尔斯泰、屠格涅夫等作家为榜样的。[1] 也正是自然主义聚焦于当下现代化现实的"现代文学"诉求，让他敏锐地捕捉到了市民阶层在十九世纪末现代化快速发展时期陷入的种种危机。以进出口贸易崛起的汉萨同盟之城吕贝克本身经历了先盛后衰的转折：1868 年加入关税同盟之后，尤其在 1871 年德国统一之后，这座城市乘建国时代（Gründerjahre）的工商业大发展之东风，也表现出蓬勃向上的发展态势。但随着工业革命的推进、经济格局的变化和社会结构的转型，具有保守传统而缺乏工业的北方小城在经济发展商逐渐陷入劣势，而市民生活包括婚姻生活也颇受冲击。神经医学家和社会学家观察到的大都市现代人的神经紧张在这里也蔓延开来。"厄运之网结得越来越紧：不对等婚姻、投资失败、生意停滞形成外部迹象，加剧的脆弱、神经的过激反应则标示出世纪末遭到衰落威胁的心理结构。"[2] 另外，自然主义直击社会弊端的现代立场也让小说作者表现出观察现实的冷峻，但也不乏机智幽默的文学技巧。托马斯·曼在 1926 年为庆祝吕贝克建城七百周年而做的庆典演讲上对自己的成名作就有一番具有自嘲风格的评价：

> 这是有心理学特色的散文作品，这是一部自然主义小说，在其文学倾向上显示出强烈的国际影响。它没有可以

---

[1] Thomas Mann: "On myself". In: Thomas Mann: *Über mich selbst. Autobiographische Schriften*. Frankfurt a. M.: Fischer 2001. S. 57.

[2] Helmut Koopmann: "Roman". In: *Handbuch Fin de Siècle*. S. 350.

装点古老良善的特拉维河[1]的传教士式纯美理想主义。它用时而阴郁时而滑稽的方式叙述着生活琐事、出生、洗礼、婚礼和痛苦的死亡事例,它将悲观的形而上学与一种讽刺挖苦的特色相混合,这种特色初看起来,也不仅仅初看起来,必定要显示为爱、同情和团结的反面。[2]

然而这种充满了叙事技巧和悲观色调的自然主义在与颓废美学的结合中才彰显出这部家族小说的奇特魅力。实际上,身处波西米亚文化盛行的世纪末慕尼黑,为《痴儿西木》杂志担任编辑的托马斯·曼对德奥的世纪末风尚和颓废美学趣味都格外熟悉,虽然他本人一直与之保持距离。他对当时文艺潮流的回忆恰能说明《布登勃洛克一家》问世之时的思想史和文化史背景:

> 不过还有另一种吉普赛人品质,一种艺术上的、文学上的品质,它更多地是和大麻与喷香水的香烟而不是和健康有关:"颓废"(décadence)这个词,尼采曾以如此多的心理学高超手艺操弄过的,猛冲进了那个时代的知识界密语中[……]疲倦的审美化的过熟、衰亡构成了从霍夫曼斯塔尔到特拉克尔的诗歌中的主题和基调;不论这个传至欧洲范围之外的口号"世纪末"(Fin de siècle)到底指的是

---

1 流经吕贝克的河流。
2 Thomas Mann: "Lübeck als geistige Lebensform". In: Thomas Mann: *Über mich selbst*. S. 30-31.

什么，是新天主教主义也好，撒旦主义也好，精神犯罪也好，神经迷醉的腐朽流传也好——不论怎样，这都是表达余音即将散尽的符号公式，是一个过于时髦又略显浮夸的图式，表达出这样的感觉：我们正处于终结，正处于一个时代的终结，正处于一个市民时代的终结处。[1]

而托马斯·曼自己的家族小说也就是为这个终结提供了一个文学经典案例。他也曾如此对别人调侃自己的写作："啊，写的是无聊的市民生活的杂事，不过是关于衰落的——这是其中的文学性。"[2] 这里的文学性指的正是颓废美学意义上的文学性。他的确是将颓废美学引入了自己的市民生活叙事中，因为他笔下逐代的衰落既是生理上的退化（Degeneration），是生命力由盛而衰，身体疾病压过健康状态的代系变化，也是精神上的日益精细化（Verfeinerung），是后两代人身上日益加深的颓废派美学取向和生活状态。而在这样的描述中，他则大量借鉴了尼采的颓废批判，尤其是将尼采所批评的精神界和艺术界的颓废代表：叔本华的哲学和瓦格纳的音乐演绎为了后两代的没落标志。从第一代励精图治、健康长寿的市民家长到最后一代沉浸于颓废艺术、体弱夭折的少年，托马斯·曼精心构造出了一个逐级下降的家族衰亡谱系。

---

1 Thomas Mann: "Meine Zeit". In: Thomas Mann: Über mich selbst. S. 14.
2 同上书，S. 15。

第一代	老约翰·布登勃洛克（1765—1842） 家族企业创始人 + 第二任妻子 安东内特（卒于 1842 年）				+ 第一任妻子 约瑟芬妮
第二代	约翰（1798—1855）任参议 + 伊丽莎白（卒于 1871 年）				高特霍尔德 （1796—1856）
第三代	托马斯（1826—1875） 任市议员 + 盖尔达	安冬妮（冬妮） 生于 1827 年）	克里斯蒂安 (生于 1828 年)	克拉拉 （1838—1864）	
第四代	约翰（汉诺，1861—1877）				

* 此表格参照：Hermann Kurzke: *Thomas Mann. Epoche-Werk-Wirkung*. München: Beck 1991. S. 64。

被托马斯·曼自己称作"衰落小王子"[1]的汉诺，是这条颓废链条的终点，也历来被研究者看作"颓废的典范"[2]。的确，不论是生命力的虚弱还是反市民的艺术家气质，都在这位布登勃洛克家族的终结者身上达到了顶点。但是就整部小说而言，第三代人身上的颓废演变才是占据主要叙事篇章的重头戏。两次出嫁但都婚姻失败的安冬妮是家族没落的一个侧面。从小就不遵循市民规范而过着浪荡生活的克里斯蒂安则是一个典型的纨绔子弟、不肖后代。但更能体现托马斯·曼从尼采那儿继承来的颓废批判视角的，却是一开始显得精明能干而足以继承发扬家

---

1 Thomas Mann: *Gesammelte Werke*. Bd. XII. Frankfurt a. M.: Fischer 1974. S. 575.
2 Monika Fick: "Literatur der Dekadenz". In: *Naturalismus – Fin de siècle – Expressionismus 1890-1918*. S. 219.

业的托马斯。在小说第五部，因父亲去世而成为公司和家族新任首领的托马斯与安冬妮一起谴责克里斯蒂安，他非常坚定地将自己与沉湎于自我的诗人类型区分开来：

> 因为我自己过去也有过这种倾向，所以我有时候思索，为什么一个人要又担心、又好奇地做这些无益的自我探索呢？但是我觉察到，这只会使我精神分散、懒于行动，使我心旌摇荡……但是对我来说，首要的是坚韧不拔的精神和心灵的宁静。如果说对自己产生兴趣，对自己的感情进行深入的观察，世界上倒也不是完全没有人应该这样做。但那是什么人呢？那是诗人，诗人们有资格优先探索自己的生活，用明确美丽的话语把它表达出来，以丰富别人的精神世界。可是我们呢？我们只是一些普通的商人，我们的自我观察是毫不足道的。[……] 我们最好还是坐下来，像我们的祖先上代那样，在事业上做出点儿成绩来吧……[1]

然而，在十多年的时间里，随着公司的生意由盛而衰，结婚生子又成为市议员的托马斯却走上了人生的下坡路。而此时他也渐渐显示出他与祖辈的本质差异。小说第十部就完全暴露出了他的"颓废者"面目。在这里，托马斯·曼特意采用了虚伪（Künst-

---

[1] [德] 托马斯·曼：《布登勃洛克一家》，傅惟慈译，南京：译林出版社，2009 年版，第 225 页。德语原文参照 Thomas Mann: *Buddenbrooks. Verfall einer Familie*. Große kommentierte Frankfurter Ausgabe. Bd. 1.1. Frankfurt a. M.: Fischer 2002。

liches）、神经质（Drang seiner Nerven）和麻醉剂（Betäubungsmittel）这样在世纪末的颓废话语中具有标志性的字眼，来暗示这个模范市民的内心生活已经脱离出了市民工作伦理的轨道：

> 他的内心是空虚的，他看不见有什么令人振奋的计划、有什么吸引人的工作值得他欢欣鼓舞地全力投入。但是另一方面他又没有失去行动的本能，他的头脑不能休息，他要求活动，虽然这和他的祖先的自然而持久的对工作爱好是迥然不同的，因为他的这种对活动的追求是虚伪的、神经质的，根本说来，是一种麻醉剂，正如同他一刻也离不开嘴的那种烈性的俄罗斯纸烟一样……他不但没有失去这种行动的本能，而且越来越不能控制它，它在他身上已经完全占了上风，变成一种酷刑。[1]

托马斯在力图维持积极工作状态之际，表现出了世纪末的神经质人格。以工作为麻醉剂的心理倾向，在市民活动中暴露出了一种反市民生存的特征，这种悖论式叙事是托马斯·曼对颓废美学发展的一个独特贡献。不过托马斯·曼并不是在挑衅性和反叛性上来刻画颓废者，而是将这种表象与实质的分离表现为市民身份的内部瓦解和家族走向衰落的标志。他调用了颓废美学的元素，却让其成为衰落式颓废叙事的一部分。在同一章中，他又将波德莱尔和王尔德都推崇的浪荡子（Dandy）对衣

---

[1] 托马斯·曼：《布登勃洛克一家》，第 505 页。

着和外在形象的迷恋嫁接到了布登勃洛克第三代男主人身上：

> 在他的更衣室里，打开一个仿佛通向另一间屋子的门以后，就会发现这是砌在墙里面的一间面积相当大的暗室，这里面有一排排的衣钩和木制衣架，挂满了为不同季节、不同场合穿用的各色上衣、常礼服、大礼服、燕尾服，而各色的裤子则摆在许多把椅子上，叠得整整齐齐。另外在一张带大镜子的五屉橱上摆满了梳子、刷子和修饰头发以及胡须用的化妆品，抽屉里则是各种各样的内衣，这些内衣永远不断地在更新、洗涤、使用和补充……
>
> 他不但每天早晨在这间暗室里消磨很长一段时间，而且在每次宴会前、每次议院例会付钱、每次公共集会前，总之，每次在别人面前出现、活动以前都要在这里消磨很长时间 [……] 每次外出，他那新浆洗过的内衣、漂亮挺括的服装、洗得干干净净的脸、胡须上的发油香，以及嘴中使过漱口水的酸涩清凉的味道都给一种满足和准备停当的感觉，正像一个演员勾好脸谱、化好妆走上舞台时的感觉一样……一点也不错！托马斯·布登勃洛克生存在这世界上正和一个演员一样，和一个仿佛一生都在演一出大戏的演员一样，除了独自一人或者休息短短的时间外，他日常生活中的每一个细节无一不是在演戏，无一不需要他以全部精力来应付，无一不使他心力交瘁……由于心灵的贫乏和空虚 [……] 再加上心中那不能推卸的职责，那不能动摇的决心：在穿戴上一定要不失身份，一定要用一切办法掩盖住自己的衰颓的现象，要维持

体面。这样就是议员的生活变得那么虚假、做作、不自然，使得他在人前的一言一行都成为令人不耐的矫揉造作。[1]

对外在感官刺激的重视和对外在美的维护，并不是出于审美的反抗意志，而是为了掩饰自身生命力的衰竭和疲弱。所有的市民形象完全成了表演出来的假象。而表演本身，也正让消极意义上的颓废者的面目暴露了出来：过分表现出的外在形象正与空虚无力的内在实质构成对照。托马斯·曼在这里可以说直接搬用了尼采对瓦格纳的批评：

> 瓦格纳到底是不是一个音乐家呢？无论如何，他更多地是某个别的东西：即一个无与伦比的演员，最伟大的戏子，德国前所未有的最令人惊奇的戏剧天才，我们卓越的舞台大师。[……]他之所以变成了音乐家，他之所以变成了诗人，是因为他身上的暴君，他的演员天才迫使他这样做。[2]

尼采对瓦格纳的批评无疑是辛辣尖刻的，他认为瓦格纳用音乐制造了生命力充沛的幻觉，从而更加背离了真实的生命价值。托马斯·曼在将托马斯·布登勃洛克的生存状态描述为演员时，也就表明了他日渐脱离他要表演出的市民身份和行动活力，只能以假象来自欺欺人的颓废者。只不过瓦格纳音乐作为

---

[1] 托马斯·曼:《布登勃洛克一家》，第505—506页。
[2] 《尼采著作全集·第六卷》，第33页。

颓废艺术则转移到了他的妻儿身上。另一方面，尼采所认定的颓废本质是生命力衰退却反而要假充生命力旺盛，但尼采还没有直接将颓废与死亡相连。死亡反而是颓废美学中的一个诱人因素和美感来源。而托马斯·曼作为小说作者则在自己的人物设计上又融入了这种死亡的诱惑，而诱惑又来自尼采批判过的颓废哲学家叔本华。原本拒绝深入思考自我而追求实用生活的托马斯·布登勃洛克在人生的最后阶段读起了叔本华的《论死兼论死与生命本质不灭之关系》。他从中得到的启发恰恰是放弃对市民生活乃至生命本身的执念，在死中寻求最终的解脱：

> 他哭起来，把头埋在枕头里哭起来，颤抖着，全身轻飘飘地被一种幸福感推举着扶摇直上，这种既痛苦又甜蜜的幸福滋味是世界上任何东西也无法比拟的。这就是昨天下午起一直使他又沉醉又迷惘的那个东西。当他现在已经领会、已经认清它的时候［……］，他就已经自由了，已经解放了，摆脱了一切自然的和人为的桎梏枷锁。［……］空间、时间，也就是历史的种种虚伪的认识形态，希求在后代身上延续自己的声名、历史的忧虑，对于某种历史性的最终的崩溃、解体的恐惧——这一切都不在纠缠着他的精神了，都不再妨碍他对于永恒的理解了。[1]

然而，托马斯最后是经受了神经衰弱——世纪末典型病

---

[1] 托马斯·曼：《布登勃洛克一家》，第537—538页。

症——的一番折磨，在拔牙之后晕倒而死的。托马斯·曼以黑色幽默写出了布登勃洛克家最后一位成年男性的卑微之死。但是他在死之前对叔本华的悲观主义哲学的投诚，在死亡哲学里感受到的痛苦又甜蜜的幸福已经让他格外接近颓废派的审美倾向了。只不过颓废者玩味死亡的想象游戏在他身上演变成了精神上的去市民化过程，从而让死亡成为了解脱。

在托马斯·布登勃洛克这里，颓废——衰亡的迹象是逐渐累积而愈演愈烈的。但是他儿子汉诺，虽然继承了祖父和曾祖父的名字约翰（汉诺是对约翰的昵称），却从一开始就是祖辈的反面——这显然也是托马斯·曼的反讽手法，是完全无法成为市民的颓废者。在对汉诺的短暂人生的叙述中，托马斯·曼稍稍偏离了自己的现实主义风格，加入了许多神秘色彩的宿命（Fatalismus）元素，从而发挥出颓废的多重意味。

汉诺不仅从出生起就纤细娇弱，容易得病，而且表现出一种与死亡的密切关联。他在祖母死去的时候能嗅到"即使是室内浓郁的花香有时也遮掩不住的既陌生又熟悉的香味"[1]。死亡对他散发出了一种具有感官刺激的美。从小说结局来看，这又是对他早夭的预示。

而这个人物形象最引人注目的颓废之处，则是他与瓦格纳音乐的紧密联系。这音乐本身又是死亡和情欲相连接的一个重要象征。托马斯·曼不仅吸收了尼采对瓦格纳音乐的批判观点，即这种音乐以刺激和幻觉假冒生命活力，而且在汉诺身上展现

---

[1] 托马斯·曼：《布登勃洛克一家》，第483页。

出瓦格纳音乐如何对个体生命构成了魅惑和损耗，让这个少年日益偏离市民生活而走向艺术幻境，并因此加速走向死亡。尼采笔下"让音乐致病"的瓦格纳，成为汉诺走向双重颓废的推动者。正如研究者埃尔文·柯鹏（Erwin Koppen）在他的研究专著《颓废的瓦格纳主义》中指出的：

> 瓦格纳音乐的以颓废的瓦格纳主义为标志的催化功能很少能像在布登勃洛克一家中表现的如此明显。在瓦格纳的音调中，汉诺所代表的所有颓废现象的辩证组合都展现了出来：在生理和社会衰败过程中表现出的生命能量的减弱，同时又伴以精神和艺术敏感度的病态增强。[1]

在小说最后一部的第二章结尾处，汉诺回到家中，在钢琴上即兴弹奏了一段瓦格纳的音乐。托马斯·曼在描述音乐以及汉诺对音乐的感受时，几乎就是将死亡和情欲做了一次象征性的连接，而这是汉诺在一生中从不曾体验过的情欲和始终伴随他并即将夺取他的死亡。这种虚幻式的表达因而也是一种颓废美学的变形与自嘲：情欲的勃发只能靠音乐引发的空想，而音乐承载的死亡想象倒是很快会成为叙事中的现实。

> 演奏者对这个简短的主题，这个破碎的旋律，这个短

---

[1] Erwin Koppen: *Dekadenter Wagnerismus. Studien zur europäischen Literatur des Fin de siècle.* Berlin; New York: de Gruyter 1973. S. 277.

短的不过一个半小节的幼稚而和谐的创造表现出疯狂的崇拜，这种崇拜包含着一种粗野、鲁莽的感情，一种苦行的宗教感，一种类似信仰和自我牺牲的东西……另外，演奏者又是这样毫无节制地、不知餍足地享受着、发挥着这个主题，几乎给人一种淫邪罪恶的感觉。他是那样贪婪地从中吸尽最后一滴蜜液，直到他感到厌恶、感到反胃、感到体力枯竭，这也给人一种绝望、无可奈何之感，使人看到，他是如何贪恋着幸福和毁灭。最后，在经过一切放荡之后的疲劳倦怠中，出现了一段缓弱的小调琶音，升高了一个音程，转成为大调，在跌宕不绝的悲凉的声音中逐渐消失。[1]

而接下来的一章则通篇都在写汉诺患伤寒而死的过程，仿佛是接应了汉诺的音乐体验中的体力枯竭而乐声消亡的终结时刻。在这里，托马斯·曼又发挥了自然主义与心理主义及颓废派的混合式写作手法。据他自己所说，这一章中对伤寒病症的描写完全抄自1897年版的《迈耶斯汇源大辞典》中的相关条目。[2] 然而，与这种直接模仿现实的写法相对冲的，是对小主人公抗拒生命而投入死亡的奇特内心描写。作者在这里再次讽刺了颓废派的死亡游戏，也呼应了尼采对颓废派背叛生命的批判，将汉诺的死描写成一个颓废者自觉自愿的与生命的告别：

---

[1] 托马斯·曼：《布登勃洛克一家》，第605页。
[2] 参见 Thomas Mann: Buddenbrooks. Verfall einer Familie. Kommentar von Eckhard Heftrich und Stephan Stachorski. Große kommentierte Frankfurter Ausgabe. Bd. I.2. Frankfurt a. M.: Fischer 2002. S. 414.

伤寒症的病况是这样的：当病人徘徊在那遥远、昏热的梦境和在那昏昏沉沉的境界中时，他听到生命的清晰振奋的召唤。当病人在一条通向阴影、凉爽和平静的陌生而灼热的路上游荡时，这召唤坚定、清醒地传入他的耳中。[……] 如果他这是对于自己抛在身后的那些讥讽的、繁杂的、野蛮的世事还多少存有一些没能恪尽职责的羞愧感，如果他感到自己还会产生力量，还有勇气和兴趣，如果他对世事还喜爱，还不愿意背叛，那么尽管他在这条陌生、灼热的小路上已经迷误了很远，他还会走回来、活下去。但是如果他听到生命的召唤声音就害怕地、厌恶地打了个寒战，那么这个唤起他回忆的呼唤，这个快乐的、挑衅似的喊声，只能使他摇一摇头，只能使他伸出抵挡的双臂，只能使他沿着那条逃避一切的路继续走下去……很清楚，这时病人注定要死了。[1]

《布登勃洛克一家》向来被视为德语文学中的一部经典的现代小说。[2] 它在德奥世纪末文学发展中确实展示了多重的审美现代性。它既继承了欧洲自然主义对现代文明发展趋势的细致描摹，通过德国一个北方市民家族的没落解体来揭露一种充满矛盾的现代化在人的精神世界和社会关系中造成的消极影响，也

---

1 托马斯·曼：《布登勃洛克一家》，第 608 页。
2 参见 Fotis Jannidis: "'Unser moderner Dichter' – Thomas Manns 'Buddenbrooks. Verfall einer Familie' (1901)." In: Matthias Luserke-Jaqui (Hrsg.): *Deutschsprachige Romane der klassischen Moderne*. Berlin: de Gruyter 2008. S. 47-72。

发扬了尼采对颓废美学的批判,将叔本华哲学和瓦格纳音乐及颓废美学的诸多元素引入了家族衰落的叙事中,以象征的手法表现了艺术与生命的对立这一德奥世纪末文学的特有主题。因此,这部小说是一部非常能代表德国特色的"颓废"杰作。

第四章

情欲书写中的反叛与讽刺

欧洲世纪末文学针对工业化、技术化、理性化的现代性及其文明秩序所表达的美学反抗，最具冲击力和挑衅性的无疑是对各种形态的情欲的呈现。文学中的这种情欲书写与当时的诸多话语相勾连，代表了一种新的人性观的兴起。如前所述，以尼采为代表的道德批判为性欲赋予了张扬生命价值的合法性。而弗洛伊德的精神分析则肯定了性本能在人的心灵活动中的决定性作用并且确认了原初状态的多形态性欲。这是世纪末的知识界和文艺界在道德规范和社会常规之外探索性欲可能性的重要思想史框架。另一方面，与末世感相连的恐惧不安或放纵享乐、偏于神经质的激狂亢奋和流动多变的离散人格也都交织进了世纪末的想象式性体验中，使其表现为一种"性的无政府主义"（sexual anarchy）[1]。对市民规范和性秩序而言极具破坏力的所谓逆常性欲和情色形态，这也是 1900 年左右的世纪末风尚留传给后世的一个鲜明印记：

---

1 Richard A. Kaye: "Sexual identity at the fin de siècle". In: *The Cambridge Companion to the Fin de siècle*. P. 53. 参见 Elaine Showalter: *Sexual Anarchy*。

当今时代对世纪末的浓厚兴趣在很大程度上带给我们如此一种景象,这个时期是在对性、性欲和性别身份的态度上有着危险的伤风败俗趋向的时代。这时期的许多标志性形象——新女性、单身浪荡子、颓废派、妖女(femme fatale)——都在情欲方面散发出持久的冒险、危险和越轨的魅力。诸如莎乐美、德古拉、道连·葛雷和变身怪医这样的世纪末"神话"也都展示出一派由恐怖的性隐喻所主宰的文化风景。[1]

但是,文学研究界普遍认为,这种混合了惊悚、迷魅、挑衅、刺激等效果的性描写从英法传向德语文学中时大为减弱。比如菲舍尔就在他的《世纪末》专著中写道:"颓废派的性描写,尤其在[十九世纪]八九十年代的法国文学中有所表现[……],而在九十年代的德语文学中(除了硕布施瓦夫斯基这个例外)就显得没有这么充分和强烈。"[2] 柯鹏也认为德语国家缺少像法国第三共和国那样自由开放的空气,因而在情欲描写上不可能那么直接坦率。[3]

的确,就逆常性欲(pervers sexuality)的审美化表达而言,德奥世纪末文学中缺少像英法的经典颓废派那样的叛逆性写作。当然这并不意味着,德语作家们完全没有在作品中引入诸如浪荡子、妖女、性放荡等充满反叛意志的文学意象或题材,但是

---

1 Kaye: "Sexual identity at the fin de siècle", p. 53.
2 Fischer: *Fin de siècle*. S. 58.
3 参见 Koppen: *Dekadenter Wagnerismus*. S.96。

他们恰恰在将颠覆秩序的性狂欢作派作为颓废姿态移植进自己的文本的同时又表达出暧昧、犹豫、质疑以至反讽。情欲的勃发并不再是单纯的自由个体对抗市民规范的斗争，而是成为批判性的生命思考的一个环节，有时甚至是衰落和病态意义上的颓废症候。尤其具有特色的是，这其中也包括了对情欲遭受压抑或情欲被阻断的文学表达（如上一章中的《认知的花园》中对纳克索斯形象的演绎），在某种意义上甚至反转了颓废美学的叛逆逻辑而呈现了生命忧思与颓废批判的结合。

但另一方面，不可否定的是，对性及其与现代社会的关系的高度关注也是德奥世纪末文学的显著标志。正因为一大批锐意革新文学的作家们不是被动地接受性狂欢的反叛美学，而是在引进的同时对其进行改造，在性描写中加入了新的意义内涵与表达形式，德奥的现代化体验与德奥审美现代性发展才在性欲与人性的文学构型中也体现出自己的特色来。

实际上，正如上一章的文本已经有所体现的，不论是衰亡还是艺术，几乎所有的世纪末题材都渗透了性欲这一重要因素。生命与艺术，死亡与情爱，彼此穿插交织成了难以分割的象征网络。不过，毕竟不同作家的描写倾向有不同侧重，而某些作家又尤其在性描写上造成了震惊世俗而"臭名远播"的社会效应，他们的作品较之英法虽然还不是完全凭借露骨的反常性描写而充满颠覆性，但已经是足可挑战性和性别秩序的文学反叛了。因此，本章将主要聚焦于这样一些德语作家，从他们的文本内部和文本与社会的交界处来观察以情欲为题材的现代文学如何在特定的时空语境里抗拒现代文明既定的压制秩序。

硕布施瓦夫斯基的梦幻式狂欢

如前所述，在世纪末的柏林用德语写作的波兰作家硕布施瓦夫斯基在同代人和后世眼中，都是"德语的颓废派中最重要的作家之一"[1]。他的波西米亚式生活和他的创作都展示出鲜明的对抗市民规范的反叛气质。实际上，他的诗学观念和文学作品中汇合了尼采的批判精神和以于斯曼为首的法国颓废派作家的影响，因而也是与性描写相关的世纪末风尚在德国发生转型的一个经典案例。

硕布施瓦夫斯基1889年完成中学学业之后就到了柏林，一开始学建筑，不久转学医学，在此期间很快就与在柏林汇聚的欧洲文艺新锐结成了波西米亚式的朋友圈子，也深受当时风靡文艺界的尼采哲学的吸引，尤其陶醉于《查拉图斯特拉如是说》中的超人学说。他在1892年发表的第一本书《论个体心理学之一：肖邦与尼采》就展示了他深入研读尼采作品的心得，他盛赞尼采是"拥有最惊人思维能量，让道德成为了权力问题的男人"，将《查拉图斯特拉如是说》看作尼采的自传而将这位思想

---

[1] Asholt; Fähnders [Hrsg.]: *Fin de siècle*. S. 434.

家本人视为超人。[1] 对这位波西米亚文人而言，尼采首先是一种解放的力量，激励他挣脱道德束缚而追求不受制于任何外在目的与需求的独立艺术。硕布施瓦夫斯基在一份宣言式的文章中如此表明自己的主张：

> 我们不信奉任何法则，不论是道德的还是社会的，我们没有任何观点，灵魂的每一种表达对我们来说都是纯洁的、神圣的，是深邃与隐秘，只要它是充满力量的。[2]

要求艺术不屈服于艺术之外的任何强制力，让艺术表达向整个内心世界开放，这其中既有尼采破除既定道德秩序权威的启示，也显示出了从波德莱尔便开始的唯美主义倾向，而这两者都是审美现代性的重要标志。当然，追求"善恶的彼岸"的艺术自由，就坚定地站在了以工具理性和实用经济为特征的现代社会主流的对立面，表现出一种超越性的局外人姿态。而在这一点上，硕布施瓦夫斯基也追随尼采，将不甘与流俗为伍而离群孤立的状态视作查拉图斯特拉式的思想家/艺术家的自我定位。尼采在《查拉图斯特拉如是说》的扉页上写下"一本为所有人而又不为任何人所写的书"，暗示自己所要宣扬的超人思想势必无法为所谓常人接受，但又指向了人类内含于自身的超越自我的生命意志。而硕布施瓦夫斯基在自己发表于 1900 年的小

---

1 Stanislaus Przybyszweski: *Zur Psychologie des Individuums. I. Chopin und Nietzsche.* Berlin: Fontane & Co 1892. S. 39, S. 42.
2 转引自 Asholt; Fähnders [Hrsg.]: *Fin de siècle.* S. 197。

说《自深渊处》的序言中也声称：

> 我只想让这本书出现在少数几人的手上——这不是为大众所写的书——我想我可以这样达到这个目的：我只让出版社印刷了数量非常有限的几份。
>
> 我在这本书里完全远离了所谓"正常思考"的领域，也即"遵从逻辑的大脑生命"的领域，立足于"现实"（！）的生命的领域。[1]

硕布施瓦夫斯基自己标榜出的这种反常规、反理性、反现实、反大众的文学创作，是以性爱为主题的。对性欲的大胆书写，成为他实现反叛美学的几乎唯一的路径。他自己称之为在性生活中展示灵魂，并毫不讳言他与这个时代主流性爱观的尖锐对立：

> 当我说到在性生活中揭示灵魂时，[……] 我说的是对一种不可名状的残忍强力的痛苦而心存恐惧的意识，这强力会尽力让两个灵魂扑向彼此，并在伤痛和煎熬中连接起来；我说的是情爱的痛苦，灵魂在这痛苦中因为无法与另一方融为一体而破碎；我说的是情爱中巨大的深重感，当事人在灵魂中感到上千代人的活动，上千年的苦痛和由于

---

[1] Stanislaw Przybyszewski: *De profundis*. Reproduktion des Originals. Paderborn: Outlook 2011. S. 3.

生殖冲动和未来渴求而灭亡的一代人的苦痛；我想的只是这性爱生活中涉及灵魂的那一面：未知之物、谜一般之物，叔本华在《情爱形而上学》最先严肃地提出来的巨大难题，但他的解答并不太成功，因为逻辑工具不足以破解灵魂中的非逻辑者。我们的时代，几乎没有什么问题是"最深刻的精神"不曾解决了的，它仅仅了解作为经济和卫生问题的情爱。理所当然地，对市民艺术而言，情爱就仅仅作为通往那张在财政和健康方面都得到规范化的婚床的——多少都可称为有福的——道路而存在。[1]

由此可见，硕布施瓦夫斯基对性欲的叙事是针对现代社会以经济和健康话语实行的性规范而展开的反叛艺术行为。正如弗洛伊德在世纪末的性学研究所阐述的，在性爱方面以婚姻制度为核心约束机制的现代文明，对原初多形态而持续的性欲是一种极大的压抑。硕布施瓦夫斯基则试图以自己的小说去除压抑，呈现不容于现代社会性秩序的种种性欲形态，并且强调其中的痛苦体验，以此增强性欲作为生存本能与社会的对抗性，但多少也表达出了反抗压抑的绝望。小说《自深渊处》描述的就是一位有妇之夫与他妹妹的乱伦之恋。这个妹妹在决定与男主人公分手之际，如此说道：

不，不！我对理性感到恶心。我不知道理性为何物。

---

[1] Przybyszewski: *De profundis*. S. 7.

> 我渴求你已经到了疯癫的地步……你是我认识的最伟大的人，你是我的最伟大的艺术家，我乐意用你所有美妙的人性，你的整个强有力的艺术来换取你的一块赤裸的皮肤……看哪，看我的手臂，它们这么纤细，但是它们有着钢铁的肌肉……我不是曾经那么多次在我的夜里用这手臂抱着你，把你压在我身上吗！……看我这纤细的身体，它不是曾经那么多次缠绕在你的身上吗！……可是，可是[……]在最后一刻还是有什么将我们分离了，将我们从对方身上拉开了……那大概就是同样的血……[1]

虽然是在拒绝这段有悖伦常的情爱，但是妹妹还是非常坦白地表达出了对理性的蔑视和自己的身体欲望。女性作为欲望主体如此直接地表明自己的求欢意志，这种角色塑造也具有对抗既定的压制性的性别秩序的冲击力。而男主人公在分手之后，沉浸于兼有痛苦和兴奋的性狂欢幻象中，最后带着对恋人的渴望跳下了窗台，坠向深渊。想要与对方身心结合而不得的情爱痛苦，正如作者自己所说，在小说结尾达到了顶点。

这样感情色彩浓烈而充满身体描写的逆常性叙事，在当时的德语文坛上是一种极端的特例（托马斯·曼的《维尔松之血》有类似的兄妹乱伦，但写于1906年，而且一直推迟到1921年才发表），不过在波西米亚文化的小众群体里，也即硕布施瓦夫斯基的目标读者，现代文艺创作者的少数派中却激起了积极反

---

[1] Przybyszewski: *De profundis*. S. 55.

响。作家米萨姆在作家逝世之后回忆道:

> 伟大的波兰作家斯塔尼斯拉夫·硕布施瓦夫斯基几周前闭上了眼,他用德语写的小说对我们这些1900年的年轻小伙儿们产生了深刻的激荡作用。"太初为性,除此再无他物,一切皆在其中",写在硕布施瓦夫斯基的《自深渊处》的书上方,对于充斥着道貌岸然的作派与伪善的性道德的时代而言,这是极富革命性的一个警句。这位波兰人对于刚过去的那个德语文学时期有着巨大影响。[1]

这位在世纪末具有小众偶像地位的波兰籍德语作家,在自己写作之初就非常坦率地将自己的性欲美学看作是在尼采的世界观影响下发展出的创作倾向。在上文已经引述过的《肖邦与尼采》一文中,他在介绍完尼采的思想演变之后加入了一段对性欲与艺术的关系的阐释,将以性欲为主题的艺术创造描述为尼采的生命哲学的自然延伸,并以此来表达反自然主义的文学创作立场:

> [尼采的思想所体现的]这样的宏观宇宙视角下,性欲这一最重要也最灼人的问题也得以进入艺术:在永不止息的肉欲渴求中显示了永恒的创造乐趣,永恒的自我肯定,对追求个人之不朽,也即追求繁衍的一切意志本能的巨大

---

[1] 转引自 Schmitz: *Die Münchner Moderne*. S. 139。

肯定；发情期的颤抖，被理解为最深的生命本能，是通往生命之未来，生命之永恒的神圣道路[……]

只有在这样一种理解中，才有无穷无尽而可孕育果实的萌芽，可创造出一种新的艺术，它将与独守贫瘠而缺乏精神的自然一隅的、乏味的自然主义有天壤之别。[1]

如前所示，尼采在《查拉图斯特拉如是说》的第三部的确曾经为淫欲正名，也确实将去除道德审判强制力的身体欲望看作生命力的体现。但是性本身在他的思想中，也包括与颓废相关的反思中并没有占据主导地位。硕布施瓦夫斯基以尼采提出的生命概念来发扬自己对性欲的理解，又以性欲为核心来展开艺术的创新，是在尼采思想的基础上进行了自由发挥。但正是对性欲，尤其是与所谓现实和自然相背离的性欲形态的关注和书写，让他成了德奥世纪末中少有的直接对接于法国颓废派的性叙事的作家。而他也从不隐瞒自己从法国，尤其是从颓废派经典作家于斯曼那里获得的灵感资源。在他的回忆录中，他提到："如果一定要说我受过的所谓影响，那我就只能说出于斯曼来，他对我产生了最强大的作用，很长一段时间里都主宰了我的灵魂。"[2] 如果说尼采是精神上的解放，那么于斯曼就是创作上的指引，两者的合力共同推动硕布施瓦夫斯基打造出极具世纪末审美精神的情欲叙事。

---

1 Przybyszweski: *Zur Psychologie des Individuums. I. Chopin und Nietzsche*. S. 45-46.
2 转引自 Fischer: *Fin de siècle*. S. 224。

在 1895—1896 年，硕布施瓦夫斯基以自己在柏林波西米亚文化圈的亲身经历为基础创作了"智人"小说三部曲，分别是《坠船入海》《在路上》和《漩涡中》，其中既有作者自己的影子也有对当时客居柏林的斯特林堡和蒙克的影射。这三部小说虽然主题也是性生活放荡不羁的波西米亚文化，但是从美学风格上还偏于写实而缺少颓废美学的夸张与刺激。[1] 1897 年出版的《撒旦的孩子》则有所不同，其中不难看出于斯曼等人的世纪末撒旦主义的影响。小说主人公戈尔登（Gordon）自认为是撒旦的孩子，宣扬要打破一切社会建制并确实纠集了具有破坏欲的一群同道，烧毁了城中的市政大厅和工厂。只不过小说的重心落在了无政府主义的反叛精神上而情欲并不占据主导地位。发表于 1906 年的《雌雄合体》则最为集中地展示了硕布施瓦夫斯基所说的以性欲的生命本能为核心的新艺术，其中也包含了不少源自于斯曼的《逆流》等颓废派小说的元素。

这部小说的情节主干颇为简单：一个钢琴师在演出后收到了陌生女子送来的一束花。他感到困惑，同时忍不住地不断想象这个女子的样貌并陷入了对她的迷恋。后来他在街上偶遇了她，两人有了一夜情。之后女子不辞而别，男主人公为寻觅她而流浪到一座陌生城市，最终在那里再度以幻想的方式与女子结合。

让这个小说呈现出世纪末美学特色的是贯穿全文的层出不

---

[1] 参见 George C. Schoolfield: *A Baedeker of Decadence. Charting a Literary Fashion. 1884-1927*. New Haven & London: Yale University Press 2003. P. 184。

穷的白日梦幻象。正是借助这种梦幻描写，硕布施瓦夫斯基将法国颓废派所擅长的感官刺激、欲望张扬和末世想象都引入了自己的文本中。在男主人公满怀渴望地想象那个神秘女子时，他就曾幻想自己是一位国王，在自己的王宫中经受情欲的煎熬：

> 啊，当他躺在自己的宫殿露台上凝视星光闪烁、丰饶华丽的夜空，这些无眠之夜里有着多么充满痛苦的病态欲求！
>
> 四周都是热带攀援植物的卷曲枝蔓；黑暗的树丛里鲜花绽放如金色流苏，还没被任何人眼看见过的花萼向上高耸：有的花有青铜古钟形状的花萼；有的花周围环绕着有微光闪闪而颜色如打磨光亮的铸铁的叶子；有的花有须发细密的内褶，风华正茂的处女的永恒生命；有的花长了风月场佳人的一双活生生、笑盈盈、顾盼含情的眼睛；有的花则是疲弱垂死的海鸥或信天翁的一双寻觅而迷乱的眼睛……他看到如百合花一般的茎干从死了的心或者与骷髅相似的土豆中长出来。从不可思议的兰花的梅毒之口里伸出了一连串舌头，这些身上布满紫红色发烧斑点的庞然大物似乎正要爬出来，将毒素散播到四周的花海上。
>
> [……]
>
> 而在这星光炫目、浮光流溢的深夜，在只有吸食了鸦片烟陷入昏眩才看得到的痉挛的形态、病态的芳香和色彩所构成的深渊般的热狂里，这国王梦见了她——她，独一无二的她。他在地上的柔软地毯上爬行，用手指拽住椅子

腿，吮吸着最巨大悚然的花朵的毒药，呼喊她——[1]

这一段饱含色情隐喻的描写同时糅合了对性的欲望和恐惧，既突出了光、色、形上的艳丽和奇异，又以病和毒的危险来增强惊悚和刺激的效果。不论是奇花异草还是鸦片烟的意象都是从波德莱尔到于斯曼的颓废派美学的醒目标志。而骷髅和花朵、处女和妓女/梅毒的组合也完全是性爱和死亡串联交织的图式。对于书中的男主人公来说，他正是在如此一种夸张而浓郁的感官刺激里提前体验了超出常规的强烈爱欲。对于作者来说，这种梦幻叙事，忠实地移植了颓废之美并传递了反叛的能量，展示了性的巨大诱惑力，但又折射出现代文明的性压抑带来的对性的妖魔化：狂放不羁的性会向周围散播毒素，对男性主人公构成威胁，而这非但没有让他退缩，反而激发了他更强烈的渴望。威胁与诱惑的共存与互彰，释放出特有的美学冲击力。

与于斯曼或者王尔德的颓废派小说相比，《雌雄合体》却也有自己的精彩创意。不论是《逆流》还是《道连·葛雷的画像》，颓废美学的创造都是围绕着男性主人公的主观感知展开。硕布施瓦夫斯基在这部小说里却构造了一个内置于男性幻想世界里的女性声音，将勾引与被勾引、征服与被征服、欲求与被欲求的两性关系进行了双向置换。一方面，他参与了世纪末的"妖女"叙事，也将女性塑造为危险性欲的化身，但另一方面，他又让女性对此进行反驳与自我辩护，实际上也就为性欲正名，

---

[1] Stanislaw Przybyszweski: *Androgyne*. Berlin: Fontane & Co. 1906. S. 15-17.

将性和女性承受的污名反向投射给男性自己。这尤其体现在一个具有宗教仪式感的刑罚幻象里：

> 他看到她美妙的裸体被钉在十字架上。她的手臂周围缠绕着金蛇，她的脚踝上缠绕了金蛇，她的腰间围了一条宽的金腰带，在肚脐上扣了一个卡子，那是朵贵重的莲花，闪出最罕见的宝石的光亮。她用半闭的眼睛看着他——在长睫毛背后爬出贪婪的蛇，发出引诱的、谄媚的低语——她在十字架上淫荡地摇摆着身子，她的大腿颤动，她的胸部向他挺立，她的声音显得火热，仿佛在吮吸：
>
> 你还记得，我的父亲是怎么把赤裸的、满怀羞愧和恐惧的我拖到你的王座前吗？
>
> 你还记得，你在王座上战栗，发出欲乐的喊叫，向我伸出手臂吗？
>
> 我和生出神的莲花一样纯洁——是你砸碎了我的灵魂的神圣之灯，是你倒出了锁闭在我血脉中的热流，你用欲求的毒药和狂野的春梦撕碎了我的灵魂，只为了将我钉在十字架上。[1]

十字架上的受难，呼应着基督教里耶稣代人受过的典故。男主人公对他的倾慕对象的受难想象因而包含了惩罚和拯救的

---

[1] Przybyszweski: *Androgyne*. S. 45.

双重意义。在男权主导的社会，性欲作为罪孽，往往被归于女性名下。女性因而与蛇联系在一起，成为引诱者的典型化身，正如圣经《创世记》中流传下来的夏娃与蛇的故事。但是这里的女性虽然做出挑逗的姿态，却宣称自己的灵魂纯洁，而指出男性才是将女性肉欲化、邪恶化的罪恶根源。这无疑也含有一种对既有性别秩序的颠覆倾向。另一方面，受着自己的性欲折磨的男性渴求女性，实际上也便是需要将两性的结合作为一种人性的解放而获得拯救。被钉上十字架的女性，也便从被惩罚的罪人转变为了承担罪名而袒露欲望并满足欲望的拯救者。

从这一刻开始，十字架的意象成为了一种与性欲相连的执念，反复出现在男主人公的脑海中甚至言语中，同时表露出他在性上的恐惧和欲望，体现了惩戒和获救的准宗教色彩。暴力和性的这种奇特混合，隐含着密教崇拜的献祭仪式特征，也是在世纪末情欲书写中常见的挑衅模式。[1]

在与现实中的情人邂逅并获得了性爱的满足之后，这位主人公依然受着这种恐怖想象的折磨。性依然代表了极度的享乐与痛苦的折磨的矛盾统一。不过恰恰在他们分离之后，男主人公对性结合的强烈渴求渐渐淡化了这种神秘的恐惧而更显示出性欲本身的意志，幻想中的女性也被神圣化。到了小说的最后阶段，硕布施瓦夫斯基终于抛出了他这篇小说的关键典故：两性合二为一的神话。在希腊神话传说中，上古之人本是球状，四手四足，力大无穷。神出于恐惧而将其劈成两半，从此每一

---

[1] 参见 Fischer: *Fin de siècle*. S. 226-230。

个人都要追求自己的另一半,而这便是情爱的起源。在那些球形人中有男性,有女性,也有雌雄同体(androgynos)。雌雄同体的人被劈开,就会成为异性恋的男女双方。而两者永远有着强烈的渴望,要回归到最初的一体状态。这个传说在柏拉图所写的《会饮》篇中有着经典的描述。[1]

在世纪末的这位德语作家笔下,狂热的情欲本就是不可遏止的原初生命力的冲动,而这种生命力本就包含了重归超越于道德约束之外的两性合体的愿望。小说文本欲望描写的高潮和终结点也就出现在这样的结合幻想中:

> 再没有绝望了,只有一种病态的、无意义的渴望,渴望那双眼睛,那是带着与痛苦相伴的爱沉入他的灵魂深渊的星星;渴望那双手,那双手在他脸上挖出充满灾祸的、承担命运重负的上千线条;渴望那悲伤的微笑,那微笑带着苦思的沉重挂在唇边⋯⋯
>
> 此事当成!
>
> 他和她将落回到最初的怀抱(Urschoss)里,成为一轮神圣的太阳。
>
> 他们将成为不可分割的一体(Eins),
> 去除了一切秘密而坦然用眼睛直视
> 在神一般永恒的清明中看透一切因果而将其引领

---

[1] 参见刘小枫编译:《柏拉图四书》,北京:生活·读书·新知三联书店,2015年版,第201—207页。

统治整个尘世与所有生灵

在这神的感受中：他——她！

雌雄同体 (Androgyne) ！[1]

痛苦、沉重、病态，这些在颓废派的情欲叙事中发挥刺激性功能的特殊状态在男女性身体的融合过程中转化为了一种狂喜 (Euphorie)。这正是尼采在《悲剧的诞生》已经描述过的人在狄奥尼索斯的魔力下达致"太一"(Ureine) 时的满足狂喜："人人都感到自己与邻人不仅是联合了、和解了、融合了，而且是合为一体了，仿佛摩耶面纱已经被撕碎了，只还有些碎片在神秘的'太一'(das Ureine) 面前飘零 [……] 人感觉自己就是神"[2]。当然，尼采所想象的万物归一的宇宙大一统并不是因为两性基于性欲的身体结合交融，但从分离复归于统一的生命狂欢，正是早期尼采对生命与艺术相结合的美学道路的设想，而潜心研究过尼采的硕布施瓦夫斯基当然也熟悉这种狄奥尼索斯图景。他显然是将尼采的这种合体想象挪用到了自己的能体现"生命之未来，生命之永恒的神圣道路"的性爱狂欢中。不仅如此，他所采用的太阳的隐喻，也呼应了《查拉图斯特拉如是说》的结局："查拉图斯特拉如是说，并且离开了自己的洞穴，热烈而强壮，有如一轮从灰暗群山间升起的旭日"。[3] 这种强有力的，指向未来的太阳象征显然不同于波德莱尔笔下那轮散发出颓废魅

---

[1] Przybyszweski: *Androgyne*. S. 106-107.
[2] 尼采：《悲剧的诞生》，第 31 页。
[3] 《尼采著作全集·第四卷》，第 524 页。

力的夕阳。雌雄合体而形成的一轮圆满的神圣太阳，则不妨看作是两种太阳意象的融合，其缘起是带有所谓病态特征的狂热性欲，其定位是超越凡俗而鸟瞰尘世的高远之处。

在性叙事这个领域里，硕布施瓦夫斯基的确是德语文学的世纪末中几乎独一无二的法国颓废美学的热情传播者与发扬者，但他也不仅仅是追随于斯曼等人肆意挑衅的性狂欢叙事，而是在复制种种感官刺激元素的同时，又加入了取自尼采的狄奥尼索斯的太一想象和和查拉图斯特拉的生命意志，创造出了雌雄同体这样奇异而又富于神话色彩的情欲美学符码，实践了他超越道德限制和一切社会法则的新艺术。正是这种延续中的改造，让欧洲世纪末美学在德语国家进入了新的一个发展阶段。

"丑闻作家"笔下的性本能与世纪末社会

硕布施瓦夫斯基高扬生命本能之性欲的旗帜而写下的作品，虽然有着激狂和悖常的颓废美学特征，但正因为这位作者睥睨世俗的孤傲姿态而仅仅在小圈子中流传。他的叛逆因而并未在德国社会上激起太多反应。与此同时，在世纪末德奥文艺界，有几位作家因为对人类性本能的呈现而一度成为受保守舆论界口诛笔伐的"丑闻作家"（Skandalautor）。他们的创作和他们的作品所造成的社会反应都足以成为现代化背景下的文化革新过程的见证。

实际上，这些"丑闻作家"的作品所挑战的市民道德正是弗洛伊德在《"文明的"性道德与现代神经症》中所揭露的具有压迫性的性规范，而这种性规范又是现代化在个人生活领域里表现出的体系化的社会强制力。性作为人性本能，正如弗洛伊德在研究神经病症时所发现的，却又是现代社会不能完全驯化的，它总会以其他形式显示它的持续的威力甚至破坏力。性压抑造成的性能量的反弹，伴随着各个层面的神经质的过激反应，就成为了现代社会反复出现的失衡"病症"和冲突格局，投射到审美领域，也就演化出袒露人性的先锋文艺创作者们与保守阵营对峙交锋的多个丑闻事件。在世纪末的现代化快速发展期，知识界对性本能的发现与肯定，文艺界对性本能的感知与张扬，更是以对抗的方式与性压抑机制频繁互动，形成了性领域里的现代性反思。不过，肆意表达多形态性欲而获得审美快感的经典颓废派往往因为背离主流社会而留在自己的孤独又自恋的反叛姿态中。反倒是那些既表现性，也表现社会的性压抑现状的作家，以冷峻的社会批判目光和参与意识与现代性的压制力量进行了正面交锋，体现出了更深一层的现代性批判。在德语文学中，此类作家中最知名也最杰出的代表是德国的魏德金德和奥地利的施尼茨勒。

在普拉茨论"黑色浪漫主义"的经典著作中，他解释说因为自己的研究重心在英、法、意作家，所以不得不放弃在情欲描写中富有特色的其他欧洲作家。在他列举的几个重要作家的名字中就有魏德金德。[1] 魏德金德作为德奥世纪末，尤其是慕尼黑波西米亚文化中的明星级剧作家、演员和诗人，在其生活和创作中一直都是反市民文化的坚定实践者。1864年他出生于一个曾移居美国然后又回到德国的富商家庭，早在中学阶段就开始了诗歌创作，在慕尼黑上大学期间便与当地马戏团成员和艺术家们打成一片。1888年他父亲去世，获得一大笔遗产的他便义无反顾地投入了潇洒不羁但也颠沛流离的自由艺术家的生活，先后在慕尼黑、巴黎、伦敦、柏林居住过，曾经因为写诗冒犯德国皇帝而入狱，拥有过众多情人和一些私生子。1918年魏德

---

[1] Praz: *Die schwarze Romantik*. S. 22.

金德逝世之后，他的葬礼也成了"伴有丑闻、激情、戏剧情节和滑稽笑料的魏德金德风格的大型表演"[1]，慕尼黑红灯区的妓女们集体出动，和魏德金德的文学界、戏剧界同行及年轻仰慕者一起送别这位为她们留下真切感人的文学肖像的非主流作家。

反叛自己的市民阶层出身，甘愿立足于社会边缘处，以犀利的嘲讽笔调来揭示主流社会性道德的虚伪和压迫性，正是这样一种富于美学抗争的创作立场，再加上卓尔不凡的文学才华，让剧作家与诗人魏德金德获得了生前的盛名，也赢得了后世的认可：

> 弗兰克·魏德金德在今天仍然是，或者说，在今天再一次成为现代性的一个同义词：魏德金德被认为是市民的性禁忌的激烈批判者，同时也被视为性革命的先锋，由于他在1900年左右的文学生活中的特殊地位而被视为一种新戏剧的开路人。[2]

写于1891年的《青春的觉醒》便是魏德金德为现代文学贡献的一部具有开创性的表现性主题的三幕剧。它的副标题为"一部儿童悲剧"（Kindertragödie）。正如此前在启蒙时期出现的"市民悲剧"以市民来取代贵族的主导地位一样，文学史上这第一部"儿童悲剧"首次将十四五岁的中学生作为悲剧主角，也

---

1 Anatol Regnier: *Frank Wedekind. Eine Männertragödie*. München: Knaus 2008. S. 392.
2 Ruth Florack: *Wedekinds "Lulu": Zerrbild der Sinnlichkeit*. Tübingen: Niemeyer 1995. S. 1.

首次毫不掩饰地将他们的性意识的觉醒、青春期的性冲动以及多样化的性行为展示在舞台上。魏德金德对青少年的性欲的关注，对性欲的多元形态的演绎，完全对应于弗洛伊德在《性学三论》中的系统研究，但比后者要早十多年写成，从而构成了二十世纪的现代性话语的文学先声。

剧中的男主人公梅肖儿与女主人公文德拉不仅在性欲觉醒中完成了第一次性行为（第二幕第四场），而且在这之前就有过对施虐、受虐的初步体验（第一幕第五场）。另一名男学生亨斯兴·里洛夫在洗手间里对着美女海报手淫（第二幕第三场）。而在第三幕第六场，这个男生又和自己的男同学恩斯特·勒伯尔在葡萄园里亲吻，表现出同性之间的性欲望。魏德金德大胆地演示了青少年的性冲动的多种表现形式，打破了市民性道德中的多重禁忌，但他并非像经典颓废派那样要从中获取另类的挑衅式的审美快感，而是和弗洛伊德一样展示人性本能欲望的本真面目。所谓逆常（pervers）的性行为，在他的笔下，正是迈向性成熟的年轻主体的自然探索。他用文学作品来展示一种全新的人性观，尤其是人在性方面的成长过程，对自己欲望的感知与表达，和性能量的释放渴望。

不过，在戏剧的主干情节中，魏德金德着力表现的却是青少年的这种自然成长过程所遭受的扭曲甚至摧残。现代社会的性压抑在这里有了具体而典型的化身：以自己的权威来施行愚昧统治并压制个体自由的家长和教师。

文德拉的母亲在文德拉一再追问性交真相的时候三缄其口，不断呼唤上帝来表示自己恪守沉默法则的依据——基督教的禁令。她的惊恐反应和言词暗示出将性罪孽化是一整套训诫和压迫的意识形态和社会体制：

> 贝格曼太太：（不知所措地）可是，这不行，孩子！——我不能那样做，我担当不起啊！——我要自食坐牢的后果的——人们会把你从我身边夺走的……[1]

即使文德拉在无知的情况下与梅肖儿发生了关系并怀孕之后，这位母亲还企图隐瞒性的真相而欺骗自己的女儿说她患了贫血而需要治疗，实际上是要医生为她堕胎。当她发觉无法继续哄骗她女儿时，她依然不认为自己的沉默是错误的，反而一心只想继续掩盖怀孕的事实并从宗教中寻找精神寄托：

> 文德拉：噢，母亲，你为什么不把一切都告诉了我！
> 贝格曼太太：孩子，孩子，我们就不要再互相责怪增加痛苦了！冷静些！不要叫我绝望，我的孩子！给一个十四岁的姑娘说这些！我那时要是宁愿估计到太阳会熄灭就好了！我为你所做的，同我亲爱、慈祥的母亲所做过的并没有什么两样。——啊，让我们相信亲爱的上帝吧，文德拉；让我们寄希望于仁慈的上帝，我们尽我们的努力！瞧，现在什么事都还没发生，孩子。现在只要我们不泄

---

[1]〔德〕弗兰克·韦德金德：《青春的觉醒》，潘再平译，见《西方现代戏剧流派作品选（三）》，汪义群编，北京：中国戏剧出版社，1992年版，第153页。

气，我们亲爱的上帝也就不会离开我们。[1]

最终，文德拉因为堕胎而死。剧中另一位少年，梅肖儿的好友莫里茨则是因为面临留级的厄运又逃脱无门而选择了饮弹自尽。在自尽之前，他拒绝了妓女伊尔赛的邀约，却在独白中表达了自己被压抑的性欲望：

> 我也可以说，在我的床的上方有一面巨大的水晶镜——我养了一匹放荡不羁的野马——我让它脚穿长长的黑丝袜和黑色漆革靴，手戴长长的黑色羔羊皮手套，颈上围以黑色天鹅绒围巾，趾高气扬地在我跟前踱步——在我狂怒之时，把它掐死在衾枕之上……当欲火勃发……我将——叫喊！——叫喊！——像你，伊尔塞！——普里阿皮阿[2]！——失去理智！——让我精疲力竭！[3]

中学生自杀，实际上是十九世纪末在德国社会确实存在的一种社会现象。日渐僵化的学校体制、强调权威和秩序的监管机制和严苛的考试制度压抑了青少年的个性，扭曲了他们的身心，让他们失去了生存的信心，摧毁了他们身上蓬勃的生命活力。权力体制与自由个体之间的敌对状态从十九世纪上半叶的

---

[1] 韦德金德：《青春的觉醒》，第192—193页。
[2] 剧中伊尔塞去过的某个男性娱乐场所，Priapus 本意是希腊神话中的生殖之神，也是男性性欲勃发的形象。
[3] 韦德金德：《青春的觉醒》，第170页。

社会革命移入了封闭的学校空间里，而往往以后者的牺牲而告终。这也可以看作在德国特定的权力结构基础上，高度体制化、标准化和统一化的现代化进程在学校教育层面造成的消极后果。世纪末的德语文学中也有不少文学作品描述了这样的校园悲剧，黑塞出版于1906年的小说《在轮下》就是其中一例。[1]而《青春的觉醒》则将一个自杀事件放置在了性压抑的情节框架中。在莫里茨死后，他父亲发现了他与梅肖儿之间讨论性的笔记，向学校告发了梅肖儿。校方原本是"杀害"莫里茨的罪魁祸首，现在却立刻转变为控诉人与法官，将梅肖儿推上了审判台。对性的好奇，对性的讨论就成了他的罪证。不仅性的欲望在这里被套上了道德枷锁，而且性方面的求知和自觉也成为受惩戒的罪行。校长与教授们在窗户都不准打开的会议室里审判梅肖儿，逼迫他认罪。在这一个场景里，魏德金德以讽刺的手法强化了坦荡无畏的少年与色厉内荏的成人，对性的直白与对性的避讳，求真的意志和虚伪的道德之间的对立：

> 疮丁：这份淫秽的材料是您的作品吗？
> 梅肖儿：是。——我请求您，校长先生，向我证明一下其中一个淫秽的事实。
> 疮丁：您要对我向您提出的非常明确的问题简单明了地作出"是"或"不"的回答。

---

[1] 参见 Joachim Noob: *Der Schülerselbstmord in der deutschen Literatur um die Jahrhundertwende*. Heidelberg: Universitätsverlag Winter, 1998。

> 梅肖儿：我所写的是您本人非常了解的事实，没有多写一句话，也没有少写一句话！
>
> 疹丁：这个无耻之徒！
>
> 梅肖儿：我请求您，给我指出材料中一个伤风败俗的例子！
>
> 疹丁：您以为我有兴致成为像您一样的小丑吗？！——哈贝巴……
>
> 梅肖儿：我要……
>
> 疹丁：您要的是——对您在座的师长们的尊严太不尊重，正如您对人所固有的对社会道德秩序中的羞耻事必须保持缄默的态度太不尊重那样！[1]

不仅是校长代表的学校体制对敢于挑战道德秩序的少年施加了规训和同化的压力，梅肖儿自己的律师父亲也是整套压迫体制的同谋。他不仅断定自己儿子有"精神上的堕落"，而且从专业角度称之为"道德性精神错乱"[2]，从而以法律、道德和医学的多重话语来污名化性本能，而且还坚持要送儿子去教化院，彻底囚禁和镇压他的自由个性和本能欲望：

> 他在那儿首先将会得到在家里不公正地没有让他得到的东西：铁的纪律、原则和他无论如何必须遵守的道德约

---

[1] 韦德金德：《青春的觉醒》，第175—176页。
[2] 同上书，第183页。

束。[……]教化院里人们把重点放在传授基督教的思维和感受方式。在那儿,孩子总算可以开始学好了,而不再一味追求个人的兴趣,在行为方面,开始注重法律,而不是自行其是。[1]

在剧本的最后,梅肖儿还是逃出了教化院,在深夜里到了墓地。就在莫里茨的鬼魂企图勾引他自杀之际,一个神秘的蒙面人出现救了他,带他离开。魏德金德最后还是为整个悲剧设置了一个有希望的结局,而没有让死亡完全吞噬掉不屈的青春意志。

这部以青少年的性意识和性行为及他们遭受到的性压抑为主题的剧作,1891年以单行本形式在瑞士出版,但因顾忌社会的反应而迟迟未能上演。1906年在柏林的首演却还是成为了"恶名"传遍全国的一场丑闻事件。性禁忌即使在弗洛伊德的诸多性理论已经公布于世的情况下还是顽固地存在于许多市民观众头脑中,也是国家权力机构所竭力维护的社会秩序的一部分。性表达与性压抑也正是在一次又一次的丑闻中成为现代性内部矛盾的一种鲜明表征,文学再次突出地显示出了社会批判和文化批判功能。魏德金德最为出名的作品也是在这样的语境下形成并产生影响的,这便是他从1892年一直创作到1913年的《露露》悲剧。

在这跨越二十多年的写作和修改过程中,本来设计成五幕

---

[1] 韦德金德:《青春的觉醒》,第186页。

剧的作品先是被拆分成前后相续的两部分发表。前半部分作为四幕剧《地灵》发表于1895年，1898年在莱比锡的易卜生剧院里举行了首演，魏德金德自己出演了剧中重要角色宣恩博士。这一次演出得到了非常积极的回应。剧本的现代感也得到了认可。有影评人称赞说，"在现代的狂飙突进派中，弗兰克·魏德金德绝对站在最前列。"[1] 后半部分是三幕剧《潘多拉的盒子》，最先发表于1902年的《岛屿》杂志上。但是当一年后单行本在柏林出版时，却遭到了检察机关的预先查禁。1904年，这部戏剧在纽伦堡举行了首演，结果造成了一场丑闻事件，之后的演出被取消。同一年，慕尼黑检察官以"传播淫秽书籍"的罪名对魏德金德和他的出版人布鲁诺·卡西尔（Bruno Cassier）提出诉讼。这个官司打了足足两年，在三个法院进行了三次审判，最后两人无罪释放但是这本书被禁止出版。在后来的版本里，魏德金德加入了一个序言为自己的作品辩护。他认为有市民道德与人类道德之分，被市民道德判定为淫乱背德者，在更高的人类道德这里则并非有罪。[2] 他还引用了《马太福音》中的句子："耶稣说：'我实在告诉你们，税吏和娼妓倒比你们先进神的国。'"（《马太福音》21:31）1913年魏德金德又将两者合并为了一部，去掉了《地灵》的第三幕和《潘多拉的盒子》的第一幕，以五幕剧《露露》形式发表。为了避免被禁，魏德金德在这一版新稿中删减了过于露骨的情色和凶杀情节，怪诞和惊悚的世

---

[1] 转引自 Peter Langemeyer: *Erläuterungen und Dokumente. Frank Wedekind: Lulu.* Stuttgart: Reclam 2005. S. 143-144。
[2] 参见 Frank Wedekind: *Lulu.* Stuttgart: Reclam 2006. S. 99-100。

纪末美学效果因而大大弱化。

尽管有如此多的曲折反复和周旋妥协，但魏德金德还是以这些多次修改、重组的戏剧文本为欧洲的世纪末贡献了一个深深烙印在世纪末性文化中的格外耀眼的文学形象：将性的诱惑力与死亡的摧毁力集于一身的美艳女性露露。这是"性的无政府主义"的美学潮流中一股名为"妖女"（femme fatale）的强大支流在德语文学中激起的一朵最引人注目的浪花。如前所述，（以男性为主的）世纪末文艺创作者们在高度关注并着力表达性本能之际，往往将女性直接视为性欲的化身，在女性的塑造上糅入了自己在性上的矛盾心态：既渴望又惧怕，既想在性中寻求放纵解脱与感官享乐，又深恐非理性的性本能对（男性）自我及其理性秩序的倾覆与毁灭。这正是现代性问题在两性关系和性领域中的折射。现代（男）人在现代化快速发展时期因常规化的压抑而越发性亢奋，却又将这种亢奋视为威胁现代社会秩序和心灵安定的破坏力，甚至是与所谓人性相冲突的兽性，因而陷入惶恐不安。为了维护稳定、理性和有德的自我想象，他们倾向于将亢奋和不安都归罪于、投射在女性诱惑者身上。于是，在欧洲世纪末的绘画、雕塑、戏剧和小说中涌现出了大量身上交织了美艳和邪恶、情欲和死亡元素的女性。"所有这些作品中，'妖女'的梦魇式形象是一种介于兽类与女性、半神半魔、不可估测、不可触及的杂合体，是蜘蛛、猛兽或者是斯芬克斯和美杜莎这样更高贵的样式。"[1]

---

[1] *Handbuch Fin de Siècle*. S. 147.

魏德金德塑造的露露在很大程度上也续写了世纪末的"妖女"神话。在《地灵》序幕里,担任报幕者角色的是一个驯兽师,而他向观众这么透露:"真正的兽,狂野的、美丽的兽,/ 这样儿的货色——我的女士们!——你们只有在我这儿才看得到。"[1] 而随后他就让露露作为兽登场了:

　　(他将门帘拉开了一点儿,冲着帐篷里喊)
　　嘿,奥悦斯特!把我们的蛇给我带上来!
　　(一个肚皮圆滚滚的工人将身着白脸小丑服的露露演员从帐篷里扛了出来,放在了驯兽师面前。)
　　上天造就她,就要让她引发灾祸,
　　勾引人、色诱人、毒害人——
　　在对方毫无察觉时夺他性命。

　　(轻挠露露的下巴)
　　我的甜美小兽,千万别扭扭捏捏!
　　不要装傻,不要造作,不要古怪,
　　就算批评的人对你没多少夸奖,
　　你也没理由喵喵叫,瞎胡闹,
　　破坏了女性的原始面貌,
　　也别调皮捣蛋扮鬼脸来败坏
　　我们对恶习里的天真的乐趣!

---

[1] Wedekind: *Lulu*. S. 8.

> 你应当——我今天啰里啰嗦就要讲出来
> 自自然然说话，不要不自然！
> 因为自古以来每一门艺术的
> 第一条法则都是自在自洽！[1]

这个序言将露露与野兽、蛇、野性、灾祸联系在一起，突出了她作为女性的原始诱惑力和破坏力，为整部戏定下了基调。接下来的剧情也确实是在验证驯兽师的话。原本在街上流浪的女孩露露被报纸主编宣恩博士收养，并成为了后者的情妇。为了进入门当户对的婚姻中，宣恩将露露推给了医务顾问郭尔。郭尔目睹露露与为她画肖像的画家施瓦茨调情，中风而死。施瓦茨娶了露露之后，宣恩为彻底摆脱露露而劝告他警惕露露的出轨，施瓦茨在真相的打击下用剃须刀自刎而死。宣恩在露露的逼迫下娶她为妻，但又发现她与自己和前妻所生的儿子阿尔瓦有私情，震怒之下拔出手枪逼露露自尽。露露在反抗中射死了宣恩。迷恋于露露的美貌和魅力而无法自拔的三位男士先后因她的不忠而死。他们对露露的独占欲望总是在后者流转不息的性欲面前崩溃而为之付出了生命的代价。单看这些情节，似乎魏德金德就是在重复"红颜祸水"的主题。然而这并不是一出旨在妖魔化女性及她代表的性欲的道德劝诫剧，正相反，这个剧本中的露露显示出的是一种完全不受道德律令和社会习俗束缚而只遵从性本能的自由、快乐原则的生活态度与生存意志。

---

[1] Wedekind: *Lulu*. S. 9.

她代表了与现代社会的性压抑和性规范相对立的一种本真人性和鲜活的生命力,正如"地灵"这个标题所暗示的,这是从底层爆发出的一种无法为理性规范所控制的力量。对此,魏德金德自己就曾解释说:

> 自为自在、原初性、天真,这是我在刻画女性主角时脑中浮现出的决定性概念。[……]我要让在一切处境中总是毫无节制地高估自己的人类意识在人类无意识前遭受挫败,而我眼前有了什么呢?露露是精巧的,宣恩博士是颓废的。1904年的时尚:露露就是莎乐美。宣恩博士是罗斯莫庄园里的罗斯莫牧师。我完全无法想象比当年的露露更有意识,更用尽心思塑造的人物角色了。[1]

魏德金德自己将《露露》这个系列作品放置在了世纪末的语境中。而他所说的,正符合弗洛伊德在同一时期所探索的无意识对人的决定性作用。弗洛伊德的科学求知精神让他发现并承认:非理性的无意识,尤其是其中的性欲,是理性永远无法征服的心理驱动力所在。而魏德金德则是以露露为代表来揭示类似的人性观:这样一个只受自己的本能驱使的单纯的个体生命正因为其本真而吸引人,但也因为本真而与想征服她的男性及这些男性所代表的社会约束力形成了尖锐的矛盾。男性对她

---

[1] 转引自 *Erläuterungen und Dokumente. Frank Wedekind: Lulu*. S. 145。莎乐美是王尔德等世纪末作家重新塑造的圣经人物,也是典型的妖女形象。罗斯莫牧师是易卜生发表于1886年的四幕剧中的男主角,也是被年轻女子欺骗。

的爱与怕，其实都是对他们无法征服的自身的本能欲望的感知和惧怕。在剧中第三幕，露露和宣恩发生了对峙，宣恩企图对露露施以道德训诫，同时又虚伪地掩饰自己对她的迷恋和惧怕：

宣恩：我不再害怕你了。

露露：怕我？——您怕的是自己！——我不需要您。——我请求您，走吧！您不要再把责任推给我了。您知道，要摧毁您的未来，我都不需要昏倒。您对我的正直有着无限的信任！您不仅相信我是一个让人神魂颠倒的人类之子；您还相信我是一个心地善良的上帝造物。我既不是这个，也不是那个。您的不幸就在于，您以为我是。[1]

对自己的性本能和性魅力都有充分自觉的露露，尽管多次走入与男性的婚姻，但实际上并不屈服于主流的性道德，尤其是男性对女性守贞从善的道德规劝。她并不是作为被动的性玩物而在不同男人手上流转，而是作为未被现代社会驯化的自然个体（Naturwesen）与本能存在（Triebwesen）来追求自己的自由情爱。她在第四幕里面临宣恩的自杀胁迫，格外坚定地声称："如果这些人是为了我的缘故而自杀，这也减损不了我的价值。"[2] 当然，她的追求者接二连三地死去，对她来说依然是一种困境，让她在情欲世界和现实生活里被迫一次次逃亡。所以也有剧评

---

[1] Wedekind: *Lulu*. S. 71.
[2] 同上书，S. 90。

人认为这部戏剧展示的"是一个'性'爱的乌托邦，它在既定的规范、在自以为有道德的秩序的强制力下遭到失败——必定要遭到失败"。[1]而按照女性主义研究者西尔维娅·波文申（Silvia Bovenschen）的解读，这种性爱关系的失败更多地是对男权主导的性别观念和两性关系设想的解构："男人们仅仅将露露感知为他们的女性气质想象的镜像。一旦他们自己建造出的露露形象与该人物的行为和显现形式不再吻合，因为她又扮演起新角色时，灾祸就会降临"。[2]

总体而言，魏德金德将情欲和死亡交织起来的这部戏剧作品，不仅仅是简单地复制"妖女"的世纪末传说，而是将两性关系作为世纪末的社会现象来呈现，既有对美与性的致命诱惑力的渲染，也有对虚伪道德——尤其是男性所把持的性秩序——的嘲讽。

《潘多拉的盒子》作为《地灵》的续集，其实并没有如此巧妙而又惊悚的连环性关系设置。但是死亡和情欲依然是不变的主题。露露与阿尔瓦逃到巴黎，却因为枪杀宣恩的前科而遭人勒索。随后两人又与露露以前的养父希郭尔西一起流落到伦敦。三人都靠露露卖身过活。结果阿尔瓦死于一个嫖客之手而露露和一直爱恋她的女伯爵格西维茨则被连环杀手杰克杀害。这个掀起审判风波的剧本更多地是因为暴力和卖淫的主题而不容于检察机关所代表的国家秩序及其道德规范。此时的露露失去了

---

[1] 转引自 *Erläuterungen und Dokumente. Frank Wedekind: Lulu*. S. 162。

[2] Silvia Bovenschen: *Die imaginierte Weiblichkeit*. Frankfurt a. M.: Suhrkamp 1979. S 49.

在《地灵》中光鲜亮丽的傲人风华,但依然是受自己性本能驱动的欲望化身。阿尔瓦在对照她和她以前的肖像时,感叹:"她在那之后尽管经历了那么多变故,但眼中的天真神情还是和以前一个样儿。"[1]而希郭尔西则对着这幅画讥讽她:"她真不懂这门生意。她不能靠情爱讨生活,因为她的生活就是情爱。"[2]即使落魄到街头卖身,露露还不是完全被工具化的肉体,而是在困窘中力图顺应自己天性的率真生命。她遭受摧残和杀害的结局因而才格外具有悲剧效果。魏德金德也完全是以同情的笔调来表现她被追逼、被剥削、被欺压至死的经过。尤其值得注意的是,他还设置了一个奋力救助她、希望保卫她的女同性恋者形象,而且让她来代表一种更高尚的"人类道德"。魏德金德自己在《潘多拉的盒子》的序言中就有过一段说明:"这部剧的悲剧主角不是露露,法官们在这一点上都犯了错;而是女伯爵格西维茨。"格西维茨表现出的是"超人般的自我牺牲",并"作为自己女友的保护者而献身就死"。[3]这样一个受主流社会所排挤与污蔑的性少数群体成员,却在这场征服与诱惑交错的性叙事中最能表现不为世俗偏见所影响的爱欲,魏德金德再次表现出对处于社会边缘的弱势群体的关切和尊重,并以这种角色塑造来反衬现代社会中体制化了的伪善和压抑。他和弗洛伊德一样,并未将同性恋视为人性堕落的性变态,而是将其作为多元性欲的一种来加以表现,从这个角度来看,颓废的不是剧中人物,

---

1　Wedekind: *Lulu*. S. 168.
2　同上书,S. 173。
3　同上书,S. 96。

而是毁灭他们的现代社会体制。

正如奥特鲁德·古特雅尔（Ortrud Gutjahr）在《以露露为原则：1900年左右文学中的引诱者与被引诱者》一文中所言，"魏德金德的两部式悲剧展露了[女性]神话塑造的结构，也以此开启了对他那个时代的文化和社会的批判视角"[1]。在将性主题与社会批判相结合这方面，世纪末的德语国家中与魏德金德同样享有"丑闻作家"盛名的代表性作家是施尼茨勒。

不过，与颇能代表慕尼黑的波西米亚风格的自由作家兼演员魏德金德不同，施尼茨勒的生活和创作完全是以世纪末的维也纳为重要背景的。两座现代都市的不同，也在很大程度上决定了两位作家作为德奥世纪末文学关键人物的细微差异。魏德金德完全选择了施瓦宾放荡不羁的艺术家生活，以剧院、马戏团和风月场为生活空间，而施尼茨勒在传统与革新并存的奥匈帝国首都则游走于上层市民社会、先锋艺术家和作家圈子和剧院甚至郊区的生活环境之间，而且也长年徘徊在医生职业与作家的创作活动之间。但他的创作却正受益于他在身份上的游移和混杂。

施尼茨勒大魏德金德两岁，1862年出生在维也纳一个犹太家庭。父亲是维也纳著名的喉科医生和医学教授。他从小接受的也是精英教育，1885年在维也纳大学获得了医学博士。实际上，他在大学学习期间就开始在各种杂志上发表自己的文学作

---

[1] Ortrud Gutjahr: "Lulu als Prinzip. Verführte und Verführerin in der Literatur um 1900". In: Irmgard Roebling [Hrsg.]: *Lulu, Lilith, Mona Lisa ... Frauenbilder der Jahrhundertwende*. Pfaffenweiler: Centaurus 1989. S. 70.

品。1890年他结识了霍夫曼斯塔尔、别尔霍夫曼、巴尔等人，成为了青年维也纳中最重要的成员之一。从此时起，他的创作也进入黄金期，同时他也成为开诊所的职业医生。1901年，他因发表的小说《古斯特少尉》有损奥匈帝国军官荣誉而被当局撤销了预备军官的头衔，从此以后就不再从医而专心写作，直至1931年去世。如前所述，作为文学家的施尼茨勒所在的维也纳，也是弗洛伊德开创精神分析学派的文化场地。两者之间存在极为密切的关系，他们都是精神文化领域的现代化体验的诊断者和表述者。对此，休斯克做了如此一种类比：

> 就像弗洛伊德一样，施尼茨勒感到，从父亲那里接受的伦理价值，跟自己的现代信仰之间，有着强烈的对立关系，他相信，本能作为人类命运最根本的决定因素，应当受到认可。同样像弗洛伊德的是，他用来解决矛盾的方法，是把科学观从其道德母体中脱离出来，并大胆地把它同本能结合起来。[1]

的确，施尼茨勒与弗洛伊德一样在医学的科学训练中获取了一种超越于道德评判之外的观察人性——尤其是性欲——的冷峻客观。他对性在人类个体及社会生活中的根基性作用有着深刻的认识。不过，与弗洛伊德不同的是，他能用极具革新力的文学形式来表现性欲的力量及其与社会规范之间的复杂张力。

---

[1] 休斯克：《世纪末的维也纳》，第8—9页。

新奇的文学形式也成为言说欲望、剖析社会、建构意义的重要载体。围绕性本能和性规范的现代性问题不仅成为现代文学的演进动力，也在现代文学的演进中得到更为精确、更有震撼力的呈现。施尼茨勒的《轮舞》便是他为世纪末的现代文学贡献出的最重要的一个欲望书写范例，而这个剧本也完全确立了他在德语文坛上的"丑闻作家"的特殊地位。

1897年2月，施尼茨勒在写给女友的信中提到"我整个冬天都没写别的，就写了一组场景，它根本没法印出来，在文学上也没多少分量，但是过了两百年再挖出来的话，它就能以特别的方式照亮我们的文化的一部分"。[1] 虽然料想到这个剧本可能带来的社会冲击力，但是施尼茨勒最终还是没有放弃出版。1900年剧本先是以私人印刷本出版，在朋友圈中传播而不对外销售。1903年公共出版后，格外畅销，但很快就遭到检察机关查禁，舆论界不少保守派将其斥之为"色情文学"。但禁令却无法阻止此书的广泛传播和频频再版。1920年《轮舞》在柏林举行首演，也顿时成为戏剧界一大丑闻，引发抗议浪潮。柏林警方一度逮捕了演员和导演，但最后法庭判决是无罪释放。1921年在维也纳的演出再次引发剧院内外的骚乱，就连国会里的不同阵营也就该剧本展开了激烈争执。施尼茨勒本人对《轮舞》造成的巨大乱局深感忧虑，干脆自己禁止剧本再次上演。直到1982年他

---

[1] 转引自 Harmut Scheible: *Arthur Schnitzler in Selbstzeugnissen und Bilddokumenten*. Reinbek bei Hamburg: Rowohlt 1976. S. 65。

的儿子撤销了作家自己的演出禁令。[1]

《轮舞》能成为如此轰动又如此流行的文学作品,不仅仅是因为它打破了性禁忌,更是因为它以格外精巧的方式让整个奥地利社会的等级制度和道德观念在性本能面前暴露出了虚伪和脆弱。这个剧本由十个断片式的场景组成,每个场景都是一男一女的对话和交往,场景的核心情节则是他们的性交。而这些场景又因人物的置换构成了一个欲望流转的连环结构:妓女和士兵、士兵和女佣、女佣和少爷、少爷和少妇、少妇和丈夫、丈夫和甜妞,甜妞和诗人,诗人和女演员,女演员和伯爵,伯爵和妓女。实际上,最为关键的性事在戏剧文本中反而是一种不在场的在场:施尼茨勒用一条虚线既标明又省略了九个场景(最后一个场景开始于伯爵和妓女做爱之后的第二天清晨)正当中的性交场面而将其留给导演自己处理。但恰恰是此前此后的对话,配以整个替换连缀的环形,显示出了颠覆性的文学力量:施尼茨勒将"世纪之交的维也纳的一整个社会阶层序列,从无产者到小市民和大市民,从艺术家圈子到贵族"[2]都放在了一个充满挑逗、勾引、欲盖弥彰、欲拒还迎等等戏码的欲望游戏中,将性本能演示为一个突破各种阶级身份隔离而不受道德律令禁锢的强大驱动力。在不可遏抑的性冲动面前,贞操和隐忍几乎成为刺激性欲的托词,背叛和不忠成为超越一切社会分层的本性常态。婚姻内外,主仆之间,文艺界的情场风流与娼妓的皮

---

[1] 参见 Elke Maria Clauß: "Arthur Schnitzler: Frühe Erfolge." In: Pankau: *Fin de Siècle*. S. 155-156。

[2] *Einführung in die Literatur der Jahrhundertwende*. S. 108.

肉买卖，仿佛都陷入了"普遍的可交换性"[1]而彼此映照影射。这当然并非自然主义的写实，而是具有先锋性质的"文学试验"[2]。其中多少也显示出施尼茨勒作为医学家/科学家的诊断和观察方式。不过，正是这种试验，揭示出了现代人的欲望真相，尤其是这些欲望如何在性压抑的社会机制下获得了别样的形态、流动性和爆发力。剧中人物都没有名字，因而更多地是作为象征符号出现，但也就格外具有典型意义。比如剧中的丈夫身上就体现了婚姻制度中的虚伪忠贞观。在第五场戏中，他不仅要求妻子守贞，还以爱情的名义要与自己寻欢作乐的婚前生活分离：

> 丈夫：别再提这事儿了，我求你了。那一切早就过去了。我爱过的挚友一个人——那就是你。哪儿充满纯洁和真实，你就只管在哪儿去爱。
>
> 少妇：卡尔？
>
> 丈夫：噢，在这样的怀抱里，你觉得是多么安全、多么惬意啊。为什么我就没有在你还是个孩子时就认识你呢？我相信，要是那样的话，我连别的女人看都不会看一眼的。
>
> 少妇：卡尔！
>
> 丈夫：你看上去可真美啊！……真美啊！……噢，来吧……（他熄灭了灯）[3]

---

1 Scheible: *Arthur Schnitzler*. S. 67.
2 *Einführung in die Literatur der Jahrhundertwende*. S. 107.
3 韩瑞祥等译：《施尼茨勒作品集Ⅲ》，北京：人民文学出版社，2017年版，第213页。

然而在接下来的第六场，丈夫就以勾引甜妞的行为来揭穿了自己的谎言。讽刺的是，他就在背弃婚姻中的守贞原则的同时又要求自己新结识的这位情人忠于自己而不去与其他男人有私情：

> 丈夫：你呀……怎么说呢，尽管不能说是没有经验——可你毕竟还年轻——而——那帮男人通常都是些没有良心的东西。
> 甜妞：哎呀！
> 丈夫：我这样说不仅仅指道德方面。——嗯，你肯定明白我的意思了。
> 甜妞：是的，告诉我，你到底要我怎样呢？
> 丈夫：这么说吧——要是你真心爱我的话——那就只爱我一个吧——那我们就可以从长计议了——即使我平常住在格拉茨也罢。在这儿，随时都会有人进来，确实也不太合适。[1]

而之后的第七场，甜妞又和号称爱她的诗人发生了性关系，显示出丈夫角色作为男性主体的自我想象的虚妄：他自以为能成为背叛的主动方而能在婚内婚外都掌握性主权，实际上他也是背叛的被动方，仅仅是在整个流动不息的欲望之潮中随波逐流而已。他自我标榜为性道德的把持者和情爱对象的独一占有

---

[1] 《施尼茨勒作品集 III》，第 224 页。

者却又深谙"男人们"在性上的贪婪和无止尽的占有欲。而他的婚内婚外对象和其他男人的私通恰恰证明了他的可替换性而不是唯一性。市民社会在现代化过程中为了强化对性本能的强制调节,而树立了以婚内性行为的单一合法性为核心的所谓性经济(Sexualökonomie)原则,并通过科学和道德话语来训导社会成员。[1] 这种徒劳的性压抑,弗洛伊德在《"文明的"性道德与现代神经症》中就曾做出病理学上的批判。[2] 施尼茨勒则比他更早,在《轮舞》中以精巧而富于象征意味的戏剧结构对这种性道德报以无情的嘲弄。

剧中最后出场的、社会地位也最高的男性角色——伯爵,则将欲望和压抑之间的交错混合表现得淋漓尽致。他在女演员的卧室里一开始扭捏造作,摆出对性进行规范化、程式化的贵族姿态,而一旦产生性冲动就很快就抛弃了自己的原则:

伯爵:你瞧瞧,我们从一开始就别轻举妄动,免得本来可能会很美好的东西,最后却让人扫兴。

女演员:也许吧……

伯爵:如果要我说实话的话,这么早,我觉得做爱是挺恐怖的。

女演员:唉,我肯定从来都没有碰到过像你这样神神道道的人!

---

[1] 参见 Clauß: "Arthur Schnitzler: Frühe Erfolge". S. 156-157。
[2] 参见弗洛伊德:《爱情心理学》,第 109—123 页。

伯爵：我需要的不是随便哪个女人……一般来说都是无所谓的。可是像你这样的女人……不，你可以上百次地把我称作傻瓜。可是像你这样的女人……不，你可以骂我一百次白痴。可是像你这样的女人……谁也不会在吃早饭前就拉到自己跟前的。而且这样……你不明白……这样……

[……]

伯爵：我可没有这样说过。我只是觉得，不管做什么事，都需要有个情绪。我总是在吃晚饭的时候才会进入状态。要是吃完晚饭后就这样一起回家来，然后……那才是最美妙的。

[……]

伯爵（弯着身子，吻着她的脖颈）

女演员：噢，伯爵先生，这样有悖于你的宗旨。

伯爵：这是谁说的？我可没有什么宗旨啊。[1]

伯爵在话语和行动中表现出的辗转反复、欲言又止、自相矛盾，对应着两股力量在他内心中的交锋和拉锯：不听从任何规范拘束的性本能和对这种本能围追堵截的社会强制力。然而终究是性本能占了上风。种种禁忌和规范最终都成为了性的反面刺激和逆向挑逗，道貌岸然的贵族做派被揭示为掩盖真实欲望的假面具。施尼茨勒在这里再次展示了他作为医生和作家在

---

[1]《施尼茨勒作品集 III》，第 245 页。

人性观察和人性刻画上的才华，笔调诙谐风趣而讽刺入木三分。

从士兵到伯爵，从妓女到女演员，这种沿着性冲动展开的多层次链条，正反映出奥匈帝国首都在现代化过程中表现出的大都市特有的混杂融合的特点。统治阶级如伯爵，社会中流砥柱如中产阶级的夫妻，大城市空间里繁育出的文艺行业群体如诗人和演员，下层城市居民如士兵和甜妞在性欲追求上表达的一致性和性交往中的细微差别，也体现了维也纳本身包含的两面性，表面上残存着旧式的等级制并且有着趋于教条化和仪式化的社交规范，但内里却充满了涌动不息而破坏一切社会分隔的现代欲望。正如西美尔对大城市的观察，现代化、都市化在人类精神生活中造成的神经质具有趋同性。"轮舞"的这种交替轮换和各种场合下的性交合，也从一个特殊的侧面映射了快速变动的生活节奏和感官刺激。在此环境中，现代人，正如弗洛伊德在精神病理分析和梦的阐释中所指明的，暴露了他作为受性本能驱动的非理性生存者的本质。无怪乎《轮舞》能在维也纳掀起如此猛烈的抗议和压制的反应，因为这部剧毫无死角地全方位展露了这个既虚伪造作又意乱情迷的世纪末社会。施尼茨勒确实是以性欲为观测基点，精、准、狠地照亮了他那个时代的世态人心。而作为"丑闻之作"，《轮舞》遭禁和《轮舞》热销的矛盾现象，也正说明了现代化过程中无法消除的人性本能与社会规制之间的对立格局。

不论是魏德金德以露露这个性欲化身为单极核心的上下集悲剧，还是施尼茨勒串连起社会各阶层的欲望"轮舞"，他们对性欲的文学演示既呼应了欧洲世纪末美学运动对性主题的普遍关注，又揭露了同时代的性道德的伪善和性规范的虚妄。他们对性的描写，并不完全是表现反叛姿态，要以离经叛道的性狂欢来冲破现代社会及其理性法则的桎梏，而是将性本能和性压抑之间的对抗性互动作为社会现象来展示，体现了社会观察者和批判者的冷峻与犀利。他们也和弗洛伊德一样从性本能的角度重现发现了人，并且也和他一样，将人更看作现代社会中的人，在社会规范下接受驯化但又不满于、不安于这种驯化的人。在此意义上，他们拓展了世纪末性描写的意义内涵，在审美领域里引入更多的现代性体验并进一步推动了文学本身的现代化。

雷文特罗的女性写作

前文中提到过的女作家雷文特罗也是世纪末的性叙事中不可忽视的一个关键人物。她与托马斯·曼、海因里希·曼兄弟俩一样从民风保守的北方商城吕贝克来到巴伐利亚艺术之都慕尼黑，很快就成为了该城市的波西米亚神话中的神话。当时文坛上关于她的传说，给她配上的名称就有："施瓦宾区最天才的女子""波西米亚女王""贵族名姬""富有塞壬气质的美人鱼""狂放的女伯爵""异教圣母"[1]。当然正是这个大都市里的波西米亚群体的反市民价值观及生活方式为她的提供了必要的土壤，也支撑了她对不羁生活的追求和实践。而她的离经叛道和杰出文采又成为世纪末施瓦宾的别样生活艺术（alternative Lebenskunst）的范本。她的性叙事在德语区世纪末文学有着格外特殊的地位，因为其中包含了她的另类性别身份感知。

就其出身而言，雷文特罗从一开始就要面对普鲁士贵族社会为她预先规定好的性别身份定式。她父亲是掌管石勒苏益格州

---

[1] Karin Tebben: "Die öffentliche Frau. Bekennen und Verschweigen in Ellen Olestjerne (1903) und Von Paul zu Pedro (1912)". In: Franziska zu Reventlow. Bd. 1: *Ellen Olestjerne. Von Paul zu Pedro*. Hrsg. und mit einem Nachwort versehen von Karin Tebben. Oldenburg: Igel 2004. S. 257.

胡苏姆郡的侯爵路德维希·祖·雷文特罗。她母亲是帝国侯爵艾米丽·祖·兰曹。她1871年出生于父亲领地的宫殿中，1889年随父母迁居吕贝克。作为上层家庭的女儿，她的成长过程伴随着以培养谨守妇道、无才是德的女性为宗旨的强制性家庭—学校教育。她和她的同伴都"被强行压制为同一个模子"，被训练为"平庸的年轻少女和妇人，缺乏学识、贫血、只会织花边的生物"[1]。尤其是她严苛而冷漠的母亲，在年少的她心中无异于一整套压制体系的集中代表。天性倔强的弗兰西斯卡不愿就范于这一性别秩序，在中学时代便表现出叛逆的姿态。尤其值得一提的是她在九十年代初参加了吕贝克的"易卜生俱乐部"，阅读易卜生的戏剧和尼采的《查拉图斯特拉如是说》。她早期萌发的女性独立意识无疑在这些阅读经验中得以强化，并经由易卜生而与十九世纪末的欧洲女权运动形成了暗中的关联。易卜生写于1879年的《娜拉或玩偶之家》尖锐地指出了女性在婚姻中受欺骗受奴役的社会道德问题，在某种程度上推动了第一波的女性解放运动潮流。[2] 弗兰西斯卡·雷文特罗很早便领受了这股解放潮流的气息，加之天性叛逆，在成长过程中逐步挣脱了家庭和婚姻的束缚。她在1893年与自己的父母彻底决裂，1894年嫁给汉堡律师瓦尔特·吕布克，但随即奔赴慕尼黑学习绘画，并最终在1897年与丈夫离婚。从此，她全身投入了波西米亚式的生活。就物质

---

[1] Dorothea Keuler: "Die heidnische Madonna. Erinnerung an Gräfin Franziska zu Reventlow", in: Über Franziska zu Reventlow. *Rezensionen, Porträts, Aufsätze, Nachrufe aus mehr als 100 Jahren.* Hrsg. von Johanna Seegers. Oldenburg: Igel 2007. S. 216.

[2] 参见 Joan Templeton: "The Doll House Backlash: Criticism, Feminism, and Ibsen". In: *PMLA*, Vol. 104, No. 1 (Jan., 1989). S. 28-40。

生活而言，她可谓潦倒，仅仅通过为文艺报刊撰稿、做翻译取得微薄的收入，曾短暂地做过戏剧演员，也曾涉足低微的秘书、帮手工作，偶尔也会以色相换得生活资费。但另一方面，她逐渐成为慕尼黑的亚文化圈中的偶像人物。她与同样处于城市边缘地带的许多艺术家和诗人都有交游，频频出入闻名遐迩的施蒂凡妮咖啡馆，活跃于宇宙论者的圈子中。这一神秘组织正代表了当时与正统基督教和市民道德完全相悖的信仰、社交和生活方式，成为雷文特罗本人的自由女性神话的重要背景。[1]

雷文特罗在这一特殊的文化时空中享有的声誉，不仅仅来自她的出身、美貌和不羁，也来自于她的另一重女性身份：母亲。在这一点上，她也完全树立了与惯常习俗截然不同的形象。1897年9月，已离婚的她产下一子，但终生没有透露孩子父亲的身份。这一私生子无疑极大地挑战了市民社会的道德秩序和性别等级，却也让雷文特罗具有了更吸引波西米亚艺术家的光环。诗人里尔克曾给予她"携子圣母"的称号[2]，这一名称暗示出，欧洲文化传统中对理想女性的圣母想象与世纪末文艺潮流中突出的个性解放诉求在雷文特罗身上得到了奇妙的结合。如此一位单身母亲的形象既打破了传统女性的社会从属地位，让其独立于性别秩序对女性的强制规范之外，又依然占有了母性这一始终包含积极意味的女性特质，让其得以彰显男性无可具

---

[1] 参见 Fischer: *Jahrhundertdämmerung*. S. 41-43。
[2] 参见 Tebben: "Die öffentliche Frau". S. 257。

备的人性魅力。与波伏瓦等女性主义者[1]笔下描述的母亲形象[2]不同，这一父亲—丈夫缺位的母子图式中，女性将生育看作由自己主导的自由权力，而不是社会家庭借以施加控制的枷锁，由此颠覆了自己的客体属性而寻求新的主体身份。另一方面，这种新的圣母形象在当时波西米亚文化中所产生的吸引力是以男性文人本身对市民文化的性别规定的反叛意识为前提的。就德语区而言，瑞士古典学者巴霍芬（Johann Jakob Bachofen）在1861年发表的专著《母权：关于古代母系社会的宗教与法律性质的一项研究》在十九世纪下半叶的知识界和文艺界产生了深远影响，以母亲为核心的人类共处形式展示了有别于现代父权体制的另一种人类生存可能性，并且由于其远古的风貌而格外引动厌倦现代文明的艺术家与知识分子的遐想。哲学家克拉格斯、诗人里尔克和文学家托马斯·曼都曾为此着迷，向往一种以积极意义的女性化为特征的新兴文艺。[3]在此思想背景上，带着私生子坦然出入文艺圈的雷文特罗对于慕尼黑的施瓦宾艺术家群体而言，无疑就是如此一种理想母性及其新型社会模式的化身。

然而，不论是施瓦宾的波西米亚生活还是她本人的独立神话都未能与她相伴终生。1910年，她离开了慕尼黑，移居瑞士

---

[1] 本文中将Feminismus和Feminist分别译为女性主义和女性主义者，取其广泛意义；将以女性的政治解放为主要诉求的政治运动称之为女权运动，以免产生概念上的歧义。

[2] 参见［法］西蒙娜·德·波伏瓦：《第二性 II。实际体验》，郑克鲁译，上海：上海译文出版社，2011年版，第303—358页。

[3] 参见 Justin Stagl: "Johann Jakob Bachofen: *Das Mutterrecht* und die Folgen", in: *Anthropos.* Bd. 85. H.1/3 (1990). S. 11-37; Keuler: "Die heidnische Madonna". S. 216f.

的阿斯科纳。次年，她为了能继承一笔遗产而嫁给了男爵亚历山大·封·雷辛贝格-林希腾。但这场形同虚设的婚姻并没有让她如愿得到经济上的保障。1914年，男爵破产，之后雷文特罗迁居至阿斯科纳附近的小城穆拉尔托。1918年，她外出时从自行车上坠落身亡。

在她人生的最后一个阶段，雷文特罗从物理空间和时间上都远离了施瓦宾的波西米亚，但却以自己的回忆为凭，拿起了笔描述那个城区的世纪末文化盛况。除了具有自传色彩的小说《艾伦·奥勒斯特叶妮》是写于1903年之外，她的其他长篇小说都写于最后五六年。前文中提到过的《达姆先生的笔记或一个奇异城区中的奇遇》就为慕尼黑的格奥尔格圈子兼宇宙论者的圈子留下了文学记录。而发表于1912年的《从保罗到佩德罗》则是源自于同一时期的雷文特罗的心灵自传，直书她的性爱经历。雷文特罗由此在文学场域里旗帜鲜明地实践了叛逆的女性叙事。

这部行文洒脱大胆的书信体小说，通篇由"我"作为一个坚守爱情自由信念的女性写给一位"博士先生"的信组成。雷文特罗首先从写作姿态上将女性自我作为讲述故事的主体，让男性成为被描述的对象和倾听的对象，取消了男性的话语主导权。她在小说一开端便威胁说，如果通信对象对她进行男性惯用的对女性的责难，将不守所谓妇道的女性看作"难题"，她便"预告我们之间的通信将过早夭折"。作为叙事主体的她可以随时中断这场叙事，不会让叙事行为继续受制于男性，男性必须作出妥协才拥有倾听的资格。而在讲述内容上，她也极力赋予这位讲述自我的女性另一个层面上的主体地位：在情欲上的主导权。

情欲无疑是男女性别秩序中至关重要的一环。女性往往被男性及男权社会看作"性"本身，被塑造为毫无独立性的情欲投射对象。守贞的女性和多情的男性是欧洲文学史中占主导地位的理想性别规范，众多女性只是消极地等着某一个男性主角的垂青，以让他充分显示他用以对抗僵硬道德体系的浪漫、自由和蓬勃的生命——生殖力。但雷文特罗偏偏要写出一个"现代的女唐璜"（Donna Juana）[1]来，要颠倒这一不对等的秩序。书中的女主角和昔日浪漫多情公子一样从各式各样男人那里获得情欲的满足，并且直言不讳自己寻求的只是情欲而非从一而终的情感。正因为她不将自己的物质生存绑定在一个可以依靠的男人身上，在选择情欲对象上，她似乎便有了一种享乐主义的自由：她从单纯的感官愉悦和审美感受来选择情爱对象，统统冠之以"保罗"这个集体称号，表明其可替代性；或者也会依据她对异国情调的偏好，称之为"佩德罗"。保罗或者佩德罗可以是"已婚男子或是单身汉、军官、工程师、年轻的医生、非洲旅行家——也会出现他毫无工作的情况"[2]。换言之，她要抛弃当时普鲁士社会贵族家庭女儿身受的等级限制，让情欲脱离社会强制规定和功利目的，仅仅成为男女情投意合的快事。与此相应，她蔑视伪善的男权社会以道德规范名义对女性情爱观进行

---

[1] Tebben: "Die öffentliche Frau". S. 282.
[2] ［德］弗兰西斯卡·祖·雷文特罗：《从保罗到佩德罗》，李双志译，见：《德语文学与文学批评》，第七卷，2013年，第59页。

的定义，质疑这种定义背后不合理的性别秩序：

> 身为女人，至少要心存幻想，在她从属一个男人时，她是在爱——有人说，而其他人都附和他。
> 这真残酷，非常残酷。光是这种专制的口吻：身为女人，身为男人。谁可代表女人，谁可代表男人？[1]

男性不仅以自以为是的专制权力要求女性安于自己的从属地位，还要求女性相信这种服从是爱情，是女性的本职所在，从而进一步剥夺她独立体认和掌控自己情感的权力。女性是什么，女性的爱应该怎样，要由男性说了算。雷文特罗笔下这个女性之"我"则偏要针锋相对地宣扬女性在享用情欲和体察爱情上的自由，反抗各种既有的男女情爱模式。有趣的是，雷文特罗将这种反抗描述为一种成长经历："我"在少女时代也曾一心憧憬从一而终的浪漫爱情和稳固婚姻，但随着她最初的情欲萌动，她否定了这种永远依附一个男人的爱情模式，拒绝了有夫之妇的私奔提议，不想因为一时的浪漫冲动而把自己对情爱的主动权交付到任何男人手中。女性的情欲主体地位正是在自由选择和脱离依附中被建立起来，而男性所抱有的情欲主宰幻想则在文中频频遭到嘲谑。尤其是对于那种以居高临下的姿态来扮演"拯救者"的男性，她更是在信中极尽挖苦之能事。拯救者这一身份无疑是男性在女性身上投射自我英雄形象的产物。

---

[1] 雷文特罗：《从保罗到佩德罗》，第61页。

女性在拯救者眼中是消极被动，受人勾引，等人拯救的小可怜儿，而男性则通过这种不计前嫌而忍辱收取风尘中人的拯救行动塑造自己的主体地位和道德优越感。"我"却讥讽地揭示了他这番惺惺作态背后对女性的控制欲望和他自己的虚弱本质：

> 拯救者不愿做庸俗的非利士人——上帝保佑。他也完全不会指责不合法的情爱之欢本身，只是将它看得过分严肃，力图赋予它伦理圣义。他将每一次云雨之会都视作一次契机，展开严肃的谈话和要命的盘问，尤其要求听到数字和日期（可我们是那么不愿计算，也绝不会说出真相——真相可是拯救者消受不起的）。
>
> 尽管有铁证如山的反例，他也坚守女人有从一而终的秉性这一教条。[1]

拯救者这一形象在此体现了以虚假的道义和宽容为伪装的男权思想，男性的所谓拯救被揭示为对以守贞女性为基础的性别秩序的修补和重建，拯救的目的是回复到女性从属于唯一一个男性主人，而该主人拥有对她的排他性控制的状态。雷文特罗竭力塑造的，恰恰是努力追求并维护自己在情欲上的自由选择来对抗这种控制的女性，所以，她才会感叹："拯救者是个让人不快的话题——他让人神经紧张，哪怕只是口头说起。他就

---

[1] 雷文特罗：《从保罗到佩德罗》，第64页。

像是闷热的空气，让人只想尽快脱离才好。"[1] 正是对男性这种控制欲的反感，让她不愿意只停留在一个情爱对象上，而要不断地脱离固定的男女关系，在社会强制规定之外寻找某种动态的"最美的和谐"。换言之，雷文特罗的女性叙事是与男性主导的单向情欲结构环环相扣的逆向书写。

这种逆向书写也体现在了文本的写作形式上。以克里斯蒂瓦为代表的法国女性主义者曾在七十年代提出"女性写作"（Écriture féminine）概念，认为女性作为写作主体，可以通过建立自己的文学语言，反抗欧洲文学传统中的父权法则，也即逻各斯中心主义和僵硬的象征体系。[2] 虽然这一理论假设在后来的女性主义反思中也遭到批判，但是雷文特罗的《从保罗到佩德罗》的确提供了一个有力的佐证。因为她在文中有意偏离各种文体规范，以看似散漫不羁的态度，瓦解了文学中的既有秩序。作为书信体小说，雷文特罗却不给出任何日期，并让她的主人公如此来辩解：

> 我恐怕不会再习惯给我的信加上日期了。我要是这么做上一次，只因为非做不可，那么那日期通常也都是错的。我正巧不知道当天日期，也没兴致去查看，就随便写了一个上去，因为我是在十一月三号还是十号写的这封

---

[1] 雷文特罗：《从保罗到佩德罗》，第 65 页。
[2] 参见 Franziska Schößler: *Einführung in die Gender Studies.* Berlin: Akademie Verlag 2008. S. 81-83.

信，其实并无所谓。[1]

对日期的取缔，表达的是对精确控制时间的秩序强迫症的反感，也是对书信小说文体规范的质疑。信中文字的展开结束也随之表现出一种随性而至、兴尽则止的即兴特征，似乎没有一个严密的逻各斯在布局谋篇，也没有预设的情节层次，仿佛真的模拟出了她反复念叨的"茶室闲聊"。这种近似于无政府状态的写作，在多大程度上与她的女性自觉相关，作者自己给出了暗示。她反感于某一次谈话伙伴对所谈事物进行概念分类的做法，随后直接将自己的女性身份用在了与之悖逆的姿态上：

> 作为女人，不需要有逻辑，这多让人舒心！您想想，如果我要把我所有费尽力气获取的人生智慧都分类放进小盒子里，——哦，不，我更情愿把它们混在一起，扔进一个抽屉里，偶尔拿出几件来让我——或者其他人得到乐趣。[2]

如果说划分范畴、厘定类别是一种确立思想秩序的逻辑思维方式，那么这位女主人公就的确是在宣扬自己的反逻辑行为模式，并且强调了这种模式的女性特征及其带来的愉悦。作者以此营造出了男性主导的精神世界与这种以混乱和享乐为特征的"女性思维"的交锋，突出了后者颠覆前者的正当性（"但是

---

[1] 雷文特罗：《从保罗到佩德罗》，第58页。
[2] 同上书，第62页。

若依照我的感觉,他们总放错了盒子,贴错了标签。"[1]),从而在书信体小说这个虚构的文学空间里实践了一次女性的精神叛逆。

在1970年的一篇关于《从保罗到佩德罗》的书评中,女书评人慷慨陈词:"可该书对于今天的年轻人还能说出些什么来?他们能在世纪之交的那位移居施瓦宾的著名女士身上认出今天嬉皮士的祖母来吗?她衣衫褴褛却别有风采,赤脚踏着木屐走过列奥波尔德大街,提着灯壶去取煤油。"[2]

的确,雷文特罗和她塑造的女性自我与半个多世纪之后的女性解放运动及反文化运动颇多近似之处。女性在定义、体认和支配自己身体方面的自由,在性解放潮流中表现出的对传统性道德的贬弃和对单纯性爱的热烈追求似乎都可以在她的生平和作品中找到先声。但雷文特罗对其同时代的女权运动却颇为淡漠,她更看重自己作为女性个体在情爱方面的自主权而不是当时许多女权组织要求的选举权。[3] 而且,她追寻的自由始终是在波西米亚文化的框架里。这便意味着,她在日常生活中必须时时面对经济上的困窘。这与其贵族出身构成颇有意义的反讽,无形中添加了她的神话色彩,但也是她为这份自由付出的代价。另一方面,波西米亚文化圈本身又是以男性艺术家和诗人占据主导地位的小社会,雷文特罗要在其中谋求女性的主体地位,依然要在反抗男权的精神制约和迎合男性的理想投射之间取得

---

[1] 雷文特罗:《从保罗到佩德罗》,第60页。
[2] Brigitte Jeremias: "Hippies Großmutter. Franziska Gräfin zu Reventlow", in: Über Franziska zu Reventlow. S. 27.
[3] 参见 Keuler: "Die heidnische Madonna". S. 217。

平衡。她需要从这个亚文化群体中吸取叛逆和抗争的力量,也在某种程度上配合了男性艺术家对她这一女性形象的观看、评价和定义。她的自主权始终还是相对的。[1]

她的作品尤其是《从保罗到佩德罗》也终归是一种虚拟的叛逆,是纸上的解放,是自由神话的演示而非现实状况的如实记录。女性在自主决定的情爱中对自我价值的追寻或再造更多地是一种对独立身份和主体地位的文学想象,不是为新女性提供的生活方式指南,更不足为嬉皮士的反权威宣言。

---

[1] 参见 Tebben: "Die öffentliche Frau". S. 272。

第五章

审美幻境的破灭

德语国家的世纪末文学，在承接以英法为核心的反市民美学运动之际，发展出了与本国现代化经验紧密相连的审美现代性。在颓废与情欲这两大主题之下，出自不同阵营、流派和阶层的作家既吸收美学反抗精神和末世情绪，又在其中揉入了更多的生命思考与社会批判，在挪用大量意象和主题的同时又赋予了这些意象和主题新的意义内涵，构成了一个异彩纷呈的丰富谱系。在此起彼伏的现代呼声中，德语文学在世纪末的风潮中展示了本身蕴含的创新能量。

不过这样的改造大体上是一种继承中的发展，虽然种种变异之处也颇能说明德语国家世纪末美学的特色，但基调上都还是没有脱离这种由现代社会体制激发出的美学叛逆的轨道。然而还有一类文学作品，它们在这种美学叛逆内部又发展出了对这种美学叛逆的反抗或至少是讽刺。不论是颓废的叙事，还是情欲的表达，在这里都已经转化为对文学艺术本身的质疑和忧虑。诉诸感性解放的审美道路变换为让人陷入幻灭而无法自拔的审美困境。在波德莱尔的"颓废英雄主义"和于斯曼的"颓废享乐主义"以及王尔德的唯美生存方式的炫目光环下，几位德语作家发觉了这个虚幻感官世界的空洞和缝隙，转而描述这个迷人世界的破碎和崩溃。然而值得注意的是，这种变化并不是对审美道路的彻底否定，而是在封闭的唯美主义生活空间中或者面对死亡加情欲的诱惑时表露出的犹疑、担忧、惋惜、疏离又迷恋徘徊的复杂态度。这其中表现出在尼采的生命哲学及颓废批判影响下的审美反思和相应的存在焦虑感。对美的迷恋会反噬生命本身的价值而抵消唯美颓废的感官刺激的解放作用——尼采对瓦格纳音乐作为现代性症候的这种诊断，以多种形式融入了德语文学的世纪末景象中，形成了不同于英法世纪末的特殊格调。

实际上，这种对审美道路本身的反思，也植根于德意志文化本身的历史沿革与现代转型。如前所述，作为现代化后发国家的德国和奥地利，在其有教养市民和文化精英内部始终保有一种对文化民族的自我认同和对文化传统的自觉维护。在十九世纪上半叶，尚未统一的德国却拥有发达的哲学思辨与辉煌的文学成就，古典—浪漫的美学理想与精神追求都深刻地塑造了德意志的精神贵族们的心性品质，并作为文学表现范式和市民修养目标代代相传。与此相应，近代以来的德语文学里始终表现出一种探讨和呈现文学、艺术、文化修养及其代表的价值观的浓厚兴趣。诗、艺术、精神、生命意义之间的关联互动，格外频繁地浮现于文本表面而成为显在的文学主题。在歌德的《威廉·麦斯特的学习年代》开启了艺术人生的探索之后，十九世纪的德语艺术家小说（Künstlerroman, Künstlernovelle），从诺瓦利斯的《海因里希·奥夫特丁根》到霍夫曼的《金碗记》再到戈德弗里德·凯勒（Gottfried Keller）的《绿衣亨利》，都呈现了艺术家/诗人作为人类理想类型的成长发展过程，也包括这种理想走向衰落的过程。[1] 这种对艺术及审美精神作为生存状态的高度关注和深刻追问，其实贯穿于德语文学发展历史而延续至当代。在 1900 年左右的这个现代化关键时期，力求去古典而从现代的文学革新运动也掀起了别具特色的一波审美反思浪潮。这股浪潮并不止于对既有美学规范的扬弃，也有对号称现代的新范式的省思。虽然"为艺术而艺术"的极端美学追求在很大程度上继承了德国浪漫派对现代性的美学反抗，[2] 但偏偏在被时人称之为"新浪漫派"的德奥世纪末诗人、作家这里，唯美主义却遇到了多少带有批判性的反讽式再现。作为文学、文化传统的艺术与艺术家主题就在这个看似悖论的美学路线分歧的背景下获得了新的、世纪末特有的形式和内涵。上文中提到的颓废小说《认知的花园》与《布登勃洛克一家》其实已经有了此类倾向，但是不论是侯爵之子埃尔文还是布登勃洛克最后一代小汉诺，都只是刚刚具有雏形便已早早夭折的唯美主义者与颓废艺术家。真正将艺术家或唯美主义者的困境作为核心主题加以表现的，德语国家中要数霍夫曼斯塔尔的作品和托马斯·曼的其他作品最具代表性。他们的写作可以说代表了德意志特色的世纪末美学中极具反讽性但又格外微妙的一个面向：描述审美幻境的生成与毁灭。

不论是对于艺术和生活的紧张关系，还是对于语言失效的

---

[1] 参见 Volker Meid [Hrsg.]: *Geschichte des deutschsprachigen Romans*. Stuttgart: Reclam 2013, S. 331-366。
[2] 参见卡林内斯库：《现代性的五副面孔》，第 42—47 页。

危机叙事，都是在具体文本中展开的德语文学特有的世纪末画卷，是一个时代的艺术态度的自反性观照。进入这些文本，才会真正感受到世纪末美学在德奥等国发生的突变和焕发的别样光彩。

霍夫曼斯塔尔的唯美批判

霍夫曼斯塔尔在多重意义上都堪称德语文学的世纪末美学的枢纽与核心人物。首先，他是欧洲世纪末美学运动的积极响应者和热心传播者。如前所述，他从1891年开始就以发表文学评论的方式向德语文坛推荐了一系列英、法、意大利的唯美主义和颓废派作家。在这一点上，他发挥了和他自己的文学支持者巴尔类似的中转站功能。

但是他远远超过巴尔的，则是在诗歌、诗剧、散文和小说上的创作才华。他在经营自己的文学世界时，充分展示了他在评论邓南遮时提到过的"晚出生者"的颓废又怀旧的"现代感"。[1] 他以哀伤自怜的格调吸收颓废派的末世审美意象，在展露情欲放纵的快感之际又迅速从快感移向意义空虚的惆怅之感。比如这首发表于1895年的《艺术之叶》的《外部生活之谣曲》：

> 而孩子们成长，双眼深邃，
> 他们一无所知，成长然后死去。
> 而所有人走各自的路。

---

[1] 参见本书第二章前引。

而甜果由涩果育化成
而后于深夜坠落一如死去的鸟
而后横陈些许时日随后腐烂。

而风时时在吹拂,而我们一次次
听闻着,说出许多话语
而又感觉着躯体的欢欲与倦意。

而街道在草中穿行,而地点
在此在彼,载满火把、树木、水塘,
其势逼临,而又凋萎将死……

为何将这些建起?而彼此
迥然相异?而又如此繁多,难计其数?
什么在转换欢笑、哭泣与苍白的面容?

这一切以及这游戏于我们又有何益?
我们这些俨然不凡而又永远孤独者
漫游逡巡而不问目标所在的人?

纵然洞察这许多,又有何益?
而那说"黄昏"的却已道明了许多,
从这一个词中流淌出了哀伤与深意

正如中空的蜂房里流淌出沉重的蜂蜜。[1]

以衰落为中心的颓废叙事和以欲望为中心的颓废叙事都在诗歌中出现但又都被第五、第六诗节中的疑问所搁置，其特殊美感的冲击力也被柔化。在最后一节中，"黄昏"（Abend）作为关键词出现，呼应着颓废派的夕阳意象，但"哀伤"（Trauer）与"深意"（Tiefsinn）这对在德语原文中押头韵的抽象名词似乎减弱了颓废派在落日余晖中体验的感官刺激。不过独立成行的最后一句诗歌，则用"蜂蜜"再次唤起了感官愉悦，暗示空虚与沉重的悖论组合依然带来了另类审美意义上的享乐。

1896 年发表的另一首诗同样具有鲜明的颓废唯美风格。诗中以回旋反复的结构来强调一种"晚出生者"的生存姿态：陶醉于对珍奇物类和缥缈幻象的肆意体验中，在有限的生命中追求对时空界限的超离。

> 任继承者尽情挥霍
> 于山雕、绵羊和孔雀
> 那取自死去的老妇
> 手上的圣油！
> 那已死者，那滑落而去者，
> 那远处的树梢——

---

[1] [奥]胡戈·封·霍夫曼斯塔尔：《风景中的少年：霍夫曼斯塔尔诗文选》，李双志译，南京：译林出版社，2018 年版，第 14—15 页。

对于他,他们的价值
如同女舞者的步履!

他坦然而行仿佛没有监守
在他身后将他胁迫。
他微笑,当生命的
褶皱低声说着:死亡!
每一处居所都让他
神秘地临近边界之槛;
这漂泊无家者将自己
交付每一阵波澜。

野蜂之群将他的
灵魂挟去;
海豚的歌唱轻快
他的步履:
所有的土地载他
以强威的面容。
河流转入昏暗
是牧者之日的界限!

取自死去老妇
手上的圣油
且让他微笑着挥霍

于山雕、绵羊和孔雀：
他向着同伴微笑。——
于飘浮中失去重量的
悬崖与生命的
花园将他承载。[1]

这个"继承者"在飘浮、漂泊与挥霍之际，体现了一种遁逃出世的唯美者姿态，这种姿态坚决对立于节制、滞重、谨慎、自我拘囿的现代经济生活方式，是对现代性中具有压迫性的工具理性和资本精神的抵抗与挑衅。这个唯美者对世界的感知无不是自我的投射，是在大地、野蜂、海豚、花园这些生物与非生物上寄放自己无拘束的漫游。诗人借这种游离来表达快乐原则与现实原则的对抗。

然而这种洒脱不羁的文学想象并不是霍夫曼斯塔尔早期作品的唯一特征，甚至不是其主导特征。这位诗才与智性都早熟的诗人在吸纳欧洲世纪末美学的象征图式与反叛精神的同时，也很早就表达出对这种唯美追求的疑虑和担忧。在这方面，他显然深受尼采的影响。据他自己所言，"尼采是让我的思想凝结成晶体的温度"。[2] 尼采对于生命价值和此在欢乐的关注，既是对颓废美学中的欢乐原则的肯定，同时又埋下了否定颓废派封闭的唯美生活方式的伏笔，因为在他的批判性观察中，这种沉浸

---

[1] 霍夫曼斯塔尔：《风景中的少年》，第24—26页。
[2] 参见 Riedel: *Homo Natura*. S. 35.

于自己营造的感官王国的逃避式享乐只会让人远离生活，掩盖内在生命力的衰落。霍夫曼斯塔尔对这种自恋的美学道路则表现出更为复杂和矛盾的心态，他自己在评论英国著名美学理论家瓦尔特·佩特的小说《伊壁鸠鲁主义者马里乌斯》时曾坦言："小说主要证明了唯美主义（在这里等于伊壁鸠鲁主义）的缺陷，其次证明了它的巨大迷魅"。[1] 霍夫曼斯塔尔因而已经敏感地意识到，唯美主义是一种与生活脱离的艺术追求，不足以为此在生命提供充沛的意义，但他又为之着迷，表现出对这种艺术蕴含的美学能量的激赏。生活／生命（Leben）与艺术之间的隔离甚至对立，也就成为他在早期作品中持续表达的一个主题，同时也是他作品中的伤感格调的重要来源。

当然，他深知艺术要与生活保持距离才能成其为艺术，正如他在1896年的一次演讲《诗与生活》中用别致的比喻所描绘的：

> 从诗中没有一条路直接通往生活，从生活中也没有一条路可直达诗。承载某个生活内容的词和可能在一首诗中出现的梦一般的兄弟词，尽力远离彼此，漠然地从对方身旁飘过，如同一口井上两只水桶。不是任何外在法则要从艺术中驱逐出所有同生活的斤斤计较、同生活的种种争执、对生活的所有直接牵涉、对生活的所有直接模仿，驱逐它们的只是简单的无能为力：这些沉重的事物在艺术中

---

[1] "Walter Pater". In: Hugo von Hofmannsthal: *Reden und Aufsätze I*. S. 197.

无法存活，就如同一头牛在树冠上无法存活。[1]

虽然霍夫曼斯塔尔在这里表达的貌似只是一种反自然主义的诗学观，而且对生活或与生活太过贴近的词汇表露出某种轻蔑，但这种艺术与生活的分离在他的早期作品中却更多地显示为一种艺术的缺陷，一种审美人生的困境；他笔下的唯美者在远离生活之际又为这种自绝于生活的"无能为力"而焦虑。在发表于1892年的《艺术之叶》的诗《有此一生》中，他便写下了这样的梦幻式感悟：

> 薄暮时刻的山谷盈满
> 银灰色的芬芳，仿佛云丛
> 筛下的月色。夜却未深。
> 伴着这沉暗山谷银灰色的芬芳
> 我暮色般的思绪渐趋朦胧，
> 静默中我沉入那纵横交织的
> 透明之海，离开了生活。
> 那里曾有多么美妙的花朵
> 于花萼上幽然而炽烈！透过草木之丛，
> 有绛黄色的光，仿佛自明玉而来
> 以阵阵暖流奔涌闪动。这一切
> 充盈了漫漫涨溢的

---

[1] "Poesie und Leben". In: Hugo von Hofmannsthal: *Reden und Aufsätze I*. S. 16.

忧郁音乐。而这我当时已知晓，
虽然我至今不曾解悟，可是我已知晓：
这就是死亡。它化作了音乐，
带着狂烈的欲求，甜蜜，幽然而炽烈，
近似于最深沉的忧郁。
可是多么奇异！
有一种无名的乡愁怀想着那生活
在我的灵魂中无声地哭泣，它哭泣
好似某个人黯然泪下，在他
黄昏时分乘着有黄色巨帆的庞大海船
于幽蓝的水上驶过了那座城市的时刻，
那是他的父亲城。这时他看到了
条条小巷，听到了淙淙井泉，嗅到了
簇簇丁香的芬芳，看到了他自己，
那个立在岸边的孩子，有着孩子的眼睛
怯然欲哭的眼睛，他从那敞开的窗子
看到了他自己房间里的亮光——
可是那庞大的海船却载他
于幽蓝的水上无声地滑向了远方
船上有形状陌生的黄色巨帆。[1]

由于德语中的生活与生命是同一个词 Leben，这个词既可能

---

[1] 霍夫曼斯塔尔：《风景中的少年》，第6—7页。

指向世俗的、平凡的、日常的生活，也可以是尼采等人在他们倡导的生命哲学（Lebensphilosophie）中所着重强调的活力论意义上的流动而鲜活的生命本体。从这个角度来看，艺术远离生活，在某种意义上就将让个体脱离生命本源，生命能量渐趋凋萎。世纪末美学本就是从衰落和毁灭中获得奇异的快感，因而也表现出亲近死亡，美化死亡的文学想象。而在于斯曼的《逆流》中，流动的生命体在人工造物的艺术天堂里甚而被超越时间的珠宝饰物和艺术品所取代。主人公养的一只乌龟，因背负太多珠宝而死，正是如此一种极端化审美趣味的隐喻。[1] 霍夫曼斯塔尔在沿袭这种文学想象的同时又对其对立面生活/生命表达出"乡愁"的情绪，在拥抱世纪末的精致、华丽和另类之美的同时又渴求它所驱逐的生活，为自己与生命的分离感到无奈又忧伤。实际上，这正是在德国生命哲学的影响下，世纪末美学运动内部发生的一种裂变：反叛的末世想象和欲望叙事不再被视为对现代社会所禁锢的生命力的释放，反而被体验为一种新的禁锢，一种似是而非的伪生命价值载体。

就霍夫曼斯塔尔而言，他真正从不愿舍弃生活的忧伤走向对唯美取向的反讽式批判，是在 1900 年左右创作的诗剧和小说里。诗歌中较为柔和的感伤气氛转变为反差更强烈、语调更尖锐的戏剧冲突与小说叙事。

诗剧《提香之死》便是这一时期极有代表性的一部以艺术和艺术家为主题的剧作，但这部剧其实并未完成。1892 年霍夫

---

[1] 参见于斯曼：《逆流》，第 59—71 页。

曼斯塔尔在《艺术之叶》发表了序幕与剧的前半部分，原本计划还要写出下半部分，但一直没有写完。1901年，在著名画家阿诺尔德·柏克林（Arnold Böcklin）逝世之际，霍夫曼斯塔尔为其纪念活动又发表了一个修改过的版本，但仍然是不完整的残篇，他自己也在副标题里称之为"戏剧断章一则"。

剧本呈现的是意大利文艺复兴晚期的杰出画家提香死去的那一刻。而现有文本中提香从未出现，舞台上是提香门徒包括提香的儿子提香内罗在垂死艺术家的屋外等候。他们的对话则反映了一场关于艺术的路线之争。提香本人无疑是将艺术与生活/生命结合的理想形象，按照门徒们的描述，他是"创造生命（Leben）的人"，是"艺术家和活力丰沛之人（Lebendiger）"[1]，即使在死亡来临之际还迸发出了强大的创作热情和能量，以生命最后一刻的创作来实现自己人生的圆满。不论是艺术家，还是艺术作品，都没有陷入生活和艺术分离的境地，而是充分展示了蓬勃的、纯真的、有自我意志的生命力。而与之相对的，则是无法成为艺术家的门徒们代表的美学倾向。他们在赞叹这种艺术中超越凡俗的生命力时，却又用这种现成的艺术取代了自己对生命与生活的体验，只希望被动地从艺术中获取生命价值而不是主动地将生命体验和艺术创造结合起来。他们只是唯美者（Ästhet），是伪拟文艺人（Dilettant），而不是真正的艺术家（Künstler）。[2] 霍夫曼斯塔尔在这里用空间上的设置来强调他

---

[1] 霍夫曼斯塔尔：《风景中的少年》，第199页，第211页。
[2] 参见 Peter Szondi: *Das lyrische Drama des Fin de siècle*. Frankfurt a. M.: Suhrkamp 1975. S. 216-251。

们这种画地为牢、脱离生活的唯美生存方式：他们都在提香建造的山顶花园别墅中隐居而对山下普通人的生活感到恐惧和厌弃。用剧中人物德西德里奥的话来说，山下的城市虽然看上去有香味却实际上与山上纯净的艺术之美截然相反：

> 只不过在这香气中，纵然它蕴含预感，
> 却栖居着丑陋和卑劣不堪，
> 在那里与兽类比邻而居的是癫狂；
> 遥望的距离为你巧妙遮掩住
> 让人厌恶，阴暗又乏味之处，
> 其中尽是认不出美的群类
> 他们称呼自己的世界却用我们的词汇……
> 因为我们的欢乐与我们的苦痛
> 只剩用词与他们的苦乐相同……[1]

这里的词与词的分离，其实呼应了霍夫曼斯塔尔自己后来所说的"一口井上两只水桶"的艺术与生活的分离。但是他笔下的这位提香的学徒却将彼此疏离的双方视为美与丑之分，为自己遁逃至美之王国而庆幸。所以他们安于高耸栏杆之后的超脱状态，不愿接触生活。这样的描写第一次展露出了霍夫曼斯塔尔唯美批判的空间诗学，这样一种与外界隔离的空间在他之后的多部作品中还将发挥类似的象征作用。正如霍夫曼斯塔尔

---

[1] 霍夫曼斯塔尔：《风景中的少年》，第207页。

研究者杨劲所言：

> 唯美者将美推崇为最高价值，依照审美标准建构与之相应的生存模式，专注于对美的欣赏。要建立符合审美标准的生存空间，前提是超越现实环境和平凡生活。这必然导致唯美空间方案的封闭性和排他性。[1]

如此一种唯美的封闭空间，其实沿袭自英法的人工天堂（artificial paradise），是提供精英化的审美体验的独有场地，但在霍夫曼斯塔尔这里这种空间则暴露了唯美主义的缺陷：生命力在其中萎缩，存在意义无以寄托。休斯克如此评论道：

"他很清楚，艺术神庙的栖居者们，被判定只能在自己的精神中探寻生命的意义。这种人深受自我囚禁之苦，除了被动接受知觉之外，根本无从接触外界事实。"[2] 在《提香之死》里，霍夫曼斯塔尔还安插了一个十六岁的少年嘉尼诺作为门徒中的特例，用他的突破尝试来反衬自我封闭式的审美倾向。这位少年在半夜里醒来，去眺望那个被嫌恶的凡人城市：

> 我半是梦游地走到了另一边，
> 在那里看得到城市，看它如何在下方安眠，
> 她喃喃低语着蜷缩进了灯火阑珊的衣裳，

---

[1] 杨劲：《深沉隐藏在表面：霍夫曼斯塔尔的文学世界》，北京：北京师范大学出版社，2015年版，第59页。
[2] 休斯克：《世纪末的维也纳》，第14页。

> 那是月亮为着它的安睡做成，伴以潮流波浪。
> 夜风时不时吹来她的啜嚅低吟，
> 幽灵般轻盈，渐次消散的轻微语音，
> 奇异得让人忧郁，引人入迷又令人胆寒。
> 这声音我常常听到，却从未多想……
> 可当时却蓦然间感受了许多：
> 我预感这石头般寂静的沉默，
> 藏有被夜的蓝色洪流推送到高处
> 并涌动着红色血液的巴克科斯狂舞，
> 在城中屋顶周围我看见磷火闪烁，
> 神秘之物的反光悠游穿梭。
> 忽然之间我在一阵眩晕中顿悟：
> 这城市或许在睡：其中却醒着狂放、痛苦、
> 怨恨、灵、血：生命（Leben）醒着。
> 这生命（Leben），生机灵动（das Lebendige），无所不能——[1]

嘉尼诺恰恰是在封闭的空间之外感受到了生命的不息活力。这里对生命的一再重复，尤其是乍看起来多余的同一词根的形容词，不仅着重展示了嘉尼诺在挣脱唯美者的自我拘囿之际重获的生命感知，而且也呼应了提香本人在艺术创造中表达的生命体验。因此，是他而不是其他顽固留守在提香花园中的门徒

---

1 霍夫曼斯塔尔：《风景中的少年》，第205—206页。

更能继承与生命结合甚至提升生命的美学道路。霍夫曼斯塔尔正是通过塑造这个少年形象集中表达了他对唯美困境的警觉和对打破该困境的期望。

尤其值得注意的是，霍夫曼斯塔尔在这段独白中还通过巴克科斯（bacchantisch）这个词将少年的生命感受与尼采的酒神精神联系了起来。巴克科斯（Bacchus）正是拉丁语中的酒神，与希腊语中的狄奥尼索斯对应。而这里表现出的以痛苦和狂放来把握和体悟生命的律动的感知模式，正是尼采在《悲剧的诞生》中强调的悲剧艺术：不是逃避人生中的丑恶、痛苦和苦难，而是直面、承受、经历这一切之后进入狄奥尼索斯的狂喜。因此，不妨说，霍夫曼斯塔尔是在尼采的生命哲学里获取了抵抗唯美诱惑的精神资源和诗学启迪，从而形成了对世纪末美学幻境的内部挑战。

这种突围方式在另一部更为出名的独幕剧《愚人与死神》中有类似的展示。1893 年发表的这部是霍夫曼斯塔尔早期最广为人知的作品，许多人甚至将主人公克劳迪奥视为诗人本人的文学化身。[1] 而研究者们也很早就从中看出了霍夫曼斯塔尔的唯美批判态度。[2] 正如标题所示，这部剧的核心情节是愚人克劳迪奥与死神的相遇，死神将其带走，之前先让他回顾了自己的一生。然而这也是一次对唯美主义者的判决，生活与艺术的对立

---

[1] 参见 Mathias Mayer: *Hugo von Hofmannsthal*. Stuttgart; Weimar: Metzler 1993. S.37-41。

[2] 参见 Richard Alewyn: *Über Hugo von Hofmannsthal*. Göttingen: Vandenhoeck & Ruprecht 1967, S. 64-77; Hinrich C. Seeba: *Zur Kritik des ästhetischen Menschen. Hermeneutik und Moral in Hofmannsthals "Der Tor und der Tod"*. Bad Homburg: Gehlen 1970。

被表现成一种缺陷和危机而不是艺术超出生活的优越性。

主人公一出场就用长段独白表明了自己与生活的疏离，也表达了这种疏离带来的苦恼：

> 关于人间生活我能知道多少？
> 初看起来我当然也置身其间，
> 可我对它至多只是有所知晓，
> 从来无法与之交织缠绕。
> 从不曾忘我地纵身相与。
> 他人或是付出，或是收取，
> 我只是旁观而已，内心是生就的沉寂。
> 从所有怡人的嘴唇里
> 我从不曾啜饮过真实的生活琼浆，
> 从不曾被真实的痛苦伤透衷肠，
> 从未呵，从未独自哽咽着穿街过巷！[1]

这是霍夫曼斯塔尔在自己的文章中曾经描述过的"在生活中没有根 [……] 只能在生活之子中间逡巡游荡"的生存状态。与真实生活尤其是真实痛苦相隔离，并不意味着解放，反而是另一种束缚，是生活感知的缺失。接下来，克劳迪奥将目光投向他屋中用作装饰的雕像、画和古董，发出了感叹。从这感叹中我们再次见到了封闭的唯美空间对生命造成的消极作用：

---

[1] 霍夫曼斯塔尔：《风景中的少年》，第 241—242 页。

> 我如此在人工假造之物上茫然迷失，
> 连观望太阳的双眼也毫无生气
> 听也只是用死沉沉的双耳去听而已：
> 我总是拖着谜一般的诅咒在身
> 从不全然自觉，也从不彻底迷蒙，
> 带着些微的苦痛和寡淡的兴趣
> 将我的人生当作一本书来读取，
> 其中一半还未懂，另一半已无法领会，
> 在书背后才有真义，向有生之物飘飞——
> 苦我心志者也好，让我开怀者也罢，
> 我觉得它们从不将自己表达，
> 不，都只是从未来生命预支了幻象
> 是一个饱满的存在投下的空洞图样。
> 我便如此在苦痛和每一次情爱中彷徨
> 却不过只是和影子来回纠缠，
> 所有的欲望都耗尽却不曾真正享受欢情，
> 历经这混沌迷梦，总算挨到了天明。[1]

克劳迪奥对自己的人生的态度，也是一种唯美者的外在观赏和阅读，而不是真正的感受与经历。他始终带着距离感来面对生活，只是在艺术物品的世界里寻找寄托。但现在这种寄托也变得空虚。正是在认清了自己与生活的疏远之际，他的无聊

---

[1] 霍夫曼斯塔尔：《风景中的少年》，第245—246页。

和倦乏已无法靠艺术的感性刺激来排遣。而死神的到来则完全惊醒了这个在浑浑噩噩中度日的愚人。霍夫曼斯塔尔设置的这个死神角色，显然包含有一定的颓废美感，但它发挥的作用则迥然不同于经典颓废派笔下的挑衅或惊悚效果。他自称是"酒神狄奥尼索斯、爱神维纳斯的族人"和"伟大的心灵之神"[1]，他并不是生命的绝对反面，而是自然流动的生命的终结点，也是最可让生命体验自身的临界点。这样的死亡将生命的流动性和有限性引入了克劳迪奥的静止而无生气的审美幻境，打破了他以旁观者自居的自我迷恋和自我哀怜。死神以死亡之舞的形式让克劳迪奥先后见到了他忽视过、抛弃过的母亲、情人和友人的鬼魂，让他了解了自己以前未曾当作生活来生活的那些人生经历。死神因而既是活力论生命的代表，又是一种伦理力量的化身，将唯美者拉出了自造的封闭的生存空间，并且将自己内心敞开，感受自己身边的人曾有过的痛苦感受。[2] 正是在此过程中，唯美者放弃了对纯粹艺术化的生存方式的沉溺，走向了直面生存痛苦和必死结局的本真生命。于是，他可以作为"活过一生"的人死去，而不是游离于生活之外而苟活下去。这也是他在临死之际说出的感悟：

若我的生活已死，死亡，你便是我的生活！
是什么在强迫我，我这生死两不知的人，

---

[1] 霍夫曼斯塔尔：《风景中的少年》，第 254 页。
[2] 参见杨劲：《深沉隐藏在表面》，第 65—68 页。

非要把你称为死而称另一样为生？
你在一个钟头内所催逼出的生活
比整个人生所能持有的都要多，
[……]
如果现在我应灯尽火熄归于尘埃，
这一钟头已让我脑中充盈满载，
一切苍白的生活都消散而去；
只有在我死时，我才感到，我存在。[1]

这种生死互换的离奇感言，就克劳迪奥这个人物而言，意味着他在死亡的那一刻解除了唯美者与生活的隔离而重获了生者的身份，虽然这种生不是死而复生意义上的，但也足以构成一次新生。但另一方面，这种新生不足以改变他死去的命运。或者说，正是死亡，让这种生命成其为可流动可终结的生命，因此死亡在场，也才是生命在场。这个戏剧结局，就霍夫曼斯塔尔而言，正昭示了他与唯美主义既牵连又断裂的悖论式关系。他葬送了一个唯美者，唤醒了一个狄奥尼索斯式的勇于献祭生命的人。后者的向死而生，以生就死，构成了独树一帜的世纪末死亡艺术（ars moriendi）与存在美学。[2]

同样是在封闭空间里的唯美享乐者，同样是死亡作为终结，

---

[1] 霍夫曼斯塔尔：《风景中的少年》，第 271—272 页。
[2] 参见 Michael Collel: *Der Seele gottverfluchte Hundegrotte: Poetische Gestaltung und gedankliche Struktur von ars vivendi und ars moriendi im Frühwerk Hugo von Hofmannsthals.* Frankfurt a. M.: Peter Lang 2006。

霍夫曼斯塔尔发表于 1895 年的小说《第 672 夜的童话》却表现出几乎截然相反的书写风格与批判腔调：克劳迪奥是从厌倦、苦闷走向了彻悟、解脱，而小说中的主人公却是从满足、安适走向了痛苦、崩溃。霍夫曼斯塔尔以翻转的两段式结构来呈现唯美幻境的破灭，既套用童话及一千零一夜的东方故事的某些形式元素，又用噩梦般的毁灭情节构造出了一个"反童话"。

在第一部分，无名无姓的小说主人公"商人之子"在出场之际俨然就是于斯曼笔下的德赛森特与王尔德笔下的道连·格雷的结合体：自己具有美的肉身，同时又离群索居地构造出自己的美的感官王国。这也是一个超脱于凡俗社会生活的艺术世界，在其中他以自己的身体和人工制品作为世界万物的替代品：

> 他还十分注意保养自己的身体和美丽的双手，而且很看重室内的装饰。是的，地毯、织物、丝绸雕花或装有护墙板的墙壁、金属烛台和盥洗盆、玻璃及陶制容器，在他眼里，所有这些事物都蕴含着意味深长的美，而这是他从未料到的。他逐渐看出来，他的器皿中包含着世间所有的形式与色彩。[……]他长久地沉醉于这种归他所有的宏大、深沉的美中，他的每一天都倘佯在这些器皿间，美感日增，空虚减退。这些器皿不再是僵死低劣之物，而是一笔浩大的遗产，是人类世世代代的杰作。[1]

---

[1] [奥]胡戈·冯·霍夫曼斯塔尔：《第 672 夜童话》，杨劲译，见《外国文学》1998 年第二期，第 28 页。

霍夫曼斯塔尔在此完全移植了英法世纪末经典文学中的审美生存方式。在艺术世界中体验人工之美是这种生存的价值所在，也是颓废派赖以抵抗外界庸俗文化的决绝姿态。而且他更进一步，在对唯美者的刻画中加入了死亡的元素，通过对死亡的美化想象来加强这种以自我为中心、具有自我催眠倾向的唯美体验：

> 而死亡的念头来得最强烈的时刻，也就是他为冥想到美妙的思想或为自己的青春及孤独之美而沉醉之际。因为他常常从镜子里，从诗人的词句里，从自己的财富及聪慧里汲取深深的自豪，即使晦暗的谚语也不会使他心情沉重。他念道："当你死时，你的双脚会带你至葬身之地。"他看到自己非常美丽，仿佛狩猎中迷途的国王，在陌生的森林里奇异的树下，朝着陌生而奇异的命运走去。他念着："房子盖好，死亡就到。"看见死亡越过盖好的房子里那座带翅的狮子托起的桥姗姗来临，这所宫殿般的房屋里充盈着十分神奇的生命猎物。[1]

然而，霍夫曼斯塔尔对这唯美者的自恋、自满、自得的极力渲染，却是为这个过分美丽的虚幻人生的破碎做铺垫。小说的第二部分就以空间的转换来进入故事的逆转：与自己的四个仆人住在这个华美别墅里的富贵美男子，有一天接到一封指责

---

[1] 霍夫曼斯塔尔：《第672夜童话》，第29页。

他的男仆的神秘来信，震怒之下走出了自己的居所，走进了城里。寻访写信人不得之后，他先后进出一家珠宝店、一座花园的温室、一条丑陋的小巷，最后进入一个有许多士兵洗马的院子，被其中一匹马踢中，死在了简陋的小屋中。真正降临的死亡完全是他原来设想过的庄严华丽之死的反面：

> 他回视自己的生活，心中十分苦楚地否认了他曾珍爱的一切。他憎恨自己的早殇，这强烈的憎恨使他连自己的生活也一同仇恨，因为是生活把他带到了这步田地。内心的这种疯狂耗尽了他的最后一丝力气。他头晕目眩，又昏沉沉地睡了一会儿，睡得很难受。然后他醒了，想喊出声来，因为他还是孤独地躺着，但他叫不出声。最后，他吐出了胆汁，然后是血，他死的时候脸完全变了形，嘴唇开裂，牙齿和牙床都裸露出来，看起来很凶恶，简直面目全非。[1]

在死去的那一刻由美转为丑，男主人公从唯美的极端走向另一个极端，这也是王尔德的经典颓废之作《道连·葛雷的画像》的结局：

> 他们走进房间，发现墙上挂着东家的一幅肖像，同他们最近一次见到他本人的时候一样容光焕发、洋溢着奇妙的青春和罕见的美。地上躺着一个死人，身穿晚礼服，心窝里插

---

[1] 霍夫曼斯塔尔：《第 672 夜童话》，第 37 页。

着一把刀子。他形容枯槁，皮肤皱缩，面目可憎。如不仔细察看他手上的指环，他们怎么也认不出这个人是谁。[1]

实际上，《第 672 夜的童话》与王尔德的关联很早就引起了研究者的重视。这里涉及的不仅是王尔德以其著作代表的唯美主义主张，也关涉到王尔德 1894 年因同性恋情事发而遭受审判并于 1895 年锒铛入狱的轰动事件。在时人眼中，王尔德的个人遭遇多少也应验了他笔下的道连·葛雷的灭亡：唯美者的自我毁灭。早期的研究者如里夏尔德·阿列维恩（Richard Alewyn）就将霍夫曼斯塔尔的小说看作一个对王尔德受审的影射。[2] 霍夫曼斯塔尔自己则在 1905 年，也即王尔德逝世五年后，也在一篇题为《塞巴斯蒂安·梅尔莫斯》（这是王尔德在狱中的化名）的文章中对王尔德的审美道路进行过尖锐的批评，指责王尔德"时刻不停地挑战生活"[3]。不过直接将《第 672 夜的童话》视为王尔德的微缩版文学传记，还是显得太过附会。尤其值得注意的是商人之子在一个关键要素上与王尔德及其塑造的道连·葛雷有着极大的不同：后两者都以反道德和反市民的叛逆姿态来满足并展示自己的情欲。但商人之子却在自己的唯美空间里显示出一种不愿沾染肉欲的审美洁癖。霍夫曼斯塔尔让他身上的唯美主义比颓废派更极端地远离生命，将艺术与生活的对立表现得更加尖锐：这个唯美者只能欣赏精神化了的、客体化了的美，

1　王尔德：《道连·葛雷的画像》，第 247 页。
2　参见 Alewyn: *Über Hugo von Hofmannsthal*. S. 168-175。
3　"Sebastian Melmoth". In: Hugo von Hofmannsthal: *Reden und Aufsätze I*. S. 343.

而不愿打破自恋的封闭而走向肉体的交流，对情欲中的生命力采取疏远和回避的态度。

> 他被她非凡的美震住了，但他很明白，揽她入怀毫无意义。他还知道，这个女仆的美使他心里充满了向往而不是欲望，因此他收回视线，走出房间，来到巷子里。他在房屋和花园之间狭长的阴影中继续走着，心中有种奇怪的不安。终于，他来到了河边，这里住着花匠和花商，尽管他明知自己的找寻是徒劳的，但还是久久地寻觅着一朵花或一种香料，期冀着能心安理得地享受花儿的形与香或香料飘散出的芬芳，即便是片刻也行，而这种甜蜜的刺激正是女仆的美令他困惑与不安之所在。当他这样充满渴求而又一无所获地在昏暗的温室里四处搜寻，俯身在室外夜色笼罩的长长的花床上时，他的耳边总是一遍遍回响起诗人的词句，这非他所愿，令他烦恼："在丁香摇曳的花茎里，在成熟稻谷的芬芳里，你激起了我的向往；可我找到的，并非我所找寻的，而是你的灵魂的姊妹。"[1]

商人之子将女仆充满诱惑的肉体之美转移到花上，也是为了竭力维护自己的封闭而静止的唯美的生存空间，将自己与任何的生活联系隔离开来，也包括将情欲中的生命力驱逐出自己的艺术领地。这种描写其实是霍夫曼斯塔尔对唯美主义的刻意

---

[1] 霍夫曼斯塔尔：《第672夜童话》，第30—31页。

夸张和嘲讽。正如研究者们发现，将生活驱逐出艺术的，必将遭到生活的报复。[1] 人为地制造生活与艺术的对立，正是批判者眼中唯美颓废派的自我囚禁之举。将丑陋之死作为这种对立的后果来演绎，也便是在象征式地揭示这种审美道路包含的弊端与危机。这与《愚人与死神》中的含有一定解救意味的死亡结局并非同一种死亡叙事，而是对唯美主义从幻境走向绝路的一次毁灭式文学想象。

霍夫曼斯塔尔在《第 672 夜的童话》里以少见的讽刺笔调描写了一个唯美者的灭亡与一种审美理想的破灭，他是在艺术反思的角度上对于斯曼和王尔德的写作进行了批判式的回应。他在文本内对那个远离生活而绚丽离奇的封闭式生存空间的构建与拆毁，其实也可视为一种美学反思态度的隐喻。在此意义上，霍夫曼斯塔尔的诸多作品正能代表世纪末美学在德语国家产生的迷魅和遭受的质疑。

---

[1] 参见 Hans-Jürgen Schings: "Allegorie des Lebens. Zum Formproblem von Hofmannsthals »Märchen der 672. Nacht«", In: *Zeitschrift für Deutsche Philologie* 86 (1967). S. 533-561; 杨劲：《深沉隐藏在表面》，第 70—91 页。

托马斯·曼的美少年死神

不论是从其成书时间,还是从其内容主旨来看,被视为"颓废文学的经典范例"[1]的《死于威尼斯》其实都是一篇世纪末的告别之作。托马斯·曼在1911年五、六月随家人去威尼斯度假,回到德国后,耗时一年写成了这部中篇小说,在1912年发表于《新评论》杂志上,1913年在菲舍尔出版社单独出版。而这已经是世纪末美学运动在欧洲范围里逐渐退潮的时期了。更具先锋性的表现主义作家群体已经登上舞台,而世纪末文学的众多力将也在逐渐转变美学立场。一年之后爆发的第一次世界大战更是完全结束了这个纵情声色而耽于梦幻的文学时期。

从内容上来看,托马斯·曼自己回顾道:"我当时脑海中浮现的,就是艺术家尊严的问题,比如登顶大师级别者面临的悲剧。"[2] 的确,这部作品是一部世纪末的艺术家小说(Künstlernovelle),它不仅延续了德语文学史自古典—浪漫主义以来盛行的艺术家主题,而且也是托马斯·曼自己从1893年初次发表

---

[1] Helmut Koopmann: "Fin de Siècle und Décadence – Erscheinungsformen, Begründungen, Gegenbewegungen". In: Pankau: *Fin de Siècle*. S. 77.

[2] 转引自 Ehrhard Bahr: *Erläuterungen und Dokumente. Thomas Mann: Der Tod in Venedig*. Stuttgart: Reclam 2005. S. 125。

作品以来长年"记述并分析颓废"的艺术反思的顶峰之作。他在第一部树立自己风格的短篇小说《矮个子弗里德曼先生》中已经将性的迷魅、破禁的渴望和死亡结合成为富于颓废色彩的个人沉沦故事。在完成了《布登勃洛克一家》这本规模宏大的家族颓亡叙事之后，他在二十世纪初先后写了《托尼奥·克略格》《特里斯坦》和前文提到过的《维尔松之血》，呈现了波西米亚式的颓废艺术家及瓦格纳音乐所代表的颓废艺术与市民生活之间的对立。尤其是在托尼奥·克略格这个"误入艺术歧途的市民"身上，他刻画出了在漂泊不羁的艺术家处境和让人得以安身立命的市民身份之间的挣扎，从而精准地映现出世纪末美学对德国的市民文化传统和古典审美范式的冲击。而《死于威尼斯》描绘的则是一个在其晚年被颓废之美所吸引的国民作家走向沉沦和毁灭的故事，从情节上来说是"一次超越颓废的失败尝试",[1] 但也正是在这种失败中体现了作者本人对颓废美学的讽刺。托马斯·曼在小说中将美、身体欲望与死亡融为一体，让艺术家最终放弃了艺术创作，在追逐美的过程中偏离了自己的自律轨道，沦为了自己召唤出的唯美幻境的祭品，这实际上既回溯了弗里德曼先生的悲剧，又将克略格尔的艺术、生活的两难状态推向了崩溃的结局，也由此构成了托马斯·曼自己的"早期作品的终结之作"[2]。在这之后，托马斯·曼本人也真正告别了世纪末。

---

1 Thomas Mann Handbuch. Hrsg. von Helmut Koopmann. Frankfurt a. M.: Fischer 2005. S. 589.
2 Hermann Kurzke: Thomas Mann. Epoche-Werk-Wirkung. München: Beck 1991. S. 120.

小说的核心情节是一个年老作家对一个美少年的疯狂爱慕，这种同性情欲无疑包含了颠覆市民性道德的叛逆性，不过在托马斯·曼笔下却是与艺术创作紧密相连的，是让作家重获创作动力的灵感之源，但也是让作家失去自控的堕落之因。小说主人公古斯塔夫·阿申巴赫作为创作者，原本已经从青年的放浪转变为了中年的克制：

> 其实，在天才的自我塑造过程中，有多少的游戏，有多少的反抗和享受！可是，随着时间的推移，古斯塔夫·阿申巴赫的作品染上好为人师的官腔，他晚年的风格不再锋芒毕露，不再具有微妙新奇的色彩。他自奉圭臬又一成不变，他精雕细琢却墨守成规，他变得保守、刻板，甚至有些公式化。跟传说中的路易十四一样，这个年事渐高的作家从他的语言里剔除了一切不登大雅之堂的字眼。当教育部门把他的某些篇章定为中小学课堂范本时，他心安理得，当一个新登基的德意志君主在腓特烈小说的作者五十寿辰时授予他贵族头衔时，他也毫不推辞。[1]

然而老成与自律却都只是自我规训而形成的外表，阿申巴赫在内心里还是一个世纪末的颓废艺术家。他五月初在慕尼黑散步时，就涌起了要出游的冲动，要在远方暂时逃避日常的工

---

[1] ［德］托马斯·曼：《死于威尼斯》，黄燎宇、李伯杰译，北京：人民文学出版社，2012年版，第19页。

作。这也是一种对市民生活节奏及规范的自发反抗。他辗转到了威尼斯,在丽都岛上的宾馆里见到了让他心醉神迷的美少年塔奇奥。他对这个青春之美的化身,首先做出的还是一种有距离感的审美观察:

> 阿申巴赫惊奇地发现,这个男孩长得秀美绝伦。他面容白皙,娴静,蜜色的头发偎依着他的面庞。他鼻子秀挺,嘴巴迷人,脸上是一副可爱的、脱俗超凡的严肃神态。这尊面庞使人想起古希腊艺术鼎盛时期的雕塑。它有如此清纯完美的轮廓,又有如此独一无二的个性魅力,一旁观赏的阿申巴赫不得不断定,无论在大自然还是在艺术中,他都没有遇见过类似的杰作。[1]

塔奇奥在阿申巴赫眼中的第一次亮相,就与古希腊相连。而古希腊在整个西方审美传统中本就具有男性身体之美及其暗含的同性情欲诱惑的关联语义。托马斯·曼的这番描写,在世纪末语境中又尤其是对唯美范式的对接。因为王尔德在《道连·葛雷的画像》中也是这样来描写道连在亨利勋爵眼中的出场形象的:

> 亨利勋爵望着他。是啊,他确实美得出奇:鲜红的嘴唇轮廓雅致,湛蓝的眼睛目光坦然,还长着一头金色的卷

---

[1] 托马斯·曼:《死于威尼斯》,第37页。

发。他的眉宇间有一股叫人一下子就信得过的吸引力，青春的率真、纯洁的热情一览无余。[1]

而在其后回忆起这初次相见时，亨利勋爵也是将这个美少年与古希腊的艺术作品联系起来：

> 他在贝泽尔的画室里碰巧结识的这个少年，确实是一个不同凡响的典型，至少有可能塑造成不同凡响的典型。他具有俊秀的脸庞、白璧无瑕的童贞和古希腊大理石雕为我们保存下来的那种美。[2]

这种古希腊之美，构成了一种颓废派的情欲符码，投射了对抗市民平庸审美与性规范的唯美理想。然而，王尔德笔下的这种美是道连进入享乐主义生活方式的资质保障，而亨利勋爵在这过程中扮演了引诱者的角色。托马斯·曼却将这种关系颠倒过来，美少年因其超凡脱俗的美而成为引诱者，让观看他的作家陷入颓废的感官享乐。

不过，这种沉沦并非一次性的快速坠落，而是逐步推进的，伴随着诗学层面上对美和艺术的讨论。托马斯·曼不仅吸收了颓废派对古希腊的男性美的调用手段，还通过复制柏拉图哲学的情欲话语让自己笔下的故事进一步古希腊化：他采用了文本

---

[1] 王尔德：《道连·葛雷的画像》，第19—20页。
[2] 同上书，第42页。

拼贴的手法，直接把柏拉图对话集中的《斐德若篇》挪进了文本中。受到美少年吸引的阿申巴赫在自己的想象中进入了苏格拉底与美男子斐德若讨论美与爱欲的情境中，从而为自己对美色的沉醉获取一种合法性。他自己设想，他会由男性身体的感性之美出发而向美的理念上升，领受智性上和创作上的欢乐。所以他进入的第一个境界，还暂时是在"安全距离之外"的观赏，将美转化为写作的灵感与精神上的愉悦。然而托马斯·曼也在这种升华的描述中埋下了情欲爆发的伏笔：

> 他想看着塔奇奥写作，下笔时把男孩的身体当模型，让他的文笔从这个美如天仙的身体的线条中得到灵感，想把男孩的美提升到精神领域，就像当初苍鹰攫住特洛伊牧人扶摇上天。现在，他坐在帐篷地下一张粗糙的桌子旁边，眼观这美的偶像，耳听偶像那音乐般的嗓音，依照塔奇奥的美字斟句酌地撰写起这篇短小的论文。[……] 多么奇特的时光！多么苦人的写作！精神和一个肉体的媾和是多么的不可思议！当阿申巴赫捡好论文、离开沙滩的时候，他已经精疲力竭，甚至感觉散了架。他还受到良心的谴责，仿佛他经历了一场性放纵。[1]

写作固然是作家对美的某种吸收和征服，但也是他对自己被压抑的情欲的变相释放。阿申巴赫在写作中完成了一次准性

---

[1] 托马斯·曼：《死于威尼斯》，第67页。

体验之后，也开始感受到自己不可遏抑的情欲冲动。即使在得知瘟疫降临水城威尼斯之后，他也决意留在自己所爱之人身边，尾随他，观看他，在僻静无人处说出自己对他的爱。对美的形式的沉醉，终究还是引发了他的颓废本质中对摆脱形式规范的渴望，对致死的爱欲的迷恋，对本能的放纵。众多研究者都在这种转变中看到了尼采对托马斯·曼的影响，认为在阿申巴赫身上，"狄奥尼索斯精神压倒了阿波罗精神"[1]。阿申巴赫面对塔奇奥，的确是从节制与自律走向了疯狂与迷醉的非理性状态，而他自己也完全意识到了这种转变，而且还从美学角度来论证诗人沉沦的必然性。他再次在脑海中请来了苏格拉底为自己辩护，不过这次托马斯·曼不再是对柏拉图对话的原文引用，而是让阿申巴赫戴上苏格拉底的面具来坦白自己心甘情愿的堕落：

> 我们诗人不可能获得智慧，也不可能获得尊严，我们必定要误入歧途，必定要放纵，必定要在情感世界历险[……]我们的大师风范是谎言，是骗人的把戏，我们的名誉和地位是一场闹剧[。]我们坚决抨击认识，从此以后我们只追求美，也就是追求质朴、伟大，新的严谨，再度超脱形式。可是，斐德若，形式和超脱会导向迷狂和欲望，也许会使高贵的人陷入令人发指的情感放纵，若以他自己的美的严谨来衡量，这种放纵便是无耻之举，必须大加鞭笞。形式和超脱通向深渊，它们竟然也通向深渊。我说，

---

[1] 参见 Kurzke: *Thomas Mann*, S. 124-125; *Thomas Mann Handbuch*. S. 586。

它们就把我们诗人引向那边，因为我们无力振作，我们只会放纵。[1]

　　这里所写的"无力振作而只会放纵"的诗人，显然并非普遍意义上的诗人，而是世纪末美学运动中形成的颓废诗人形象。阿申巴赫在确认自己从迷恋美而进一步深陷情欲旋涡时也明确了自己作为诗人的颓废实质。不过，单纯从尼采提出的狄奥尼索斯精神来解释托马斯·曼在《死于威尼斯》中表现出的颓废倾向，多少是有点曲解尼采或者托马斯·曼心目中那位"无与伦比的、最伟大、最有经验的颓废心理研究者"的尼采。如前所述，尼采的酒神精神旨在从审美角度来释放生命潜能而回归物我融合的原初太一，是一种克服现代性对人性的异化的审美救赎道路。但托马斯·曼笔下所展示的阿申巴赫的迷狂、沉沦与放纵，却是带着罪恶感和无奈感的颓废状态，是重新爆发的欲望能量对自我的报复和反噬，不是美对生命的救赎而是唯美追求召唤出的毁灭。托马斯·曼让阿申巴赫在自言自语中做这一番自白，并不是让他为自己的酒神精神发声，而是暴露一个自诩为艺术家和诗人的唯美者的虚弱本质。他只是在表面上继承了写《悲剧的诞生》的尼采，而在本质上却是在延续写《瓦格纳事件》的尼采的颓废批判。阿申巴赫和瓦格纳一样，是靠演技在支撑自己华丽庄严或激荡人心的美学显像，掩盖他们自己的内在虚弱和颓废病态。如果说尼采是直接以美学评论的方

---

[1] 托马斯·曼：《死于威尼斯》，第105—106页。

式,从维护生命价值的立场来拆穿瓦格纳的"骗局",那么托马斯·曼就是辗转迂回地用文学虚构,从美、艺术与情欲的三角关系来呈现世纪末作家的堕落宿命,在超越角色之上的叙事者层面表露了对角色所代表的颓废美学的讽刺。虽然他自己虚拟了一段苏格拉底对斐德若的自白,但他对颓废心理的剖析倒是很切合柏拉图对话中关于灵魂内部不同力量之间的制衡与失衡的比喻式描写。作为现实法则来控制自我的是御马者,偏于节制的自我是良马,而代表本能驱动力的是劣马,三者的均衡在爱欲前面临倾覆的危险:

> 当御马者一看到那双激发爱欲的目光,整个灵魂就会因这感觉而发热,渐渐爬满渴求的痒痒和刺戳。两匹马中顺从御马者的那匹这时像往常一样受羞耻强制,克制自己不扑向所爱欲的。另外那匹却不顾御马者的马刺和鞭子,又蹦又跳往前拽——这就给同轭的伴儿和御马者带来种种麻烦,强迫他们靠近那些男孩,还提醒他们那些性爱的魅力。同轭的伴儿和御马者起初还气恼地挣脱,因为,这是在被强迫去做可怕的和有违礼法的事。可是,如果这种劣性不止,他们就会做出让步,最终被劣马引领前往,同意去做被命令去做的事情。[1]

《斐德若篇》关于爱欲冲动与道德节制之间的冲突的描述,

---

[1] 《柏拉图四书》,第340—341页。

完全可以视为十九、二十世纪之交弗洛伊德在精神分析学说中论述的性本能与性压抑之间的对立关系的遥远先声。后来，弗洛伊德在发展自己的自我心理结构学说时也曾使用过御马者与马的隐喻。在1923年发表的《自我与本我》中，他写道："如果一个骑手不想同他的马分手，他常常被迫随它到它想去的地方去；同样如此，自我经常把本我的愿望付诸实施，好像是它自己的愿望那样。"[1] 但实际上他在1900年发表的《释梦》中已经涉及马与骑士的主题，同时也暗示了这组梦意象的欲望内涵。[2]

弗洛伊德以欲望与压抑的对立与互动来解释梦的形成机制，而托马斯·曼则从中获取了文学创作的灵感，通过书写梦境来袒露主人公的被压抑的性欲，强化了貌似单纯的审美体验背后涌动的原始欲望的能量。《死于威尼斯》这部艺术家小说也因此成为德语文学的一个世纪末经典文本：它在直接讨论审美问题并呈现颓废状态之际，将取自弗洛伊德的欲望表现手法与取自尼采的批判精神融合为一。阿申巴赫所做的酒神狂欢祭祀之梦，就是非常符合弗洛伊德学说的欲望叙事：

> 这天夜里他做了一个可怕的梦，如果可以把梦称为一种肉体—精神体验。[……]梦境就是他的心灵，梦中的事件从外面潮涌而入，粗暴地粉碎了他的防线，一道坚固的精神防线，它们长驱直入，将他的生活，将他在生活中筑

---

1 ［奥］弗洛伊德：《自我与本我》，车文博主编，北京：九州出版社，2014年版，第167页。参照原文做了少量修改。
2 参见弗洛伊德：《释梦》，第225—227页。

起的文明堡垒夷为焦土，夷为平地。[1]

托马斯·曼完全是以弗洛伊德的释梦理论为参照写出梦对所谓现实法则和社会规范约束的攻击和反叛。当然在这里，生活和文明指向诗人对自己的节制和对尊严的维护。在描述梦的内容时，他也像弗洛伊德所分析的那样，采用了移置和象征的手法，让狄奥尼索斯狂欢中的淫乱群体来充当阿申巴赫的分身，又用阳具崇拜和集体癫狂夸张地表现出这位主人公的潜意识中的性欲求。尼采所推崇过的狄奥尼索斯此时完全成为召唤和释放性本能的异教偶像，导向淫乱的疯癫已不再是尼采的审美道路，而是弗洛伊德的泄欲梦境。[2] 实际上，阿申巴赫在这场纵欲之梦里被展示为一个具有神经质特征的现代人，因现实的压抑而在梦中格外亢奋激狂：

> 他的心灵渴望参加异乡的神［即狄奥尼索斯］指挥的轮舞。这时，用木头雕刻的淫荡象征物被揭下帷幕，它高高挺立，硕大无朋，他们变得更加疯狂，他们高喊口号，口淌白沫，用淫荡的表情和猥亵的手势互相挑逗，他们时而大笑，时而呻吟。他们又举起带刺的木棒，戳进对方的皮肉，舔食肢体流出的鲜血。此时此刻，这个做梦的人也

---

[1] 托马斯·曼：《死于威尼斯》，第97页。
[2] 德语学界已经有研究者发现，关于狄奥尼索斯狂欢的描写并不是来自尼采的《悲剧的诞生》，而是有其他的来源。参见 Ehrhard Bahr: *Erläuterungen und Dokumente. Thomas Mann: Der Tod in Venedig.* S. 65-67.

和他们为伍，也成为他们当中的一员，也听从异乡的神的指挥。没错，他们就是他本人！[……] 他在内心深处津津有味地品尝着沉沦之中的放纵和疯狂。[1]

这里的放纵和疯狂，与英法经典颓废派表现出了同样品质和程度的叛逆性和刺激性。然而，托马斯·曼描绘出这样一幅场景却并非要认同颓废派的挑衅美学，反而是对其进行嘲讽：这样的性狂欢仅仅是在阿申巴赫的梦中出现，其实是他在爱欲上的渴求得不到满足而在自己的内心世界产生的虚幻补偿。而另一方面，他在白日里如此迷恋的美，却是他始终可望不可即的"立像和镜子"[2]。而随着情节的发展，这种美的诱惑，这种精神放纵的刺激，又越来越成为死亡的勾引。致死的霍乱传染病一步步逼近，逐渐笼罩整座水城，让丽都岛上的颓废最终转化为生命的彻底终结。托马斯·曼再一次巧妙而讽刺地复现了颓废美学中的死亡与爱欲之联合。但是他写下的这个颓废故事，既不是对死亡的美化，也不是宣扬爱欲的享乐，而是将美与死亡之间的密切结合作为颓废作家的没落宿命来呈现。美少年塔奇奥，让阿申巴赫神魂颠倒，丢弃尊严而甘愿守候在瘟疫肆虐的威尼斯。他是美的化身，同时也是死神的分身。他的青春之美引发情欲，却又不让这情欲得到满足；他在海波荡漾而恶疾弥漫的水城背景前发出死亡的召唤，但这死亡不是解脱而是毁

---

[1] 托马斯·曼：《死于威尼斯》，第 99—100 页。
[2] 同上书，第 64 页。

灭。其实，他就是颓废作家为自己制造的一个审美幻象，颓废作家自己被囚禁在这幻象里而走向灭亡。托马斯·曼借助这个形象写出了颓废美学的虚幻和威胁。尤其是全书最后一个场景中，塔奇奥最终被定格为引导灵魂走向冥界的使者，美与死的统一体，而作家则完全无力抵抗只能随之赴死。

> 他在水中徜徉，广阔的水域把他与陆地分开，傲气使他与同伴分离，他完全是一个遗世独立、与世隔绝的形象。他的头发在远处的水面上迎风飘扬，他的前方是烟雾迷蒙、一望无际的大海。他走走停停，寻觅顾盼，突然间，他像是有了一种回忆，有了一丝冲动，于是他一只手放在臀部，姿势优美地转动上身，目光投向岸边。观察他的人坐在那里，跟当初这朦胧的目光从门槛处和他首次相遇的情形一模一样。[……]他仿佛觉得远处那个苍白而可爱的勾魂者正冲他微笑、眨眼；而当勾魂者将手从臀部移开时，他又仿佛觉得他在指向、觉得他正飞向那充满希望、神秘莫测的福地。于是，他一如既往地紧随其后。
>
> 过了好一会儿，才有人赶来抢救这个斜倒在椅子上的人。他被送回房间。就在当天，他的死讯就震撼了景仰他的世人。[1]

在甘心承受堕落命运的作家的主观感知里，他放弃了单纯

---

[1] 托马斯·曼：《死于威尼斯》，第108—109页。

的审美观看，接受了死亡与美的诱惑，在肉体静止无力的状态下灵魂出窍，追随自己的情欲对象去虚无缥缈的海天之际与其结合。美、性爱、死亡作为世纪末的三位一体，在作家放弃写作，个人放弃生命的时刻得到了感性的显现。

然而，在外部叙事的层面，作家则是在海边眺望少年时因自己身上的霍乱发作而死。在不知情的世人眼中，这是一场突如其来的死亡，与爱欲与美并无关联。他们也无从得知，作家在最后一刻已经不成其为荣誉名望加身的大师级作家，而是一个在生活中无处安顿自我的唯美者。这种视角的转换也表达出了托马斯·曼本人从颓废派立场脱离出来，冷眼反观这种颓废之美的幻灭心态。他和霍夫曼斯塔尔一样，在唯美主义和颓废派的文学潮流中感受到了迷魅，但更察觉了其中的虚幻与不足，尤其看到了这种潮流内含的艺术与生活/生命的矛盾。他们也都用唯美者之死来尖锐地展现审美世界如何变为困局与绝境。他们的作品既是世纪末美学的载体，也是葬送世纪末美学的挽歌式变体。

托马斯·曼自己 1940 年在美国回顾他在世纪末阶段的写作时，也非常明确地将《死于威尼斯》视为自己早期创作的终结之作，将其描述为"在道德上与形式上对颓废问题与艺术家问题所做过的最极致、最凝练的文学塑形"[1]。其实不仅仅是对托马

---

[1] 转引自 Ehrhard Bahr: *Erläuterungen und Dokumente. Thomas Mann: Der Tod in Venedig.* S.132。

斯·曼个人而言，这部艺术家小说在德语文学里也是以精巧的形式对世纪末美学进行了一次回光返照式的总结式呈现。青春之美，反道德之情欲，死亡之引诱，唯美主义与颓废派的经典元素都有所重现；弗洛伊德所解析过的梦的欲望法则，尼采所批判过的颓废艺术家的病症，也都被引入文本叙事中。世纪末美学的魅力、冲击力和最终的幻灭都如图穷匕见般展开和暴露。阿申巴赫的耽美畸恋终结于海边的死亡，而这也喻示了德语文学中的世纪末美学波澜涌起又跌落而消散。随着文中作家的死讯传向世界，世纪末文学的炫目奇景也徐徐降下了终场的帷幕。

结语

德语国家的世纪末：
一种现代文化形态

在阐述"世纪末与颓废派"的文章里，德国文学教授赫尔穆特·科普曼（Helmut Koopmann）以海因里希·曼的小说为例，对德语文学中的世纪末文学形象做了精彩的评述："这些'疲弱的现代人'最终都非常清楚，他们是颓废派，迷恋强大的梦，却患着生活的病。"[1] 这句话也可作为本书的一个总结：德语国家的世纪末是在文化领域里形成的一种现代化经验，不仅仅是欧洲世纪末美学的延伸，也是德奥作家们在特定的文化历史语境中的独特创造。颓废之梦与生活之病的联结，是这种世纪末形态的显著标志。就写作者而言，他们描绘这种梦境，这种审美幻象的同时，也往往以疏离、反思与讽刺的叙述格调来凸显这种审美倾向与生活之间的矛盾，展示梦中人与做梦人的虚弱本质，既是复现又是破除世纪末的颓废、唯美与叛逆。在此过程中，现代性造成的精神困境也演化为最初的现代美学困境而在文本中得到了直接体现，并在另一个层面上构成了新的象征形式和叙事风格。这也正是德语国家的世纪末美学的独特价值所在。

---

1 Helmut Koopmann: "Fin de Siècle und Décadence". S. 83.

当然，这种包含反思与反讽的文学创作并没有因此而彻底脱离出世纪末美学的轨道而走向其对立面。德语国家的世纪末文学是在继承的基础上展开的变异与创新。十九世纪末，从英法兴起的这场反市民美学运动，由其敏锐的现代意识出发，从美学上突破古典范式的约束而展开对现代处境的表达和对反现代审美生活的想象。作为整个审美现代性发展的关键阶段，它既继承浪漫派的反理性传统，又融入了对现代文明盛极而衰的末世想象，以离经叛道的审美趣味和性描写来制造对立于庸俗日常的奇异文字世界。以感官享乐和悖常情欲打破规范秩序，从毁灭中获得刺激和快感，这样的审美创作倾向对于德语文学自身的现代化起到了一定的示范作用。这在很大程度上是因为德语国家也在十九世纪下半叶经历了一个快速的现代化时期，政治经济的转型和社会结构的巨变也在精神层面激起了不满与反抗的情绪。世纪末的激进审美方案势必为敏感的文艺创作者提供一种发泄和遁逃的渠道。

从豪普特曼的自然主义戏剧、格奥尔格与霍夫曼斯塔尔的早期诗歌、硕布施瓦夫斯基的情欲小说、魏德金德和施尼茨勒的性主题戏剧到雷文特罗的波西米亚式女性写作中都不难看到这种世纪末美学的延续性。衰落和病态的意象，身体欲望的直白展示，反抗既有性规范的意志，都是世纪末美学的核心主题。

然而，德语国家的现代化也具有自身的特殊性。

首先是现代化在思想史上催生出了新的人性观察和对人生意义的新定义。这其中尼采和弗洛伊德是对世纪末的文艺创作最具影响力和标志性的两位现代性思想家。尼采既让审美道路成为现代性批判尤其是道德批判的重要路径，也以其生命哲学展开了对颓废美学的批判，从而开创了世纪末美学中内部批判的先河。他对生命价值的高度张扬和对颓废迷梦的冷峻揭露，都渗透进了世纪末的德语文学作品之中。弗洛伊德同样参与塑造了德语国家的世纪末文化，对德语国家尤其是奥地利的现代作家们产生了推动作用。他从精神分析角度对性本能与性压抑的纠缠关系的观察和总结，正切合作家们力图表达的现代社会中现代人特有的神经质状态和性欲冲动。而他对梦的阐释更是让德语文学中的梦叙事有了更多的本能指向，寄托了更多的欲望象征。只不过他还不是尼采那种世纪末精神偶像，但是他的写作与作家们的写作之间的同质特点，正说明世纪末的医学界与文艺界共享同一时代话语，面对同样的现代性问题。

而现代化对文艺创作的另一个直接作用则是通过都市化来进行的。巴黎与伦敦的颓废风尚和审美趣味传播到柏林、维也纳和慕尼黑等现代大都市之后才在德语国家掀起了类似的文艺热潮。都市化本身，正如西美尔所示，也是对人的精神生活和心理结构的重要改造。而都市空间又成为现代文艺发源的重要场地，成为新兴思潮的原产地与中转站。一方面，叛逆性的新兴文艺创作更需要都市提供的宽容气氛、交流通道与发表平台。另一方面，社会规范与先锋文艺的对峙又是在城市中发生，但这又进一步刺激了后者的发展。所谓"文学丑闻"也正是世纪末层出不穷的文化对抗现象。

德语国家的现代化的特殊性也体现为不同城市所代表的文化差异性。工业发达而社会矛盾尖锐的柏林，文化传统深厚而文艺创新活跃的维也纳和亚文化圈子蓬勃发展的慕尼黑正代表了现代化在文化领域发展出的不同侧面。现代城市发展的不同形态深刻决定了不同作家群体的创作格调：柏林自然主义作家群和维也纳青年派之间的对立就是非常典型的例子。前者有着更多的社会关切和革命激情，而后者流露出的是恋旧感伤的格调和对现代文明的厌倦。但本书也表明，两者的对立并不绝对，反而有着内在的许多联系。他们都标榜自己的现代性，并从不同角度发扬了世纪末的颓废和性欲主题。而慕尼黑的波西米亚文化同样也提供了世纪末文学发展的土壤，这里的文艺交流氛围与反市民的生活样式催生出了诗歌、小说、戏剧中众多遗世独立或放荡不羁的世纪末形象。

然而，德语文学在世纪末美学运动中最突出的贡献，如前所述，正是文学文本直接呈现的审美反思。德语文学向来有在文学文本的显在界面上探讨艺术道路及人生价值的美学思辨倾向，这种反思与讨论的传统在尼采影响下也成为德语国家的世纪末中的一个显著特色。尼采在批判瓦格纳的颓废艺术之际，也坦言自己是颓废派，颓废是现代性的病症，是现代人必须要面对的命运，但也是需要现代哲学家和艺术家努力克服的弊端。在这一方面，霍夫曼斯塔尔与托马斯·曼是极有代表性的尼采传人。他们都在自己的作品中移植了对平庸的市民生活的蓄意反抗，但也都将颓废的、唯美的、自恋的生活方式作为一种自我囚禁和生命力衰落的存在困境来呈现，既刻画出其迷人的一面，也揭示其虚幻性与破坏性。因此，世纪末的美学在这里演变为超脱常规的艺术理想及这种理想的幻灭的双重演绎。现代美学的现代性在此体现为对自身的观照和批判，是对自身的内省和反讽。

欧洲的世纪末美学，就其基本倾向而言，是厌世的、挑衅的、刺激的、离奇的、浮华的、狂欢的、非理性的、反道德的、颓靡放纵又自恋的。而德语国家的世纪末文学，如果以想象式的叛逆和人性描写的激进为尺度来衡量，似乎是不彻底的、含糊的、暧昧的、躲闪的、疏淡的、犹疑的、歧义丛生的、欲迎还拒的、心有旁骛的、自我否定的。众多作品虽然都在沿用颓废的意象、没落的主题、性的话语，但又表现出放纵之外的追求，以及对放纵的冷峻旁观与批判讽刺。然而正是这种多义性和批判性，让世纪末美学获得了更深的智识思考与文化批判的维度。现代化在精神领域和审美领域不仅仅激起了针锋相对的反抗，也引发了对美和人生的更多思考，对精神危机和存在焦虑的更多体察。德语国家的这场美学运动表现出了现代人充满矛盾的精神世界和现代艺术充满悖论的变化态势，也由此可以视为现代文化在这个特定历史时期发展出的一个重要形态。现代文化作为现代社会的象征系统，正是在此意义上反映出现代性不断衍生内部矛盾，不断在自我否定中完成自我更新的演变历程。

德语国家的世纪末，关乎美，不止于美，延续反叛，超越了反叛，号为终结，实为过渡，预示了开端。现代人的颓废之梦已经破碎，生活之病有待未来的治愈，美还将再一次涅槃重生。

参考文献

中文：

［法］保罗·利科：《弗洛伊德与哲学：论解释》，汪堂家、李之喆、姚满林译，杭州：浙江大学出版社，2017年版；

［美］彼得·盖伊：《弗洛伊德传》，龚卓君、高志仁、梁永安译，北京：商务印书馆，2018年版；

［美］彼得·盖伊：《现代主义：从波德莱尔到贝克特之后》，骆守怡，杜冬译，南京：译林出版社，2017年版；

［法］波德莱尔：《1846年的沙龙：波德莱尔美学论文选》，郭宏安译，桂林：广西师范大学出版社，2002年版；

［法］福柯：《性经验史》，佘碧平译，上海：上海人民出版社，2009年版；

［德］弗兰克·韦德金德：《青春的觉醒》，潘再平译，见：《西方现代戏剧流派作品选（三）》，汪义群编，北京：中国戏剧出版社，1992年版；

［德］弗兰西斯卡·祖·雷文特罗：《从保罗到佩德罗》，李双志译，见：《德语文学与文学批评》，第七卷，2013年；

［奥］弗洛伊德：《爱情心理学》，车文博主编，北京：九州出版社，2017年版；

［奥］弗洛伊德：《释梦》，孙名之译，北京：商务印书馆，2016年版；

［奥］弗洛伊德：《癔症研究》，车文博主编，北京：九州出版社，2017年版；

［奥］弗洛伊德：《自我与本我》，车文博主编，北京：九州出版社，2014年版；

［德］格奥尔格·西美尔：《大都会与精神生活》，见：《城市文化读本》，汪民安、陈永国、马海良主编，北京：北京大学出版社，2008年版；

谷裕：《德语修养小说研究》，北京：北京大学出版社，2013年版；

韩瑞祥：《赫尔曼·巴尔：维也纳现代派的奠基人》，《外国文学》2007年第一期；

韩瑞祥等译：《施尼茨勒作品集 III》，北京：人民文学出版社，2017年版；

［德］赫尔弗里德·明克勒：《德国人与他们的神话》，北京：商务印书馆，2017年版；

［奥］胡戈·冯·霍夫曼斯塔尔：《第672夜童话》，杨劲译，见《外国文学》1998年第二期；

［奥］胡戈·封·霍夫曼斯塔尔：《风景中的少年：霍夫曼斯塔尔诗文选》，李双志译，南京：译林出版社，2018年版；

［法］吉尔·德勒兹：《尼采与哲学》，周颖，刘玉宇译，郑州：河南大学出版社，2016年版；

［美］卡尔·休斯克：《世纪末的维也纳》，李峰译，南京：江苏人民出版社，2007年版；

柳鸣九编：《法国自然主义作品选》，天津人民出版社，1987年版；

刘小枫编译：《柏拉图四书》，北京：生活·读书·新知三联书店，2015年版；

[美]马歇尔·伯曼：《一切坚固的东西都烟消云散了：现代性体验》，徐大建、张辑译，北京：商务印书馆，2015年版；

[美]马泰·卡林内斯库：《现代性的五副面孔》，顾爱琳、李瑞华译，南京：译林出版社，2015年版；

[德]尼采：《悲剧的诞生》，孙周兴等译，上海：上海人民出版社，2018年版；

[德]尼采：《尼采著作全集·第四卷：查拉图斯特拉如是说》，孙周兴译，北京：商务印书馆，2017年版；

[德]尼采：《尼采著作全集第五卷》，赵千帆译，北京：商务印书馆，2016年版；

[德]尼采：《尼采著作全集·第六卷》，孙周兴、李超杰、余明峰译，北京：商务印书馆，2016年版；

[德]托马斯·曼：《布登勃洛克一家》，傅惟慈译，南京：译林出版社，2009年版；

[德]托马斯·曼：《托马斯·曼散文》，黄燎宇等译，北京：人民文学出版社，2014年版；

[德]托马斯·曼：《死于威尼斯》，黄燎宇、李伯杰译，北京：人民文学出版社，2012年版；

[德]瓦尔特·本雅明：《巴黎，十九世纪的首都》，刘北成译，商务印书馆，2013年版；

[英]王尔德：《道连·葛雷的画像》，荣如德译，上海：上海译文出版社，2011年版；

［法］西蒙娜·德·波伏瓦:《第二性II。实际体验》,郑克鲁译,上海:上海译文出版社,2011年版;

解志熙:《美的偏至:中国现代唯美-颓废主义文学思潮研究》,上海:上海文艺出版社,1997年版;

［德］于尔根·哈贝马斯:《现代性的哲学话语》,曹卫东译,南京:译林出版社,2011年版;

［法］于斯曼:《逆流》,余中先译,上海:上海译文出版社,2015年版;

杨劲:《深沉隐藏在表面:霍夫曼斯塔尔的文学世界》,北京:北京师范大学出版社,2015年版;

袁可嘉:《欧美现代文学概论》,桂林:广西师范大学出版社,2003年版;

周宪:《审美现代性批判》,北京:商务印书馆,2016年版;

［加］朱利安·汉纳:《现代主义文学的核心概念》,上海:上海外语教育出版社,2016年版;

中央编译局:《马克思恩格斯选集》第二版,第一卷,北京:人民出版社,1995年版;

英文:

Barnheimer, Charles: *Decadent Subjects. The Idea of Decadence in Art, Literature, Philosophy, and Culture of the Fin de Siècle in Europe.* Baltimore; London: Johns Hopkins University Press 2002;

Jackson, Holbrook. *The Eighteen Nineties: A Review of Art and Ideas at the Close of the Nineteenth Century*. London: Grant Richards, 1913.

Ledger Sally; Luckhurst Roger ed.: *The Fin de siècle. A reader in cultural history, c. 1880-1900*. Oxford: Oxford University Press 2000;

Levenson, Michael ed.: *The Cambridge companion to modernism. Cambridge: Cambridge University Press 2011*;

Marshall Gail ed.: *The Cambridge companion to the fin de siècle*. Cambridge 2007;

Schoolfield, George C.: *A Baedeker of Decadence. Charting a literary fashion. 1884-1927*. New Haven & London: Yale University Press 2003;

Showalter, Elaine: *Sexual Anarchy. Gender and Culture at the Fin de Siècle*. London: Virago 2010;

Templeton, Joan: "The Doll House Backlash: Criticism, Feminism, and Ibsen". In: PMLA, Vol. 104, No. 1 (Jan., 1989), S. 28-40;

Weintraub, Stanley: *The Yellow Book: Quintessence of the Nineties*. New York: Doubleday 1964;

Weir, David: Decadence and the Making of Modernism. Amherst: University of Massachusetts Press 1995;

德文：

Alewyn, Richard: Über Hugo von Hofmannsthal. Göttingen: Vandenhoeck & Ruprecht 1967;

Alt, Peter-André: *Sigmund Freud. Der Arzt der Moderne. Eine Biographie.* München: C.H. Beck 2016;

Andrian, Leopold: *Der Garten der Erkenntnis.* Zürich: Manesse 1990;

Asholt, Wolfgang; Walter Fähnders [Hrsg.]: *Fin de siècle. Erzählungen, Gedichte, Essays.* Stuttgart: Reclam 1993;

Aurnhammer, Achim; Wolfgang Braungart; Stefan Breuer; Ute Oelmann [Hrsg.]: *Stefan George und sein Kreis. Ein Handbuch.* Berlin; Boston: De Gruyter 2016;

Bahr, Ehrhard: *Erläuterungen und Dokumente. Thomas Mann: Der Tod in Venedig.* Stuttgart: Reclam 2005;

Bahr, Hermann: *Die gute Schule.* Berlin 1890;

Bovenschen, Silvia: *Die imaginierte Weiblichkeit.* Frankfurt a. M.: Suhrkamp 1979;

Breuer, Stefan: Ästhetischer Fundamentalismus: Stefan George und der deutsche Antimodernismus. Darmstadt: WBG 1995;

Broch, Hermann: *Hofmannsthal und seine Zeit.* München: Piper & Co 1964;

Collel, Michael: *Der Seele gottverfluchte Hundegrotte: Poetische Gestaltung und gedankliche Struktur von ars vivendi und ars moriendi im Frühwerk Hugo von Hofmannsthals.* Frankfurt a. M.: Peter Lang 2006;

Fischer, Jens Malte: *Fin de siècle. Kommentar zu einer Epoche.* München: Winkler 1978;

- *Jahrhundertdämmerung. Ansichten eines anderen Fin de siècle*. Wien: Paul Zsolnay 2000;

Fischer, Norbert [Hrsg.]: *Hauptstädte um 1900*. Dortmund: Harenberg 1987;

Florack, Ruth: *Wedekinds "Lulu": Zerrbild der Sinnlichkeit*. Tübingen: Niemeyer 1995;

Freud, Sigmund: *Studienausgabe*, Bd. IV. *Psychologische Schriften*. Hg. v. Alexander Mitscherlich, Angela Richards, James Strachey. Frankfurt a.M.: Fischer 1982;

Freud, Sigmund; Josef Breuer: *Studien über Hysterie*. Leipzig; Wien 1895. Neudruck: 6. Auflage. Frankfurt a. M.: Fischer 1991;

George, Stefan: *Die Gedichte sowie Tage und Taten*. Stuttgart: Klett-Cotta 2003;

Gerhardt, Volker: *Friedrich Nietzsche*. München: Beck 2006;

Haupt, Sabine; Stefan Bodo Würffel[Hrsg.]: *Handbuch Fin de Siècle*. Stuttgart: Alfred Körner 2008;

Hauptmann, Gerhart : *Vor Sonnenaufgang. Soziales Drama*. Stuttgart: Reclam 2017;

Hillebrand, Bruno: *Nietzsche. Wie ihn die Dichter sahen*. Göttingen: Vandenhoeck & Ruprecht 2000;

Hofmannsthal, Hugo von: *Reden und Aufsätze I. 1891-1913*. Frankfurt a. M.: Fischer 1979;

- *Reden und Aufsätze II. 1914-1924*. Frankfurt a. M.: Fischer 1979;

Illustrierte Moderne in Zeitschriften um 1900. Hrsg. von Angela Karasch. Freiburg i. Br.: Universitätsbibliothek 2005;

Jannidis, Fotis: " 'Unser moderner Dichter' – Thomas Manns 'Buddenbrooks. Verfall einer Familie' (1901)." In: Matthias Luserke-Jaqui (Hrsg.): *Deutschsprachige Romane der klassischen Moderne*. Berlin: de Gruyter 2008, S. 47-72;

Kafitz, Dieter: *Décadence in Deutschland. Studien zu einem versunkenen Diskurs der 90er Jahre des 19. Jahrhunderts*. Heidelberg: Winter 2004;

Kiesel, Helmuth: *Geschichte der literarischen Moderne. Sprache, Ästhetik, Dichtung im zwanzigsten Jahrhundert*. München: Beck 2004;

Kimmich, Dorothee; Tobias Wilke: *Einführung in die Literatur der Jahrhundertwende*. Darmstadt: WBG 2006;

Klein, Wolfgang: "Dekadent/Dekadenz". In: Karlheinz Barck u.a. [Hrsg]: Ästhetische Grundbegriffe. Stuttgart: Metzler 2001, S. 1-41;

Koopmann, Helmut [Hrsg.]: *Thomas Mann Handbuch*. Frankfurt a. M.: Fischer 2005;

Koppen, Erwin: *Dekadenter Wagnerismus. Studien zur europäischen Literatur des Fin de siècle*. Berlin; New York: de Gruyter 1973;

Kreuzer, Helmut: *Die Boheme. Beitrage zu ihrer Beschreibung*. Stuttgart: J. B. Metzler, 1968;

Kurzke, Hermann : *Thomas Mann. Epoche-Werk-Wirkung*. München: Beck 1991;

Langemeyer, Peter: *Erläuterungen und Dokumente. Frank Wedekind: Lulu*. Stuttgart: Reclam 2005;

Li, Shuangzhi: *Die Narziss-Jugend. Eine poetologische Figuration der deutschen Dekadenz-Literatur um 1900 am Beispiel von Leopold von Andrian, Hugo von Hofmannsthal und Thomas Mann*. Heidelberg: Winter Universitätsverlag 2013;

Lohmann, Hans-Martin; Joachim Pfeiffer [Hrsg.]: *Freud Handbuch. Leben – Werk – Wirkung*. Stuttgart; Weimar: Metzler 2013;

Lorenz, Dagmar: *Wiener Moderne*. Stuttgart, Weimar: Metzler 2007;

Mann, Thomas: *Betrachtungen eines Unpolitischen*. Frankfurt a. M.: Fischer 2001;

- *Buddenbrooks. Verfall einer Familie*. Große kommentierte Frankfurter Ausgabe. Bd. 1.1. Frankfurt a. M.: Fischer 2002;

- *Buddenbrooks. Verfall einer Familie. Kommentar von Eckhard Heftrich und Stephan Stachorski*. Große kommentierte Frankfurter Ausgabe. Bd. I.2. Frankfurt a. M.: Fischer 2002;

- *Gesammelte Werke*. Bd. XII. Frankfurt a. M.: Fischer 1974;

- *Über mich selbst. Autobiographische Schriften*. Frankfurt a. M.: Fischer 2001;

Martin, Ariane: *Die kranke Jugend. J.M.R. Lenz und Goethes Werther in der Rezeption des Sturm und Drang bis zum Naturalismus*. Würzburg: Königshausen & Neumann 2002;

Mayer, Mathias: *Hugo von Hofmannsthal*. Stuttgart; Weimar: Metzler 1993;

Meid, Volker [Hrsg.]: *Geschichte des deutschsprachigen Romans.* Stuttgart: Reclam 2013;

Mix, York-Gotthart [Hrsg.]: *Naturalismus – Fin de siècle – Expressionismus* 1890-1918. München: dtv 2000;

Nietzsche, Friedrich: *Sämtliche Werke, Kritische Studienausgabe in 15 Bänden.* Bd. 11. Nachlaß. Berlin; New York: Walter de Gruyter 1988;

Noob, Joachim: *Der Schülerselbstmord in der deutschen Literatur um die Jahrhundertwende.* Heidelberg: Universitätsverlag Winter, 1998;

Nordau, Max: *Entartung.* Hrsg. von Karin Tebben. Neudruck der Auflage von 1892. Berlin; Boston: De Gruyter 2013;

Ottmann, Henning [Hrsg.]: *Nietzsche-Handbuch.* Stuttgart, Weimar: Metzler 2000;

Pankau, Johannes G.: *Fin de Siècle. Epoche-Autoren-Werke.* Darmstadt: WBG 2013;

Praz, Mario: *Liebe, Tod und Teufel. Die schwarze Romantik.* Übersetzt aus dem Italienischen von Lisa Rüdiger. München: Deutscher Taschenbuch Verlag 1981;

Przybyszweski, Stanislaw: *Androgyne.* Berlin: Fontane & Co. 1906;

- *De profundis.* Reproduktion des Originals. Paderborn: Outlook 2011;

- *Zur Psychologie des Individuums. I. Chopin und Nietzsche.* Berlin:

Fontane & Co 1892;

Radkau, Joachim: *Das Zeitalter der Nervosität. Deutschland zwischen Bismarck und Hitler.* München: Carl Hanser 1998;

Rasch, Wolfdietrich: *Die literarische Décadence um 1900.* Müchen: Beck 1986;

Regnier, Anatol: *Frank Wedekind. Eine Männertragödie.* München: Knaus 2008;

Renner, Ursula: *Leopold Andrians "Garten der Erkenntnis". Literarisches Paradigma einer Identitätskrise in Wien um 1900.* Frankfurt a. M. et al.: Peter Lang 1981;

Reventlow, Franziska zu. Bd. 1: *Ellen Olestjerne. Von Paul zu Pedro.* Hrsg. und mit einem Nachwort versehen von Karin Tebben. Oldenburg: Igel 2004;

Rieckmann, Jens: "Narziss und Dionysos: Leopold von Andrians 'Der Garten der Erkentnis'". *Modern Austrian Literature* 16 (1983), S. 65-81;

Riedel, Wolfgang: *Homo Natura. Literarische Anthropologie um 1900.* Würzburg: Königshausen & Neumann 2011;

Roebling, Irmgard [Hrsg.]: *Lulu, Lilith, Mona Lisa ... Frauenbilder der Jahrhundertwende.* Pfaffenweiler: Centaurus 1989;

Scheible, Harmut: *Arthur Schnitzler in Selbstzeugnissen und Bilddokumenten.* Reinbek bei Hamburg: Rowohlt 1976;

Schings, Hans-Jürgen: "Allegorie des Lebens. Zum Formproblem von Hofmannsthals »Märchen der 672. Nacht«", In: *Zeitschrift für Deutsche Philologie* 86 (1967), S. 533—561;

Schmitz, Walter: *Die Münchner Moderne. Die literarische Szene in der 'Kunststadt' um die Jahrhundertwende*. Stuttgart: Reclam 1990;

Schößler, Franziska: *Einführung in die Gender Studies*. Berlin: Akademie Verlag 2008;

Schutte, Jürgen; Peter Sprengel: *Die Berliner Moderne 1885-1914*. Stuttgart: Reclam 1987;

Seeba, Hinrich C.: *Zur Kritik des ästhetischen Menschen. Hermeneutik und Moral in Hofmannsthals „Der Tor und der Tod"*. Bad Homburg: Gehlen 1970;

Sendlinger, Angela: *Lebenspathos und Décadence um 1900: Studien zur Dialektik der Décadence und der Lebensphilosophie am Beispiel Eduard von Keyserlings und Georg Simmels*. Frankfurt a. M.: Peter Lang 1994;

Sprengel, Peter; Gregor Streim: *Berliner und Wiener Moderne: Vermittlungen und Abgrenzungen in Literatur, Theater, Publizistik*. Wien; Köln; Wiemar: Böhlau 1998;

Stagl, Justin: "Johann Jakob Bachofen: *Das Mutterrecht* und die Folgen", in: *Anthropos*. Bd. 85. H.1/3 (1990), S. 11-37;

Szondi, Peter: *Das lyrische Drama des Fin de siècle*. Frankfurt a. M.: Suhrkamp 1975;

Theodorsen, Cathrine: *Leopold Andrian, seine Erzählung "Der Garten der Erkenntnis" und der Dilettantismus in Wien um 1900*.

Hannover-Laatzen: Wehrhahn 2006;

Über Franziska zu Reventlow. Rezensionen, Porträts, Aufsätze, Nachrufe aus mehr als 100 Jahren. Hrsg. von Johanna Seegers. Oldenburg: Igel 2007;

Valk, Thorsten[Hrsg.]: *Friedrich Nietzsche und die literatur der klassischen Moderne*. Berlin; New York: De Gruyter 2009;

Wedekind, Frank: *Lulu*. Stuttgart: Reclam 2006;

Worbs, Michael: *Nervenkunst. Literatur und Psychoanalyse im Wien der Jahrhundertwende*. Frankfurt a. M.: Athenäum 1988;

Wunberg, Gotthart[Hrsg.]: *Die Wiener Moderne. Literatur, Kunst und Musik zwischen 1890 und 1910*. Stuttgart: Reclam 2000;

- *Jahrhundertwende: Studien zur Literatur der Moderne*. Hrsg. von Stephan Dietrich. Tübingen: Narr 2001.

后 记

"米亚是一位相信嗅觉，依赖嗅觉记忆活着的人。安息香使她回到那场一九八九年春装秀中，淹没在一片雪纺、乔其纱、绉绸、金葱、纱丽、绑扎缠绕围裹垂坠的印度热里，天衣无缝，当然少不掉锡克教式裹头巾，搭配前个世纪末展露于维也纳建筑绘画中的装饰风，其间翘楚克林姆，缀满亮箔珠绣的装饰风。"[1]

米亚并非德奥文学中人，而是台湾作家朱天文笔下一位在色、香、味的感官王国和流动不居的情欲游戏中逡巡漫游的台湾女郎。她生活在二十世纪八九十年代，又一个世纪行将终结之时。这篇小说的标题也分外清晰地亮出了这种格调：《世纪末的华丽》。小说的这位核心人物以及塑造她的作家，借由此处的描写，跨过百年的时间和欧亚大陆的空间，向德奥世纪末美学发出了遥远的招魂之声。德奥作家和艺术家在 1900 年左右精心构造的美学景观便在 1990 年的中文世界里投下了一个影子，融入了离我们最近的世纪末情怀中。

然而此间的世纪末风流，是一种近乎形单影只的凭吊追怀，

---

[1] 朱天文：《世纪末的华丽：小说集 1988—1990》，上海：上海译文出版社，2010 年版，第 117 页。

一种揽镜自盼的流连姿态。冷战结束之后的十年间，新自由主义的全球资本与骤然勃兴的网络技术播弄风云，后现代的文字游戏与消费文化的狂欢盛极一时。纵然有海湾战争的风雷隐隐和千禧虫的末世预言，却不足以激起广布思想界与文艺界的没落忧思与颓废情绪，也就不足以铸就真正延续"世纪末"之名的浩大浪潮。偶尔出现的自诩世纪末的文字，反而显得孤落自伤，是恋旧而不是新潮。

及至二十一世纪正式登场，间或也有时尚设计标榜怀旧纨绔（Dandy）之风，也有诸如达米安·赫斯特（Damien Hirst）这样惊世骇俗的艺术家被冠以新颓废派之名。这样的标签，这样的名号，一方面见证着百年前那股美学风潮的魅力经久不衰，以至于行家里手都不禁将其用作趁手的概念符号；另一方面却也暗示着这股风潮已经凝缩为T台上、画廊中的限量版商品与藏品，不复当年且叛逆且自讽的生气淋漓、纵横捭阖、百转千回。

影子与真身之间，记忆与现场之间，是西方审美现代性与社会现代化之间纠缠互动的一段起落兴衰。在后现代之后，回望现代文化孕育而生的那个世纪之末，不免会艳羡却又无法复制那另类趣味的挑战能量。那些离经叛道的文艺创作者偏爱夕阳西沉时放射出的流光异彩，在爱欲死亡交织的网里寻觅脱离凡俗的异类快感，以人工造就的声色幻象来反抗工业时代与庸众社会的枯索无聊。是一时之势，是一代之才，可追怀，不可追回。

可这时势才情，在彼时的欧洲文化空间里，却又因流变而多彩。正因为后人回望容易将那层次丰富的景象看成华丽却模糊的一片，才有必要拨开繁茂的文本丛林溯源而上，看到其中那些曲折与深邃。德奥的世纪末，在这一片迷离动人的景致中就代表了对反叛再反叛，由忧思推忧思的更深层次。这里有尼采的天空，以生命哲学的寥廓清冷，照见颓废艺术的画地自囚。这里有弗洛伊德的躺椅，以精神分析的犀利敏锐，洞悉情欲与社会之间的纠葛牵动。这里有诗人的感喟，发梦中痴语，又传人间思慕。这里有小说家的描画，描没落之象，而寄嘲讽之识。这里有剧作家的营造，演欲望的起灭，也显幻象的立破。那飞扬动魄的激进美学能量，从其发源地传递至此，改了力道，却也添了向度，依然向外冲击着现代性的桎梏，但也向内反作用于自身而显出审美自省。世纪之末，德奥意蕴，岂止华丽！

我最初结识德语文学中的世纪末景观，首先就着迷于华丽之下的幽深意蕴。大三时修德语文学史，读到一首诗的开头几句"而孩子们成长，双眼深邃，／他们一无所知，成长然后死去。／而所有人走各自的路"，便已为之心动。这几句干脆利落，气势逼人，却又意味幽远，引人遐思。等读到最后几句，我已经被这首诗的格调深深吸引，抚卷流连："而那说'黄昏'的却已道明了许多，／从这一个词中流淌出了哀伤与深意／正如中空的蜂房里流淌出沉重的蜂蜜"。记得当时恰是暮春时节。校园里落花满地，配合了这流淌出诗句的哀伤。而那个青春的年纪，惆怅心事涌动却不知此生何寄，总爱在空无中想象出成长的深意，也中意于这蜂蜜般的文字散发的美丽气质。于是在这个世纪刚过了三年的时间节点上，一个以德语文学为专业的中国学生，仿佛在写于上上个世纪最后几年的奥地利诗歌中听到了自己的心声。比自己更贴近自己的心声。

这一因缘际会，就此决定了这个学生此后十多年的求学生涯。

我的本科毕业论文和硕士论文都将这首诗的作者霍夫曼斯塔尔作为研究对象，要借助史料和更多的文学原作，回到他写作的时空中去，了解这中空的蜂房和沉重的蜂蜜是怎样一种文学密码。在此期间，我作为硕士研究生到柏林自由大学交换学习，在这所大学著名的人文学科图书馆那号称"大脑"的椭圆建筑里，看到了整整三大书架的德语世纪末文学作品和研究文献。当时就恨不能扎入这一片书海遨游不归。

读完硕士之后，到南京工作，两年后再次赴柏林。这一次是以德奥世纪末文学中的颓废派为题，攻读文学博士学位。寒来暑往，雨雪霏霏，图书馆里恒温，灯火通明至夜深。有了这一段心无旁骛，只与德奥世纪末文人们厮守的岁月，对世纪末美学在这特定语境中的演进发展，便有了诸多体会。最后，我选择三位作家笔下的自恋美少年，以"纳克索斯式青春"为核心意象，阐述了德奥世纪末文学中视唯美为自困而予以讽刺的审美反思维度。答辩结束之际，心中为之一空，仿佛这辛苦经营出的博士论文便是我酿出的沉重蜂蜜，以酬自己多年前那心动一刻。

从德国回到国内的第二年，我非常幸运地以"德语国家的世纪末美学与现代化经验研究"这个题目申请到了国家社会科学基金青年项目。这个项目以审美现代性这一现代化产物的发展为大背景，强调德奥世纪末美学的特殊性由其现代化的特殊性所决定，这比我用德语撰写的博士论文又扩展了不少内容。

随后的五年里，我辗转多地，从南京到哥廷根到上海，步履不停，围绕德奥世纪末美学的思考和阅读也不曾停过。尤其是在读博期间便已熟悉的尼采和弗洛伊德，他们在这一美学景观中的坐标意义在我脑中变得越来越清晰。他们所持的批判性思考从不同方面给这德奥世纪末文艺创作带来了更多刺激却也赋予后者与英法唯美—颓废派截然不同的气质。而不同德语作家在世纪末美学的统一框架下又各放异彩、各有千秋。我有心要勾画出一幅尽可能覆盖大多数作家的德奥世纪末文学谱系图，无奈实在力有不逮，只能选择最具特色也最能体现德奥世纪末美学重要题材的作家，以点带面地呈现出这一美学景观的多样性和丰富性。个中遗憾，只能留待将来再补。

如今，这本凝结我多年研究心血，也充盈我至深眷恋的著作即将付梓。此时距离我与德奥世纪末文学的初见已近十八年，真如蝶梦方醒，一番艰辛，都化清风，唯当时倾心不曾忘，仿佛此身还在暮春余晖中，念"而孩子们成长……"。

此时距离德奥世纪末文学的发端，则已是一百三十多年的人间光阴逝去。世纪末美学余音绕梁，百年之后，文学艺术时尚潮流中，尚有回响。只是文艺创作，自有其推陈出新的驱动力，追怀前情却不会复制也无法复制旧景。治学求知，却稍有不同。追述忆往，本在为今日文化发展和审美更迭追溯其来路。能将当时思想史语境和社会发展与文学创作的密切关联复现一二，便不负经年累月的苦心研读和用心写作了。如此一种回望，望见的自然有华丽，更有华丽色相的种种微妙处所自何来。

如此一种回望,惟愿不是形单影只,而是与心有同好者、学有同往者一同品读那读不尽的世纪末美学景观。

在此感谢王建教授让我结识了霍夫曼斯塔尔的诗歌,开启了我这小半生的学术情缘。感谢这十八年的求学治学路途上许许多多前辈、导师、密友、亲朋对我的关怀、鼓励和支持。感谢本书的编辑肖海鸥女士对我的鼎力相助。感谢贺成伟为我细心校对了本书文稿。

世纪之末,文学未终,风华不复,文思绵延。

2021 年 3 月 11 日
德国汉堡

图书在版编目（CIP）数据

弗洛伊德的躺椅与尼采的天空：德奥世纪末的美学景观 / 李双志著.
-- 上海：上海文艺出版社, 2021（2022.10重印）
（艺文志新书）
ISBN 978-7-5321-7928-2
Ⅰ.①弗… Ⅱ.①李… Ⅲ.①德语－文学研究－世界－现代 Ⅳ.①I106
中国版本图书馆CIP数据核字(2021)第048288号

发 行 人：毕　胜
责任编辑：肖海鸥
装帧设计：张　卉 / halo-pages.com
内文制作：常　亭

书　　名：弗洛伊德的躺椅与尼采的天空：德奥世纪末的美学景观
作　　者：李双志
出　　版：上海世纪出版集团　　上海文艺出版社
地　　址：上海市闵行区号景路159弄A座2楼　201101
发　　行：上海文艺出版社发行中心
　　　　　上海市闵行区号景路159弄A座2楼206室　201101　www.ewen.co
印　　刷：苏州市越洋印刷有限公司
开　　本：890×1240　1/32
印　　张：11
插　　页：2
字　　数：216,000
印　　次：2021年5月第1版　2022年10月第2次印刷
I S B N：978-7-5321-7928-2/I.6287
定　　价：52.00元
告 读 者：如发现本书有质量问题请与印刷厂质量科联系　T：0512-68180628